SOFIA
DRAAGT
ALTIJD ZWART

PAOLO COGNETTI BIJ DE BEZIGE BIJ

De acht bergen
De buitenjongen

Paolo Cognetti

SOFIA DRAAGT ALTIJD ZWART

Vertaald door
Yond Boeke en Patty Krone

2019
DE BEZIGE BIJ
AMSTERDAM

De vertalers ontvingen voor deze vertaling
een werkbeurs van het Nederlands Letterenfonds

Nederlands
letterenfonds
dutch foundation
for literature

Copyright © 2012, 2017 Minimum Fax / 2012 Paolo Cognetti
Copyright vertaling © 2013, 2019 Yond Boeke en Patty Krone
Eerste druk 2013 (Athenaeum–Polak & Van Gennep)
Tweede druk 2019
Oorspronkelijke titel *Sofia si veste sempre di nero*
Oorspronkelijke uitgever Minimum Fax, Rome
Omslagontwerp Moker Ontwerp
Omslagillustratie Silke Schmidt
Foto auteur Stephan Vanfleteren
Vormgeving binnenwerk Aard Bakker, Amsterdam
Druk Bariet Ten Brink, Meppel
ISBN 978 94 031 5860 0
NUR 302

debezigebij.nl

Sterven
Is een kunst, net als al het andere.
Ik ben er uitzonderlijk goed in.

Ik doe het zodat het als de hel voelt.
Ik doe het zodat het echt voelt.
Volgens mij kun je wel zeggen dat ik er aanleg voor heb.

SYLVIA PLATH

Inhoud

Levenslicht	9
Een zeeroversverhaal	13
Twee horizontale meisjes	38
Sofia draagt altijd zwart	60
Getekend door de wind	93
Als de anarchie zegeviert	126
De actrices	152
Over hekserij	169
Wat bewaard moet worden	181
Brooklyn Sailor Blues	194

Levenslicht

Op een nacht keek de verpleegster uit het raam van de afdeling en zag zijn bestelbus voor het ziekenhuis staan. De koplampen knipperden drie keer, doofden en gingen daarna weer aan toen zij zwaaide. Ze vroeg haar collega of ze haar even wilde aflossen en liep de trap af naar de dienstingang, en daar, in de herfstregen, draaide hij zijn raampje open en zei dat hij een aantal beslissingen had genomen. De verpleegster keek hem onderzoekend aan, niet zeker of ze hem moest geloven. Ze checkte of niemand hen zag en ging de man voor naar een lege kamer op de eerste verdieping, waar ze ongestoord konden praten.

De snor van de man rook niet alleen naar sigaretten, zoals gebruikelijk, maar ook naar wijn. Eenmaal in de kamer omhelsde hij haar en manoeuvreerde haar in de richting van het bed, maar de manier waarop stond haar niet aan en dus duwde ze hem van zich af. Hij reageerde beledigd, opende het raam, stak een sigaret op en keek naar buiten. Na een tijdje zei hij: 'Als het nog even zo doorregent, krijgen we nog vinnen, net als de vissen.'

'Nou?' zei de verpleegster, 'ga je me nog vertellen wat je komt doen?'

De man antwoordde niet meteen, keek naar de regen en nam nog een paar trekjes. Daarna zei hij dat hij die nacht niet naar huis ging. Hij was met slaande ruzie vertrokken en had naar zijn vrouw geschreeuwd dat ze hem maar moest vergeten. Hij vertelde niet dat hij daarna naar het café was gegaan, maar dat was wel duidelijk. Het was kwart voor twee. Hij haalde een hand door zijn natte haar en de verpleegster stelde zich voor dat hij met andere mannen aan de bar had staan drinken, over vrouwen had gepraat, met de serveerster had geflirt, en dat hij daarom zo laat was. Hij zei: 'Als jij me ook al niet wilt, slaap ik wel in de bestelbus, mij maakt het niets uit.' Toen hij haar nogmaals probeerde te omhelzen liet ze hem begaan, sloot haar ogen en dwong zichzelf niet aan zijn openstapeling van smoezen en leugens te denken.

Later die nacht werd ze opgepiept voor een spoedbevalling. Een jonge vrouw van tweeëntwintig, in de zevende maand. Ze baarde een minuscuul, blauwzuchtig meisje, plus een flinke hoeveelheid bloed. De verloskundige gaf het een paar tikjes tegen de billen om het te laten huilen en ademen, maar het meisje ademde noch huilde en moest gereanimeerd worden. De arts had het idee dat er iets niet klopte aan die premature bevalling: uiteindelijk bleek dat de moeder zonder het tegen iemand te zeggen maagzweermedicijnen had geslikt die verboden waren tijdens de zwangerschap, maar nu was ze te zeer van slag om tekst en uitleg te geven. Ze had een zware bloeding gehad en lag in bed te schreeuwen en zichzelf te vervloeken. Ze dienden haar een kalmeringsmiddel toe, gaven haar een infuus en wachtten tot ze sliep – het onderzoek naar de toedracht kwam later wel.

Aan de couveuse van het meisje hing een kaartje met de naam Sofia Muratore. Haar vader kwam meerdere keren per dag naar haar kijken. Uitgeput en onthutst liep hij af en aan tussen zijn vrouw en zijn dochter, en vroeg zich af wie van de twee schuldig was aan de ellende van de ander. Omdat hij zijn kind niet mocht aanraken, bekeek hij het eindeloos door het glas, niet zeker of hij zich eraan moest hechten en of hij het prachtig dan wel monsterlijk moest vinden, zoals je dat hebt met pasgeboren baby's, en met exotische amfibieën.

De verpleegster maakte er een gewoonte van 's nachts tegen Sofia te praten, als niemand het zag. Ze ging bij de couveuse zitten en stak van wal. Het was net als praten tegen de planten op haar balkon: misschien had het wel helemaal geen zin, maar zij voelde zich er prettig bij en voor het kind was het vast ook niet slecht. Nacht na nacht vertelde ze Sofia haar hele verhaal: over de boerderij waar ze was opgegroeid, over het leven dat ze tot haar dertigste had geleid, over de priester die haar ervan had overtuigd dat ze een roeping moest vinden, over de wrede nonnen op de verpleegstersopleiding, over de dag waarop ze naar de stad was gekomen en had gehuild bij het zien van haar appartement. Ze had moeten leren om hard te zijn. Net zoals ze had moeten leren omgaan met bloed, braaksel, uitwerpselen en ontstoken wonden, dingen waarmee je geconfronteerd werd als een lichaam openlag, als het werd aangetast door ziekte of verminkt door een ongeluk, en waar je blik onwillekeurig naartoe werd getrokken. Ze vertelde haar al die dingen in de eenvoudigste bewoordingen die ze kende.

Op een nacht dat ze daar zo tegen Sofia zat te praten, hoorde ze het geluid van een claxon, ze liep naar het raam en zag de bestelbus van de man op de parkeerplaats staan. Hij knipperde met zijn koplampen maar ze verroerde zich niet. Ze bleef stokstijf staan om er zeker van te zijn dat de boodschap duidelijk was. De man stapte uit, keek omhoog naar het raam, rookte een sigaret, gooide vervolgens de peuk op de grond en vermorzelde hem onder zijn schoen alsof zij die peuk was, stapte weer in, keerde en reed weg.

'Sofia,' zei de verpleegster, 'weet je wat dat is, een geboorte? Het is een schip dat ten oorlog vaart.'

Die ochtend verklaarde de kinderarts dat het meisje buiten levensgevaar was en brachten ze het eindelijk naar haar echte moeder.

Een zeeroversverhaal

Op een bepaald moment in hun huwelijk besluiten Sofia's ouders niet te gaan scheiden maar te verhuizen. Ze verlaten Milaan en gaan buiten de stad wonen, op een plek die nét ver weg en anders genoeg is om hun het gevoel te geven dat ze een nieuwe start maken. In het voorjaar van 1985 vinden ze een gloednieuwe eengezinswoning in een villapark: ze lopen door het huis en de tuin, en om het uitzicht te bewonderen beklimmen ze het kale heuveltje dat uitkijkt op het meer waaraan de naam van het complex waarschijnlijk is ontleend.

Als ze dat verhaal vertelt, op een zondagochtend in de toekomst, zal Sofia zeggen dat Lagobello in haar ogen, van daaraf gezien, net een sprookjesdorp was. Ze kan niet weten hoezeer ze het zal gaan haten wanneer ze opgroeit. Wat ze wil, op haar achtste, is een hond, een boomhut, toestemming om alleen te gaan fietsen en ouders die niet bekvechten. Ze is al getuige geweest van diverse ruzies, en hoewel het haar totaal niet duidelijk is waardoor hun problemen worden veroorzaakt, heeft ze wel begrepen wat het doel is van die tochtjes: er gaat iets niet goed tussen hen, en in een nieuw huis zal het hopelijk beter gaan. Ze denkt *alsjeblieft alsjeblieft, laat het deze keer goed gaan*.

Eenmaal volwassen zal ze de daken en de schoorstenen beschrijven, het patroon van de grindpaden op de grasvelden, de manier waarop de zon wordt weerkaatst door de roldeuren van de garages. Terwijl de makelaar op de Alpen aan de horizon wijst, zoekt de hand van Sofia's moeder die van haar vader. Zonder dat hij wordt geroepen of aangeraakt steekt hij, alsof hij een of ander signaal heeft opgevangen, de zijne uit en pakt de hare beet; en Sofia ervaart het wonderbaarlijke machtsgevoel dat je hebt als je gebeden worden verhoord.

Die zomer, niet lang na de verhuizing, als de muren nog kaal zijn en de boeken nog in dozen zitten, komt Roberto van kantoor thuis met een jongetje. Oscar is de zoon van een oude vriend van hem die gevraagd heeft of de jongen alsjeblieft een tijdje bij hen kan logeren, omdat de toestand van zijn vrouw verslechtert. Ook met haar zijn ze bevriend, maar op een wat andere manier: ze is al zo lang ziek dat iedereen er inmiddels aan gewend is dat ze kaal is en een opgezwollen, gelig gezicht heeft, en dat ze haar ook zo voor zich zien als ze haar aan de telefoon hebben of over haar praten, alsof dat haar normale uiterlijk is. Niemand is zo naïef te hopen dat ze zal genezen, maar ze hadden de illusie dat ze haar wankele evenwicht zou kunnen bewaren, ziek maar levend, zo niet voor eeuwig dan toch tenminste voor onbepaalde tijd. Maar nu gaat ze opeens snel achteruit.

'Daar zijn ze,' zegt Rossana, die door het keukenraam kijkt en de auto ziet aankomen. Binnen is de tafel gedekt voor vier, een pan staat op het vuur. Ze drukt haar sigaret uit in de gootsteen en voegt eraan toe: 'Denk aan wat je me hebt beloofd.'

Om te laten zien dat ze zich dat precies herinnert, opent Sofia de voordeur en posteert zich op de drempel. Eenmaal volwassen zal ze die scène in andere ruimtes naspelen en het publiek het kind van die avond tonen. Haar schouders tegen de deurpost, haar handen weggestopt achter haar rug en haar borst vooruit, op precies dezelfde manier als ze haar moeder, sinds ze in Lagobello zijn gearriveerd, haar vader ziet opwachten. Een parodie op 'de echtgenote', die nog grotesker wordt door de bril die ze draagt, het rechterglas afgeplakt om haar schele oog te corrigeren. Roberto, die zijn handen vol heeft – zijn aktetas, Oscars rugzak, een zak mest die hij net bij de kwekerij heeft gekocht –, duwt met zijn voet het tuinhek open, kust zijn dochter op haar voorhoofd, gaat naar binnen en laat haar de taak om de gast achter hem te verwelkomen.

'Hoi,' zegt Sofia. 'Heb je honger?'
'Ligt eraan,' antwoordt Oscar. 'Wat is er?'
'Gehaktballen met puree. Ik heb de puree gestampt. En ijs toe.'
'Wat heb je met je oog gedaan?'
'O, met dit oog is niks mis. Maar het andere is een beetje lui. Het moet leren om het alleen af te kunnen, zonder het andere, anders doet het straks helemáál niets meer.'
'Mag ik het zien?'

'Mij best,' zegt Sofia, met dezelfde nonchalance als waarmee ze zich een paar jaar later zal uitkleden. Ze schuift haar bril op haar voorhoofd en probeert haar linkeroog in toom te houden. Maar een beetje vanwege de spanning en een beetje omdat ze met haar rechteroog al die tijd niet heeft kunnen zien, lukt dat niet zoals ze zou willen.

'Wow,' zegt Oscar, 'hoe doe je dat?'

'Ik doe niks.'

'Weet je het zeker?'

'Ik vind het naar voor je moeder,' zegt Sofia, die zich plotseling de zin herinnert die ze had voorbereid. Ze overvalt Oscar ermee. Hij haalt zijn schouders op en schopt even met zijn schoenpunt tegen het treetje voor de buitendeur. Dan wordt er vanuit de keuken geroepen dat ze aan tafel moeten komen.

De avond heeft voor Oscar nog meer interessants in petto. Om tien uur komt Rossana bij Sofia op bed zitten, pakt haar bril, bergt hem op in de koker en houdt vervolgens haar vinger vlak bij Sofia's neus. Langzaam beweegt ze haar vinger naar achteren, terwijl Sofia haar best doet er strak naar te blijven kijken. Ze herhalen de oefening een paar keer, en als ze klaar zijn komt Roberto er ook bij zitten, voor een volgend ritueel: ze zeggen een onzevader en een weesgegroetje, en Rossana zegt een zelfverzonnen gebed waarin ze dankt voor de voorbije dag en voor de nieuwe vriend die is gearriveerd, en waarin ze vraagt om een goede nacht voor hen allemaal.

'Amen,' zegt Sofia. Rossana buigt zich over haar heen en geeft haar een nachtzoen. Het lijkt haar logisch om hetzelfde bij Oscar te doen, alleen weet die niet goed hoe hij moet reageren, hij geneert zich, trekt de lakens op tot zijn kin en knijpt zijn ogen dicht. Dan gaat eindelijk het licht uit en verlaten de volwassenen de kamer.

'Doen ze altijd zo?' vraagt hij als ze weg zijn.

'Zo hoe?'

'Al dat gelach en gezoen.'

'Vroeger niet,' zegt Sofia. 'Vroeger maakten ze altijd ruzie. Maar ze hebben elkaar beloofd dat ze weer zullen proberen van elkaar te houden.'

'Balen,' zegt Oscar en wrijft over zijn voorhoofd.

Ze slapen in twee nieuwe bedden, in een kinderkamer die pas een paar weken daarvoor is besteld uit een catalogus. Omdat ze die drie jaar lang moeten afbetalen, hebben Rossana en Roberto met het oog op de toekomst voor een kamer met twee bedden gekozen. Ze denken al een tijdje over een tweede kind.

'En die dingen, wat waren dat?' vraagt Oscar.

'Welke dingen?'

'Die gedichten die jullie opzeiden.'

'Bedoel je de gebeden?'

'Ja. De gebeden.'

Sofia draait zich om en bekijkt zijn profiel in het donker. Ze is nog nooit iemand tegengekomen die niet wist wat gebeden waren. Door het op een kier staande raam klinkt de stem van Roberto: hij is waarschijnlijk naar buiten gegaan om het gras te sproeien en is met een buurman aan de praat geraakt.

'Die zijn om met God te praten,' antwoordt ze, na haar woorden met zorg gekozen te hebben.

'En wat zeggen jullie dan tegen God?'

'Om te beginnen bedanken we hem. We bedanken hem voor wat hij ons geeft en vragen vergeving als we iets

slechts hebben gedaan. En als we een speciale wens hebben, dan vragen we hem of hij die alsjeblieft wil vervullen.'
'En doet hij dat ook?'
'Tuurlijk,' zegt Sofia, en meteen weet ze dat ze een overhaast antwoord heeft gegeven. Er is ook nog zoiets als Gods wil. Het ligt ingewikkelder, maar ze heeft de moed niet het terug te nemen. Ze hoort hoe haar vader de buurman gedag zegt en de kraan opendraait.
'Wow,' zegt Oscar, terwijl vanuit de tuin de lekkere geur van vochtige aarde opstijgt.

Als Oscar haar de dag daarop eerst haar bed en vervolgens het huis uit sleurt, en daarna de jongens uit het park om zich heen verzamelt en zichzelf tot leider van de groep bombardeert, ontdekt Sofia al heel snel dat het helemaal niet nodig zal zijn hem te ontzien en dat het haar geen moeite zal kosten vrienden met hem te worden. Oscar is negen en heel erg wild: en het leeftijdsverschil, zijn altijd warrige haar dat glanst in de zon en alle avonturenverhalen die hij kent en weet na te spelen maken hem tot een geboren leider en een ideale vriend. Sofia zal als volwassene telkens weer verliefd worden op zulk soort mannen, met een obsessieve, zij het steeds wisselende, hartstocht. In 1985 is Oscars obsessie het hijsen van de zwarte vlag; een volgende zomer zijn de Apaches aan de beurt, en daarna Robin Hood en zijn mannen, en de goudzoekers in Alaska, maar dit is het jaar van de piraten, en het park van Lagobello lijkt voor hem gemaakt.

Sofia zal op dit punt in het verhaal een cirkel in de lucht tekenen. Ze zal een meer schetsen, met een eilandje dat met het vasteland verbonden is door middel van een houten bruggetje. Op het eiland staat een hut met een rieten dak. Een verhard pad, met om de paar meter een bank en een lantaarnpaal, loopt rond het meer en vervolgens heuvelopwaarts, geflankeerd door twee rijen pas geplante struiken. Dat kunstmatige landschap, dat ook al afkomstig is uit een catalogus, maar dan eentje met parken en tuinen, en dat is ontworpen als plek om tot rust te komen, verandert onder de handen van Oscar in de Caraïbische Zee aan het begin van de achttiende eeuw, betwist door Europese koloniale mogendheden en geteisterd door bandieten. Onder zijn leiding gaat een groep weldoorvoede, in flats grootgebrachte enig kinderen die allergisch zijn voor pollen en voor de zon en niet in staat zijn een wesp van een bij te onderscheiden, scheep op twee vijandelijke galjoenen: een bemanning bestaand uit matrozen, onderofficieren en officieren tegenover een ongeregeld zooitje varensgasten, onder wie Oscar de rollen van stuurman, kanonnier, uitkijk, bootsman en kwartiermeester verdeelt; die van kapitein houdt hij voor zichzelf. De regels zijn simpel: de Engelse marine heeft tot taak Tortuga te veroveren en het te zuiveren van geteisem, en de piraten dienen weerstand te bieden, dekking te zoeken, toe te slaan, te ontsnappen en het eiland, in het rampzalige geval dat ze dat verspelen, te vuur en te zwaard te heroveren. Dat is Oscars favoriete gedeelte. Hij trekt zich terug op de heuvel en bereidt daar een wraakactie voor. Hij werkt strategieën uit voor de tegenaanval en stuurt zijn spionnen eropuit om de manoeuvres van de vijand te bespieden. Hij inspecteert wapens en munitie en spreekt zijn mannen een laatste keer toe, en pas als ze het niet meer houden van ongeduld gaat hij tot enteren over. Dan stort hij zich van de heuvel met een van een boom gerukte tak in zijn vuist en schreeuwt: 'Ten strijd, canaille!' of 'Leve de zeeroverij!' of 'Aanvallen, boekaniers!'

Met uitzondering van Sofia zijn alle piraten jongens. De meisjes zijn de baas over een ander deel van het park, dat met de schommels. Op een avond hebben zij tweeën het er samen over.

'Ik zou andere dingen kunnen doen,' zegt Sofia. 'Wonden verbinden of zo. Ik zou voor zalfjes kunnen zorgen om erop te smeren, en voor verband. En ik zou het eiland kunnen schoonhouden.'

'Zou je dat leuk vinden dan?'

'Ik denk van wel.'

'Zou je het leuker vinden dan vechten?'

'Het is niet dat ik het leuker zou vinden. Het zou gewoon normaler zijn, denk je niet?'

Dan knipt Oscar de lamp op het nachtkastje aan. Hij stapt zijn bed uit, doet zijn schoolrugzak open en haalt er een boek uit. Het is een schat die Sofia nooit meer zal vergeten: de harde, zwarte kaft zonder illustratie, goud op snee, het rode leeslint en die majestueuze titel: *Leven en Bedrijven van eenigen der beruchtste Straat- en Zeeroovers in Grootbrittannien*, door kapitein Charles Johnson. Oscar legt het op zijn kussen en strijkt erover, als om het stof van eeuwen eraf te vegen.

'Het is heel oud,' zegt hij. 'Kijk.'

Terwijl hij langzaam de bladzijden omslaat, bewondert Sofia de pentekeningen van die verschrikkelijke kapiteins met hun lange, tot vlechten geknoopte baarden en hun woeste blikken. Sommigen van hen missen een oog of een hand, en allemaal dragen ze een grote hoed en gouden oorbellen.

'Hier,' zegt Oscar, en hij houdt het boek bij het licht om haar een van de laatste hoofdstukken te laten zien. De tekening die Sofia onder ogen krijgt is, daar is geen twijfel over mogelijk, de afbeelding van twee vrouwelijke piraten. Allebei dragen ze een gescheurde bloes die hun boezem onbedekt laat, een detail dat haar buitengewoon treft omdat ze het gevoel heeft dat het obsceen is. De een omklemt een pistool en de ander een sabel. Ze kijken triomfantelijk, en vanwege hun wapens en hun bloezen ligt het voor de hand te denken dat ze zojuist als overwinnaars uit de strijd zijn gekomen. Onder de illustratie staat: *Anne Bonny en Mary Read, de twee minnaressen van Kapitein Calico Jack Rackham.*
'Mag ik het lezen?' vraagt Sofia verrukt.
'Alleen als je het aan niemand vertelt.'
'Hoezo?'
'Wat nou hoezo? Dat is toch duidelijk!'
Sofia staart met haar luie oog naar de tekening. De witte boezems van de twee vrouwen en het woord *minnaressen*.
'Beloofd,' zegt ze en strekt haar hand uit naar de schat.

Kapers, boekaniers, piraten. Aan tafel heeft Oscar het over niets anders. Verhalen over piratenlevens, nooit eerder gehoorde namen. Henry Avery, Samuel Bellamy, William Fly, Edward Teach, beter bekend als Zwartbaard. De omstandigheden die maakten dat ze voor het piratendom kozen. De bloedige ondernemingen waarmee ze hun naam vestigden. Rossana rekent het tot haar plicht om af en toe een vraag te stellen, maar Roberto veinst niet eens dat hij luistert. Het avondjournaal staat aan en de afstandsbediening ligt naast zijn bord, en daarmee zet hij, telkens als er beelden voorbijkomen die hem belangrijk lijken, het toestel harder. De lire is net gekelderd naar 2200 lire per dollar. Een modderstroom uit een mijnbekken in Alto Adige heeft meer dan tweehonderd slachtoffers geëist. Het land staat op instorten, en intussen legt een kind van negen hem de regels uit die aan boord van piratenschepen golden: de rantsoenering van de rum, hoe de buit werd verdeeld, de lijfstraffen in het geval van lafheid of verraad. Het was een hard leven, zegt Oscar. En desondanks begonnen de zeelieden op de koopvaardijschepen al te muiten nog vóórdat ze werden geënterd, want op hun eigen schepen waren ze slaven, terwijl ze als piraat eigen baas werden en allemaal gelijk waren, en als de Jolly Roger aan de horizon opdoemde werd dat dus gevierd als een bevrijding.

'Maar wij hebben er geeneen,' zegt hij, zijn ogen op zijn bord koude spaghetti gericht. 'Het is het enige wat we nog missen. Balen.'

'Wat heb je niet?' vraagt Roberto, die een paar woorden heeft opgevangen.

'Een Jolly Roger.'

'En wat mag dat zijn? Een papegaai?'

'Een vlag. Zo eentje met een schedel en botten, weet je wel. Soms waren het botten, soms iets anders. Bij Calico Jack stonden er twee sabels op. Daaraan konden de mensen hem herkennen. Maar ze wisten toch wel dat hij het was, de Koning des Doods.'

'Koning des Doods?' vraagt Roberto, zijn voorhoofd fronsend. Hij vergeet het journaal. Om de een of andere reden vindt hij het feit dat een kind het woord 'dood' in de mond neemt een onbetamelijkheid die een uitbrander verdient.

Rossana is hem voor. 'We zouden het in de kantoorboekhandel kunnen vragen. Misschien hebben ze hem daar wel.'
'Een Jolly Roger koop je niet,' zegt Sofia. 'De zeelieden naaiden hem zelf, nadat ze hun Engelse of Franse vlag hadden gestreken en hadden besloten piraat te worden.'
Oscar knikt plechtig. Sofia kijkt hoopvol naar haar moeder. En dus gaat Rossana de volgende ochtend de stad in: ze koopt een meter witte stof en twee meter zwarte, en eenmaal thuis gaat ze onder het toeziend oog van de kinderen aan de slag. Ze heeft naald en draad tot nu toe alleen gebruikt om knopen aan te zetten, maar ze heeft op de kunstacademie gezeten en is goed met haar handen. Met een viltstift tekent ze op de witte stof een schedel en de twee bliksemflitsen die Oscar heeft gekozen voor zijn persoonlijke wapenschild. Ze knipt de tekeningen uit en naait ze op de zwarte stof. Ze bevestigt ook twee linten aan de hoeken van de vlag om hem aan een stok te kunnen binden en spreidt hem daarna op tafel uit zodat de kinderen hem kunnen keuren. Als zij op een stoel zijn geklommen om hem van bovenaf te bekijken, ontdekt ze plotseling dat ze gespannen is. Ze zoekt in haar tas naar haar sigaretten, kan haar aansteker niet vinden. Oscar gaat met zijn vinger langs de naden en trekt de stof glad op de plekken waar een plooi zit.

'Perfect,' zegt hij ten slotte. Hij pakt de Jolly Roger, plant een kus op Rossana's wang en holt, gevolgd door Sofia, naar buiten om een systeem te bedenken waarmee ze de vlag op het dak van de hut kunnen hijsen.

En zo blijft Rossana alleen in de keuken achter, met een niet-brandende sigaret en kloppend hart. Het is niets voor haar om zich zo zorgeloos ergens in te storten. Roberto noemt het inmiddels het Oscareffect, en daarmee doelt hij op het humeur van zijn vrouw en de verrassingen die hem wachten als hij thuiskomt van zijn werk: zo bleek op een avond de tafel gedekt te zijn alsof er iemand jarig was, met plastic bordjes, gekleurde servetten, frisdrank en chips, terwijl zij drieën elkaar intussen in de tuin achternazaten en natspoten met de tuinslang. 's Ochtends ziet hij hoe Rossana Oscar aankleedt en kust, knuffelt, hoe ze speurt naar zijn eventuele verlangens, alsof ze probeert hem bij voorbaat schadeloos te stellen voor alles wat hij zal gaan missen als hij zonder moeder opgroeit. Hij weet niet zo zeker of dat een erg gezonde houding is. Maar ondertussen geniet hij van de rustigste zomer sinds ze getrouwd zijn.

Hoe was het dan eerst? Voordat Oscar arriveerde, hoe was het leven toen? Er zijn scènes uit die laatste winter die Sofia nooit zal vergeten. Rossana in bed op klaarlichte dag, met de luiken dicht en de lucht vergeven van de rook, uitsluitend het gloeiende puntje van haar sigaret in de donkere kamer. Roberto die wegloopt over de vluchtstrook na tijdens een ruzie abrupt te zijn gestopt en uitgestapt om zijn woede te laten bekoelen. Beelden die in Sofia's geheugen gegrift staan zoals de kaarten met het alfabet uit de eerste klas: een banaan om je de B te herinneren, een gekleurde vlinder voor de V, een rood oplichtend puntje in het donker voor Depressie, de handen in haar vaders haar voor Wanhoop. Op dat moment, zo zal ze vertellen, drong het tot haar door dat ze ervoor moest waken dat haar niet eenzelfde lot beschoren zou zijn. 'Want ik was net als zij,' zal ze zeggen. 'En ik leerde gaandeweg om net zo'n vrouw te worden als zij.' Ze zal vertellen dat haar leven als jongen, een leven van verwantschap met jongens, toen begonnen is, tijdens de aanvallen met de blanke wapens waarbij ze zich achter Oscar aan de heuvel af stortte en al haar moed tentoonspreidde in de hoop hem te veroveren, en zich daarbij verbeeldde dat ze zijn piratenminnares was, net als Anne Bonny en Mary Read dat waren van Calico Jack Rackham. Rondom hen maakt Lagobello zijn unieke begintijd door. Met gehuwde stellen als de kolonisten en makelaars als de lofdichters. De zaterdagse zonsopgang gaat keer op keer vergezeld van het getoeter van een verhuiswagen: de vrouwen uit het complex gaan in ochtendjas en met een koffie verkeerd in de hand voor het raam staan om de nieuwe buren te bekijken, te raden wat voor werk ze doen en waar ze vandaan komen, te zien welk van de nog leegstaande huizen ze zullen betrekken. De mannen merken het nauwelijks op omdat ze geheel verdiept zijn in de gebruiksaanwijzingen van het witgoed, of druk in de weer met bandschuurmachines, spijkerpistolen, slijptollen of decoupeerzagen; apparaten waarvan ze de werking nooit helemaal zullen doorgronden en die na een of twee keer te zijn gebruikt gedoemd zijn te verstoffen in de kelder. Ook de nieuwkomers geven hun ogen de kost. Ze bekijken de tuinen die een paar maanden terug nog allemaal eender waren en nu op hun eigenaars beginnen te lijken. Elke geplante bloem, elk op het gras vergeten speelgoedje is een stukje van een grotere geschiedenis die je kunt proberen te reconstrueren aan de hand van dingen als een ligstoel, een perk met lavendel en rozemarijn, een plastic tafel met vier klapstoelen, een hangmat, een driewieler, de etensbak van een hond.

's Nachts liggen de twee kinderen eindeloos te praten. Moeilijk te zeggen wanneer het gesprek overgaat van piraterij op religie. Voor zover Oscar begrepen heeft, draait het ook daarbij allemaal om de dood: zonder dood zou het niet nodig zijn om te bidden of naar de kerk te gaan, om iedereen te gehoorzamen die ouder is dan jij, om scheldwoorden en leugens te vermijden. Maar omdat je nu eenmaal doodgaat, is het zaak uit te vinden waar je daarna terechtkomt. De Hemel of de Hel. Leuk vindt hij dat. Dáárom is het dus zo belangrijk hoe je je op aarde gedraagt: omdat God uiteindelijk je goede en slechte daden bij elkaar optelt en dan besluit waar hij je naartoe stuurt.

'Klopt dat?' vraagt hij.

'Min of meer,' zegt Sofia.

'En dan blijf je daar voorgoed?'

'Precies. Dat is het eeuwige leven.'

'En hoe ziet de Hemel eruit?'

De Hemel, legt Sofia uit, is niet voor iedereen gelijk, het hangt van de persoon af. Als je van de zee houdt, dan is jouw Hemel waarschijnlijk een strand waar het altijd zomer is. Als je van eten houdt, is het waarschijnlijk een tafel waarop je lievelingsgerechten steeds vanzelf weer worden aangevuld. Enzovoorts.

'Nou, dan weet ik wel hoe de Hemel van mijn moeder eruit zou zien,' zegt Oscar. 'Het zou een bergweide zijn met een beek en een heleboel bloemen, met alleen mensen die zíj wil. Ze houdt niet zo van mensen. Ze houdt meer van dieren en planten.'

Hij denkt even na en voegt eraan toe: 'En die van mijn vader zou een formule 1-circuit zijn. Hij zou een eigen Ferrari hebben en kunnen racen wanneer hij maar zin had.

En de mijne zou een tropisch eiland zijn. Of nee, een atol midden in de Grote Oceaan. Er zouden een vulkaan en een jungle moeten zijn, en kliffen rondom. En twintig meter hoge golven.'

'De mijne ook,' zegt Sofia.

En als ze hun fantasie helemaal hebben uitgeleefd en er ook nog krokodillen en pythons aan hebben toegevoegd, en vleesetende planten, tarantula's en zwarte weduwen, komen ze bij de duistere kant van de kwestie. En de Hel? Hoe ziet de Hel eruit?

Sofia weet niet zeker of ze het antwoord weet. Over de Hel hebben ze haar nooit zoveel verteld. Ze heeft begrepen dat de duivels en de vlammen niet echt bestaan, maar ze weet niet wat er dan wél is. Het nare aan de Hel is in haar ogen juist dat je niet weet hoe het er is.

'Volgens mij is het er net zo als in de Hemel, maar dan omgekeerd,' oppert Oscar. 'De Hel is vast ook voor iedereen anders. Het is waarschijnlijk dat waar je het allerbangst voor bent op de hele wereld. Ken je dat, dat je droomt dat je in een afgrond valt? Of verdrinkt? Je weet wel, zo'n nachtmerrie, maar dan eentje die nooit ophoudt.'

'Wie weet.'

'Waar ben jij bang voor?'

'Voor alleen zijn.'

'Hoe bedoel je? Alleen thuis zijn?'

'Nee, niet op een precieze plek. Zo'n beetje overal. Zoals toen ik klein was en was verdwaald in de supermarkt. Ik draaide me om en mijn moeder was er niet meer, en ik ging haar zoeken maar vond haar niet. De caissières moesten haar omroepen. Toen ik haar zag heb ik haar een klap gegeven, zo bang was ik geweest.'

'Heb je je moeder een klap gegeven?'
'Ja.'
'Nou, dan is dat waarschijnlijk jouw Hel. Een plek waar je altijd verdwaalt.'
'Zou best kunnen. En waar ben jij bang voor?'
'Ik? Nergens voor,' zegt Oscar. Hij kruist zijn handen achter zijn nek en kijkt naar het plafond van de kamer alsof het de sterrenhemel is boven de brug van zijn schip. Hij zegt: 'Misschien ontdek ik het daar pas. Weet ik pas hoe de Hel is als ik er ben.'

(Sofia zal een aantal jaren later aan dat gesprek terugdenken als ze een lijst met haar kinderangsten opstelt voor een theaterworkshop. Bovenaan zal ze, natuurlijk, de angst voor *Echtscheiding* zetten. Op plaats twee *Ontvoering*, vanwege de ontvoering van een jongetje wiens foto in 1987 de journaals zal overspoelen. Zo'n foto waar mensen lachend op staan, maar die vervolgens wordt gebruikt om ruchtbaarheid te geven aan hun verdwijning, en dan krijgt hun lach ineens een heel andere betekenis. En Roberto zal haar in de maling nemen en zeggen: 'Je denkt toch niet dat ze jou zullen ontvoeren? Zo rijk zijn we niet.' En Rossana zal denken dat het een smoesje is om niet naar bed te hoeven. Het derde woord zal *Tumor* zijn: niet de angst dat zoiets jóú treft, maar een van je ouders. De zoveelste afgeleide, zo zal haar toneelleraar opmerken zodra hij de lijst gelezen heeft, van één enkele gigantische verlatingsangst. En dan zal Sofia zich deze nacht herinneren. Zal ze zich herinneren dat ze tegen Oscar zei: 'Voor alleen zijn.' En hoe broos de vermeende zekerheden van het leven haar als kind toeschenen: gezinnen waren als onderzeeërs die worden getroffen door onvoorziene rampen, dieptebommen die in een zeeslag tussen jou en de ondoorgrondelijke wil van God hoog uit de lucht naar beneden komen zetten.) De gebeden zijn hun geheim. Ze zeggen ze geknield, ieder aan een kant van Sofia's bed, zodat Oscar naar haar kan kijken en haar gebaren kan imiteren. Hij leert zich te bekruisen en kent op een gegeven moment het hele Onzevader uit zijn hoofd. Daarna vraagt hij: 'Zijn er niet nog meer?'

'Ja, ontzettend veel.'

'Nou, leer me die dan.'

Hij is er niet makkelijk van te overtuigen dat het daar niet om gaat. De kracht van gebeden, legt Sofia uit, hangt niet af van hoeveel je er kent. Een gebed is geen toverspreuk, en de woorden op zich halen helemaal niks uit. Wat telt is hóé je ze zegt: als het je lukt je goed te concentreren, alle afleiding buiten te sluiten en alleen maar te denken aan wat je God wilt vragen, dan is er een kans dat hij naar je luistert. Ook al zeg je maar één gebed. Zo niet, dan kun je er wel een miljoen kennen, maar dan kun je nog steeds net zo goed tegen een muur praten.

En dus begint Oscar zich te oefenen in concentratie. Hij sluit zijn ogen, plant zijn ellebogen op de rand van het matras, drukt zijn handen tegen zijn voorhoofd. Nu is het Sofia die is afgeleid. Ze staart naar zijn lippen als die zeggen: 'Uw koninkrijk kome, uw wil geschiede.' Als ze zeggen: 'Verlos ons van het kwade, amen.' En terwijl hij zich met het enthousiasme van een bekeerling tot een voor hem geheel nieuwe God wendt en die smeekt zijn moeder van haar ziekte te genezen, lijken Sofia's gebeden meer op het gekeuvel van oude vrienden. Ze weet dat kleine verlangens gemakkelijker te verwezenlijken zijn, en dus stelt ze Oscars verzoeken naar beneden bij. Alstublieft, denkt ze, laat haar nog een week leven. Wat zijn zeven dagen nou voor u? Zorg ervoor dat hij niet nu al weg hoeft. Als u van me houdt, en ik weet zeker dat u van me houdt, laat me dan nog een tijdje met hem samen zijn.

Er is een vast moment van de dag waarop ze ontdekken of hun gebeden hebben gewerkt. Dat is tegen vijven, als Rossana voor het raam verschijnt en Oscar aan de telefoon roept. Oscar stopt midden in het gevecht, bezweet en onder het zand, haalt zijn neus op, kijkt naar Sofia, zegt: 'Wacht hier op me' en holt naar binnen.

Dan gebeurt er iets met de kinderen. Hun spel bevriest. Kapitein Kid en Kapitein Moody, respectievelijk deskundig bomenklimmer en meestermodderkluitenwerper, luitenant-ter-zee Maynard, door zijn rode haar ertoe veroordeeld om altijd en eeuwig de Engelse officier te spelen, premiejager Barnet met zijn onafscheidelijke gele hondje, en de matrozen en naamloze piraten, strijders van de tweede garnituur omdat ze te lomp zijn, of te tenger, of te bezorgd dat hun bril kapotgaat: ze blijven allemaal staan waar ze staan, vermijden het zelfs elkaar aan te kijken. Gelukkig duurt het maar even. Na een paar minuten komt Oscar weer naar buiten, sloffend en met zijn blik naar de grond gericht. Het is het ongemak dat hem overvalt als hij zijn moeder aan de telefoon heeft. In het korte stukje van huis naar het meer slaat het om: als hij weer zij aan zij staat met Sofia, pakt hij zijn stok op, stoot een strijdkreet uit en herneemt het commando, tot alles bereid om zijn Tortuga te heroveren.

Ze zal onbeduidende herinneringen hebben en scherpe, zoals deze. Zoals familiefoto's waarop niets bijzonders staat en waarvan je niet weet waarom of wanneer ze genomen zijn, maar die jaren later van veel groter belang blijken te zijn dan al die albums vol foto's van verjaardagen en huwelijken. Op een ervan staat Roberto in de deuropening van de keuken, terwijl hij zijn handen afdroogt aan een doekje en naar Rossana kijkt, in de gang. Ze is aan de telefoon met Oscars vader. Een lang gesprek waarbij zij meer luistert dan praat, met haar aansteker en sigaretten onder handbereik op het tafeltje. De rol van vertrouweling was aanvankelijk Roberto's rol: zíj zijn oude vrienden. Maar ze zijn mannen en hebben een vriendschapsband die meer stoelt op doen dan op praten: geld voorschieten, voor het kind van de ander zorgen, in de auto springen en ergens heen rijden, dat is hun manier om affectie te tonen. Problemen zonder oplossing die uitsluitend geduldig dienen te worden aangehoord zijn de specialiteit van vrouwen, en Rossana heeft die taak op een gegeven moment op zich genomen. En daarom valt er in Roberto's blik enige bewondering en enige trots te lezen. Want de echtgenote die zo zwak leek en nu zo moedig blijkt, is de zijne.

In een andere herinnering zit Sofia samen met haar moeder in bad. Ze zit achter haar en boent haar rug met de badhandschoen, en intussen vertelt Rossana haar over het bezoek aan het ziekenhuis van die dag.

'Dus ze geven haar geen medicijnen meer?' zegt Sofia en wrijft de zeep over de handschoen om nog wat meer schuim te krijgen.

'De medicijnen die ze haar eerst gaven waren net vergif,' legt Rossana uit. 'Ze dienden om de tumor te bestrijden, maar ze waren intussen ook slecht voor haar. Nu ze ze niet meer neemt voelt ze zich beter.'

'Betekent dat dan dat ze beter wordt?' vraagt Sofia, ook al heeft ze heel goed begrepen dat stoppen met chemotherapie precies het tegenovergestelde betekent. Maar soms gebruikt ze het feit dat ze acht jaar is om dit soort effecten te bewerkstelligen: ze ziet hoe haar moeders schouders verstijven en haar ribben uitzetten in een zucht. Ze vraagt zich nieuwsgierig af wat ze zal antwoorden.

Op een nacht in augustus wordt ze wakker omdat het onweert. Ze heeft het nog nooit zo hard horen regenen. Haar kamer in Milaan had dubbele ramen, een appartement boven haar hoofd en eentje onder haar voeten, en onweer was een geluid dat je buiten kon sluiten, net als autoalarmen en de sirenes van ziekenauto's. Maar hier doet de donder de ruiten trillen. De wind slaat in de regenpijpen en veroorzaakt een soort gehuil. Het hele huis lijkt maar ternauwernood stand te houden en het elk moment te kunnen begeven.

En toch ontdekt Sofia dat ze niet bang is. Zodra ze eraan gewend is, begint ze het geluid van het onweer als gezelschap te ervaren. Ze houdt niet van het donker of van de stilte, omdat die leeg zijn, en het is die leegte die haar angst aanjaagt. Maar het onweer is juist vol en compact, bestaat uit lichten en klanken, is levend.

Ze wil er met Oscar over praten, en dus draait ze zich naar hem toe en knipt het bedlampje aan. Maar hij ligt niet in zijn bed. De lakens zijn losgewoeld, het kussen is helemaal verfrommeld en ligt aan het voeteneind. Sofia kijkt naar zijn kleren op de stoel: een verschoten blauw T-shirt, een afgeknipte spijkerbroek met grasvlekken. Ze vraagt zich af of hij haar misschien nodig heeft, staat op en gaat naar hem op zoek.

Beneden kijkt ze in de keuken, de woonkamer, de wc, het kamertje dat dienstdoet als washok en dat wat de studeerkamer van haar vader zou moeten worden, daarna gaat ze weer naar boven en vindt Oscar op de laatste plek waar ze hem zou verwachten: de slaapkamer van haar ouders. Hij ligt tussen hen in. Roberto neemt meer dan de helft van het bed in beslag; hij snurkt met open mond en zijn borstkas gaat op en neer. Rossana ligt ineengekruld op haar zij met haar gezicht naar de muur, alsof ze het koud heeft. Oscar slaapt opgerold tegen haar rug. Zou hij hen wakker hebben gemaakt toen hij hun kamer binnenkwam? En wat zouden ze hem hebben gevraagd? Van alle mogelijke fobieën, zo zal Sofia als volwassene zeggen, was dát dus waar die oude piraat bang voor was: donder, bliksem en een woelige zee.

Ze weet niet zeker of ze het wel zo leuk vindt wat ze ziet, of ze bij hen in bed zou willen kruipen of hen met een schreeuw tot de orde zou willen roepen. Ook voelt ze zich een indringer, alsof ze daar in de deuropening andermans familie staat te bespioneren, en dus laat ze hen slapen en gaat terug naar haar eigen kamer.

Als ze over de laatste dag vertelt, zal ze niet het afscheid beschrijven maar een moment vlak daarvoor. Het is aan het einde van het dagelijkse gevecht: Oscar is net bezig een handvol overlevenden voor te gaan in de allerlaatste aanval op de brug, als Sofia vanuit de hut waarin ze haar gevangenhouden een man ziet aankomen die haar vagelijk bekend voorkomt. Misschien wel omdat hij van een afstand op haar vader lijkt. Oscar en zijn getrouwen zijn omsingeld – de vraag is alleen nog of ze zich zullen overgeven of laten afslachten – maar Sofia's aandacht gaat op dat moment meer uit naar de vreemdeling dan naar het gevecht. Hij heeft dun, warrig haar en ziet er erg moe uit. Hij draagt een elegant maar gekreukt pak, alsof hij erin heeft geslapen, en als hij bij de oever van het meer is trekt hij zijn jasje uit, hangt het over de rugleuning van een bankje en gaat zitten. Hij knoopt de manchetten van zijn overhemd los, rolt de mouwen op tot aan zijn ellebogen en gaat dan naar de spelende kinderen zitten kijken. Hij lijkt geen enkele haast te hebben om hun spel te onderbreken. Sterker nog, hij zou dit moment wel willen kunnen rekken: Oscar piraat laten spelen, hem het slechte nieuws besparen, even uitrusten in de zon. Zijn oog valt op het meisje dat hem gadeslaat, vastgebonden aan een paal in de schaduw van de hut, en hij herkent de dochter van zijn vriend. Ze heeft een pleister op haar oog. Ze is flink gegroeid sinds de laatste keer dat hij haar zag. Waarom staren kinderen mensen aan? Waarom leren volwassenen kinderen dat je mensen niet mag aanstaren? Waarom zouden we niet naar alles mogen staren wat ons interesseert? Uit de verte glimlacht de man naar haar. Sofia glimlacht terug.

Een tijdje na Oscars vertrek is er een feest. Die zomer – de laatste huizen moesten nog worden verkocht – is Lagobello opgenomen in de kadastrale kaarten: waar eerst een witte vlek was, staat nu een groep huizen met een naam. Om die gebeurtenis te vieren heeft een aantal bewoners voorgesteld een lunch in de openlucht te organiseren: het zou mooi zijn, zeiden ze, als dat mettertijd een traditie zou worden. En dus dekken de mannen op een zondag in september een lange tafel in het park, terwijl de vrouwen veel meer eten klaarmaken dan ze op kunnen. De lunch is geslaagd te noemen. Hoewel het niet het dorpsfeest is waar sommigen van droomden, schudden verschillende mensen die elkaar nog nooit hebben gesproken elkaar de hand en blijft een flink aantal na de koffie nog wat napraten. Iemand gaat naar huis en komt terug met een fles likeur. Een radio wordt afgestemd op de kampioenswedstrijden. Op het gras staan lege stoelen, hier en daar zitten mensen te kaarten, en er is één rumoerige tafel waar de kinderen omheen hollen. Sofia heeft zich eronder verstopt en leunt met haar rug tegen de knieën van haar vader. Omgeven door de benen van de volwassenen – de kousloze schoenen van de vrouwen, de losgemaakte riemen van de mannen – kijkt ze naar haar spelende vriendjes. Na Oscars vertrek hebben ze nog een paar keer geprobeerd piraatje te spelen, maar het werkte niet. De strijdkreten klonken futloos, in de man-tegen-mangevechten ontbrak het noodzakelijke vuur. Het was allemaal nep geworden. Op een gegeven moment had een van hen gezegd: 'Wie heeft er zin in voetballen?' en opgelucht hadden de anderen hun hand opgestoken.

En toch kijken ze die middag, als er even niet gevoetbald wordt, tijdens hun beurt op het doel of als de bal een eind weg is, allemaal vroeg of laat omhoog naar het dak van de hut en werpen een blik op de oude Jolly Roger. Hij is aangetast door regen en zon, begint te scheuren en te verbleken. Er zullen nog dagen voorbijgaan voordat een tuinman besluit hem te strijken, maar vandaag wappert de Koning des Doods nog boven de lege flessen, boven de laatste restjes gesmolten ijs, boven de op het gras gewaaide servetjes, boven het bodempje koffie in de kopjes. Een eindje verderop, in de naar nieuwe verf ruikende huizen, staat een aantal laatste onvolkomenheden op het punt structureel te worden. De niet-weggewerkte elektriciteitsdraad op de trap, het stukje plint dat ontbreekt achter de bank: gebreken die niemand meer zal verhelpen en die eeuwig zullen getuigen van die pioniersperiode. En ook de kinderen zullen hun eigen mausoleum hebben: zelfs jaren later, als ze hun huisschildpadden en uit hun krachten gegroeide goudvissen in het meer vrijlaten, elkaar ondanks dat het verboden is uitdagen met acrobatische duiken of gezeten op de bankjes geheimen met elkaar delen, zich vervelen of sigaretten en seksuele fantasieën uitwisselen, zelfs in de tijden van *klotelagobello, teringlagobello* en *shitlagobello*, zullen ze niet naar hun eilandje kunnen kijken zonder te denken aan die eerste zomer, de gouden tijd van de piraterij.

Die avond maken Rossana en Roberto weer ruzie. Ze hebben alle twee te veel gedronken en dan hoeft er maar dit te gebeuren of de vlam slaat in de pan. Sofia hoort hen nooit eerder gebezigde woorden schreeuwen. Ze loopt naar de keuken en ziet daar haar vader en moeder staan, met opgezwollen aderen, wijd opengespalkte ogen en het verlangen iemand pijn te doen, ze schrikt en holt naar boven.

Even later houdt ze, geknield naast haar bed, halverwege een weesgegroetje opeens haar mond. Ze heeft het idee dat ze zich heeft vergist. Zei ze nou *ouders* in plaats van *zondaars*? Je hoort hun geschreeuw helemaal hier boven, en ze herhaalt de nieuwe versie om te horen hoe die klinkt. *Heilige Maria, Moeder van God, bid voor onze ouders, nu en in het uur van onze dood.* Ze weet dat het godslastering is, maar dat kan haar helemaal niets schelen. Het zijn maar woorden, denkt ze: ze hebben niet gewerkt om Oscars moeder te genezen, ze hebben niet gewerkt om Oscar hier te houden, en dus zullen ze nu ook wel niet werken om die twee het zwijgen op te leggen. Ze staat op. Ze besluit dat bidden nutteloos is en dat ze het nooit meer zal doen.

Daarna pakt ze de lamp van het nachtkastje. Vanonder het matras haalt ze het boek tevoorschijn dat Oscar voor haar heeft achtergelaten, niet als kostbaar geschenk maar als iets waardeloos, want op de laatste dag was hij zo woedend dat hij niets meer wilde weten van Hel, Hemel, geheimen, en ook niets meer van zijn schat: *Leven en Bedrijven van eenigen der beruchtste Straat- en Zeeroovers in Grootbrittannien.* Sofia doet de kast open, poot de lamp erin, wurmt zich tussen de laden met ondergoed en de hangende jurken, gebruikt een stapel truien als kussen. Als ze zich heeft geïnstalleerd knipt ze de lamp aan en slaat het boek open. Ze steek haar voet buiten de kast en haalt eerst de ene en dan de andere kastdeur naar zich toe, en haar kamer verandert in een verlaten, donker gat.

Twee horizontale meisjes

Het kleine meisje had alle ansichtkaarten op haar bed uitgespreid. Ze noemde het *de collectie*. Ze lagen op de lakens en tussen de kussens, overal waar ze ze netjes naast elkaar kon leggen, of onder elkaar, waar ze ermee kon schuiven, ze alfabetisch of chronologisch kon ordenen of ze kon neerleggen alsof het steden en dorpen waren en het matras een landkaart. Het grote meisje dat languit op de vloer aan het voeteneinde lag, had haar eerst uitgelegd dat je het eigenlijk geen echte *collectie* kon noemen, omdat ze allemaal door dezelfde persoon waren verstuurd, te weten haar vader, en daarna had ze het nog erger gemaakt. Met een enorme wilsinspanning had ze een hand vanaf het linoleum-niveau waarop ze zich bevond uitgestrekt naar het bed-niveau en had zich de eerste drie, vier, vijf ansichtkaarten van de reeks laten aangeven. In de kamer waar ze zich bevonden overheerste de kleur wit. De muren, de lakens en slopen, de gordijnen voor de ramen, de verbanden om de polsen van het kleine meisje: alles was wit. Het grote meisje had met moeite haar rechteroog geopend, als een drenkeling die verblind wordt door een ijsvlakte, daarna had ze de postzegels en de stempels bekeken en aan het kleine meisje gevraagd hoe het, volgens haar, mogelijk was dat die kaarten allemaal vanaf het postkantoor van Verona Oost waren verstuurd, terwijl er Amsterdam, Aosta, Athene, Bangkok en Berlijn boven stond. Ze had zelfs op het punt gestaan haar uit te leggen dat haar vader helemaal geen archeoloog was, en ook geen ontdekkingsreiziger of een geheim agent die altijd de hele wereld over reisde, maar gewoon de zoveelste man die bij zijn vrouw was weggelopen om een nieuw leven te beginnen, waarschijnlijk met een jongere vrouw, ergens in de buurt van Verona. Maar vervolgens had de gedachte aan familie, welke familie dan ook, haar een aanval van misselijkheid bezorgd en had ze alleen maar gezegd: 'Wat kan het mij ook verrotten, voor mijn part vallen jullie allemaal dood. Het kost me al moeite genoeg om niet over mijn nek te gaan.'

Het kleine meisje had het wellicht begrepen, of wellicht niet, wellicht had ze alles al alleen uitgevogeld, wellicht had ze het woord 'doodvallen' gehoord en had het haar gekwetst, want ze was in huilen uitgebarsten. Liggend op haar buik te midden van al die hoofdsteden van de wereld, was ze begonnen te snikken en te jammeren, en was niet meer opgehouden.

'Alsjeblieft, alsjeblieft, alsjeblieft,' had het grote meisje gezegd, met haar ogen dicht en haar wijsvingers tegen haar slapen. 'Mijn hoofd knalt al zowat uit elkaar van de koppijn.'

Nu begon het kleine meisje nog harder te huilen. Terwijl het grote meisje hartgrondig haar slechte gewoonte vervloekte om tegen elke prijs de waarheid te verdedigen, hoorde ze op linoleum-niveau een ritmisch en haar welbekend geluid op de gang. Rubberen klompen in aantocht. Ze liepen de hele gang door en bleven op een paar passen afstand van haar hoofd staan, aan de andere kant van de deur. Het grote meisje hield haar adem in. Ze stelde zich voor hoe de verpleegster de voors en tegens van een mogelijk ingrijpen tegen elkaar afwoog, haar oor tegen de deur legde en zich afvroeg of dat gesnik voldoende reden was om binnen poolshoogte te gaan nemen, of dat het therapeutisch gezien juist beter zou zijn te wachten tot het zou ophouden. Toen nam het kleine meisje het heft in handen, en omdat ze niet in staat was met huilen te stoppen beet ze zo hard als ze kon in haar kussen. De lekkere smaak van schone was had een kalmerende uitwerking op haar. Wasmiddel plus wasverzachter plus strijkijzer: door dat wonderbaarlijke kalmeringsmiddel stopte ze binnen de kortste keren met snikken. Het grote meisje hield nog steeds haar oren gespitst. Buiten sloeg de regen tegen de ruiten, binnen tikte een klok. Een paar bewakers waren er met de bestelbus op uitgestuurd om haar te zoeken langs de asfaltweg, de enige vluchtroute door het bos. Als de bewakers met lege handen terugkeerden zouden de afdeling en de slaapvertrekken systematisch doorzocht worden, kamer voor kamer, bed voor bed, kast voor kast. De klompen maakten rechtsomkeert en gingen terug naar waar ze vandaan waren gekomen.

'Jezus christus,' zei het grote meisje toen de verpleegster buiten gehoorsafstand was. 'Ik moet een sigaret.' Ze lag op de vloer alsof ze haar rug had gebroken, of een kogel tussen haar ribben had gekregen, op een millimeter van haar long. Ze zei: 'Ik heb godsgruwelijke, knallende koppijn.'

'Ik heb geen sigaretten,' zei het kleine meisje, terwijl ze op bed-niveau op een punt van haar kussen zoog. 'Natuurlijk heb je die niet,' zei het grote meisje. Behoedzaam, alsof ze nog steeds door een scherpschutter op de korrel werd genomen, liet ze haar rechterhand in de zak van haar spijkerbroek glijden. Ze haalde er een doorzichtig plastic buisje uit, dat je op het eerste gezicht zou kunnen omschrijven als het omhulsel van een ballpoint, maar dan zonder het inktreservoir en in tweeën gebroken. Ze klemde het tussen haar duim en wijsvinger, bracht het naar haar lippen en zoog een enorm lange teug lucht naar binnen. Ze hield haar adem een paar seconden in voordat ze de denkbeeldige rook weer uitblies. Ten slotte bewoog ze haar hoofd naar rechts en naar links, waardoor haar nekwervels kraakten en haar nekspieren zich ontspanden.

'Rook je een bállpoint?' vroeg het kleine meisje. Ze had nog steeds de punt van het kussen in haar mond, maar nu zoog ze er niet meer op, ze beet er af en toe in en keek met veel belangstelling naar wat er zich op linoleum-niveau afspeelde.

'Dit is geen ballpoint,' zei het grote meisje. 'Het is een metafysische sigaret.'

'Wat is dat, metafysisch?'

'Iets wat je niet ziet maar wat er wel is, snap je?'

'En waarom moeten we allemaal doodvallen?'

'O, dat is alleen maar bij wijze van spreken. Ik praat altijd zo, ik zeg altijd *val dood, val allemaal dood, ik ga dood*, of ook wel *crepeer, maak er een eind aan, maken jullie jezelf toch allemaal van kant,* maar als puntje bij paaltje komt gaat er nooit iemand dood. Het is alleen maar om een beetje stoom af te blazen.'

Het grote meisje nam nog een trekje. Ook tijdens het gesprek bleef haar gehoor als een sonar een aantal cruciale richtingen afzoeken: de binnenplaats, de gang, de kamers van de patiënten. Op het moment ving ze geen enkel abnormaal geluid op.

Ze zei: 'Trouwens, hoe heet je eigenlijk?'

'Margherita,' antwoordde het kleine meisje.

'Dat zag ik op de kaarten. Echt een keurige meisjesnaam, maar wel eentje die klinkt alsof hij je door je ouders is opgedrongen.'

'Hoe bedoel je?'

'Weet je iets van indianen? Van roodhuiden? De Siouxstam, zegt je dat wat?'

'Zo'n beetje.'

'Nou, moet je horen. Probeer goed te luisteren en alles te begrijpen, want ik heb geen zin om alles twee keer uit te leggen. Als een Sioux geboren werd, gaven zijn ouders hem een soort voorlopige naam. Gewoon om te weten hoe ze hem moesten noemen zolang hij nog klein was, snap je? Zoals Margherita. Maar als hij groot werd en zijn ware aard tevoorschijn kwam, observeerde de sjamaan van de stam hem een tijdje en vond dan de juiste naam voor hem. Weet je wat een sjamaan is?'

'Tuurlijk weet ik dat. Een medicijnman.'

'Goed zo. Maar het was niet de sjamaan die de naam koos, de naam onthulde zichzelf. De sjamaan kon gewoon heel goed observeren. Snap je het verschil? Snap je dat niemand anders kan beslissen wie jij bent?'

'Maar ik vind Margherita leuk,' zei het kleine meisje.

'Jezus. Ze zouden een studie van je moeten maken aan de universiteit. Je bent knettergek en hebt net je polsen doorgesneden, maar je bent tenminste wel blij dat je Margherita heet.'

Het kleine meisje slikte. Het was haar niet duidelijk of knettergek een belediging of een compliment was. Vervolgens kreeg haar nieuwsgierigheid de overhand.

'En hoe heet jij?' vroeg ze.

'Jonas,' zei het grote meisje.

'Dat is toch een jongensnaam?'

'Dat doet er helemaal niet toe.'

'Sinds wanneer heet je al zo?'

'Sinds nu net. Sinds twee seconden. Sinds drie, vier, vijf seconden. Ik, ondergetekende, gelegen op de vloer van de kamer van Margherita, verklaar dat mijn naam van nu af aan Jonas is, en dat ik Jonas genoemd wil worden totdat ik van gedachten verander.'

'En hoe heette je eerst, als ik vragen mag?'

'Nee, dat mag je niet vragen, want die naam bestaat niet meer.'

'Jammer,' zei het kleine meisje.

Terwijl het grote meisje praatte, had haar supergevoelige oor een signaal opgevangen vanaf de binnenplaats. Banden door grind, door blubber, door modderig gras. Bewakers die terugkeerden van hun klopjacht. De bestelbus stopte en er klonken stemmen. Nu was er niet veel tijd meer. Het grote meisje zoog nog een keer aan haar buisje.

Ze zei: 'Sorry voor de invasie trouwens, Margherita. Ik moest even van omgeving veranderen.'

'Hoe is het met je hoofdpijn?' vroeg het kleine meisje.

'Beter.'
'Mag ik ook 's?'
'Wat?'
'De megafysische sigaret.'
'Geen sprake van.'
'Val dood,' zei het kleine meisje.

Het grote meisje bewoog haar voeten heen en weer om de gewrichten los te maken. Ze droeg haar enkels op cirkeltjes te beschrijven, en haar enkels gehoorzaamden. Het ging beter. Ze had het idee dat ze klaar was om de gevolgen van de door haar veroorzaakte opschudding onder ogen te zien.

'Hoor je dat geluid?' vroeg ze.

Op bed-niveau spitste het kleine meisje haar oren. Ze hoorde een paar rubberen klompen en een paar schoenen met hakken aan het eind van de gang. Ze liepen een paar meter, klopten op een kamerdeur, gingen naar binnen om die te inspecteren. Ze wachtten niet tot iemand *binnen* zei. Het kloppen was uitsluitend voor de vorm.

'Ja,' zei ze. 'Ik hoor het.'

'Het lijken gewone hakken van acht centimeter, maar eigenlijk zijn het martelwerktuigen. Weet je wie ze draagt?'

'Nee.'

'Nou, dat komt binnenkort wel. Ze laten je hier eerst een paar dagen in je uppie zitten voordat ze haar aan je voorstellen. En dan ben je zo blij dat je een menselijke wezen ziet dat je haar alles vertelt wat ze weten wil.'

'Hoezo, wat wil ze dan weten?'

'Wat dénk je dat ze wil weten?'

'Geen idee, vertel maar.'

'Ze is vooral gefascineerd door kleine fixaties. Jouw

voorliefde voor ansichtkaarten vindt ze geweldig, dat geef ik je op een briefje.'
'Echt?'
'Kom op nou, Margherita,' zei het grote meisje. 'Jezus christus. Wat denk jij dan dat ze weten wil?'
Het kleine meisje omklemde een zoom van het laken. Ze moest bijna weer huilen, maar dat wilde ze niet. Ze slikte de snikken die in haar keel opwelden weg en zei: 'Ik weet het niet. Ik weet niet wat ze wil weten en ik weet niet wat ik moet antwoorden. Ik zou het heel graag willen weten, maar ik weet het niet.'
Het grote meisje zuchtte. Ze begon met haar achterhoofd zachtjes tegen de vloer te bonken, in een soort vertraagde epileptische aanval. Volgens haar berekeningen bleven de vrouwelijke arts en de verpleegster minder dan een minuut in elke kamer: nu waren ze nog maar twee deuren van hen verwijderd. Er was geen tijd meer. Ze nam weer een trekje en probeerde zo aardig te zijn als ze kon.
Ze zei: 'Weet je, je moet gewoon een verhaal verzinnen. Wat je maar wilt, echt, het doet er helemaal geen bal toe. Probeer alleen niet de gek uit te hangen, hoe eerder het je lukt te doen alsof je genezen bent, hoe beter het is.'
Nu waren de arts en de verpleegster de kamer naast hen aan het inspecteren. Geen twijfel mogelijk. Je hoorde hun stemmen door de muur. Het grote meisje was klaar om hen in stijl te ontvangen.
'Jonas,' zei het kleine meisje opeens.
Het grote meisje schrok op. Ze deed haar ogen open en zag op bed-niveau het gezicht van het kleine meisje, ondersteboven, op tien centimeter afstand van het hare. Het grote meisje bleek, nu ze allebei haar ogen open had,

enigszins te loensen. De ogen van het kleine meisje stonden recht en keken dreigend.
'Ben jij bijna genezen?' vroeg ze.
'Bijna,' zei het grote meisje. Ze hief haar rechterhand op en vormde een soort lange, smalle U met haar duim en wijsvinger. Ze zei: 'Ik hoef nog maar zo'n beetje.'
Toen viel het kleine meisje aan. Vraatzuchtig als de snavel van een kuiken schoot haar mond omlaag, en met haar tanden rukte ze het plastic buisje tussen die van het grote meisje vandaan. Zonder het te willen gaf ze haar een halve kus. Het grote meisje graaide naar het bed, maar alles wat ze te pakken kreeg was lucht, en op dat moment werd er op de kamerdeur geklopt.

Op 10 september 1994, drie weken voor de gebeurtenissen in de kliniek, speelde een jongetje in zijn eentje in een tuin van Lagobello, een villapark op een halfuur van Milaan. In de tuin ernaast dommelde een grote, dikke, zwarte bastaardhond, Haak genaamd, in de schaduw van een kersenboom. De hond heette zo om twee redenen: ten eerste vanwege het feit dat er een hoek uit zijn oor was gebeten in de kennel waar hij als puppy gezeten had, en ten tweede vanwege de voorliefde van zijn bazinnetje voor zeemansverhalen. Het was rond drie uur 's middags. De jongen schopte een bal tegen de schutting en het goede oor van de hond ging omhoog. Op dat moment verscheen zijn bazin voor het raam van haar kamer op de eerste verdieping van een roest- en crèmekleurige doorzonwoning. Ze had zojuist vierentwintig valiumtabletten en een halve fles Amaro Montenegro tot zich genomen. Eerst had ze diepgaand onderzoek verricht en ontdekt dat benzodiazepinen alléén helemaal niks uitrichten, maar in combinatie met alcohol wel, en had ze bedacht dat het niet meer dan terecht was dat ze zich gedwongen zag de twee lievelingsdrugs van haar ouders te mengen, de ene weggestopt in een laatje in de badkamer en de andere open en bloot in het barmeubel in de zitkamer. Terwijl ze, al dronken van de Montenegro, wachtte tot ook de valium begon te werken, had ze het zoveelste pakje uit de slof van haar moeder gepikt en was bij het raam gaan staan paffen, waarbij ze de sigaret buiten hield, een beproefde methode bij clandestien roken.

Het was de laatste zaterdag van de zomervakantie. Na een verschrikkelijke maand had het echtpaar Muratore, zoals het meisje hen graag mocht noemen, besloten er een paar dagen tussenuit te gaan, en die ochtend waren ze naar zee vertrokken. En dit keer, *godverdegodver*, dit keer stond haar plan als een huis en had ze aan alles gedacht: literatuuronderzoek en een stipt draaiboek, op basis van de meest recente wetenschappelijke studies berekende doses, en zelfs een getuige. In de plannen van het meisje zouden de Muratores zondagavond terugkomen van hun geestelijkegezondheidsherstelweekend en zouden ze, als ze het onuitsprekelijke verdriet in de blik van Haak zagen, de hond volgen naar de eerste verdieping, tot aan het voeteneind van het bed in een anachronistisch jarentachtigkamertje, laatste rustplaats van zijn bazin die nu voor altijd *gekalmeerd* was.

Terwijl ze in die fantasie zwolg, bekeek het meisje haar koninkrijk in verval. In Lagobello was de enige vorm van leven die zaterdagmiddag de zoon van de buren, een eenzaam jongetje dat ze altijd aardig had gevonden en dat nu in zichzelf mompelend en tegen een plastic bal schoppend op en neer holde tussen zijn huisdeur en het tuinhekje. Ze keek naar hem en begreep na een tijdje dat de wedstrijd als volgt in elkaar stak: op de heenweg, van de deur naar het hekje, deed de jongen alsof hij een heel team was: hij trapte de bal tegen de muur of tegen de schutting en kreeg hem dan weer terug alsof het een pass was van een medespeler. Op de terugweg legde hij met de bal aan zijn voet al slalommend en pirouetterend een grillig parcours af en knalde hem ten slotte tegen de voordeur.

Het meisje, dat inmiddels was overmand door de slaap, die als dik, lauw schuim in haar omhoogwelde, had het idee een wedstrijd bij te wonen tussen een zeer degelijk en geolied elftal en een zwakkere ploeg met één topspeler in de gelederen. De jongen speelde tegelijkertijd de rol van de spelers van het ene elftal, de topspeler van het andere, de opgewonden tv-commentator en zelfs het door een doelpunt in vervoering geraakte publiek. Op dat moment kwam het meisje tot een zoet, melancholiek inzicht. Ze bedacht dat ze, als ze nog terug had gekund, graag actrice was geworden. Het zou een geweldige manier zijn geweest om niet langer zichzelf te hoeven zijn. Maar nu was het overal te laat voor en zou dat voor altijd de weg blijven die ze niet was ingeslagen, haar verspilde talent.

Ongeveer een halfuur later kreeg Haak lucht van iets duisters en begon hard te blaffen. Hij blafte zo hard en zo lang dat hij de aandacht trok van de inwoners van Lagobello. Sommigen van hen kwamen naar buiten. Een buurvrouw had de sleutels van het huis van de Muratores, die haar door het echtpaar voor vertrek waren toevertrouwd. Dat wist het meisje niet. En zo werd ze gewekt, en niet door de kus van een man.

Zeven jaar later, in Rome, laat op een wintermiddag, komt een jonge actrice haar appartement binnen met een envelop die ze net van beneden uit de hal heeft meegenomen. Ze trekt haar handschoenen uit, doet haar sjaal af en hangt haar jas op naast de voordeur. Binnen zie je het soort lichtverschijnselen dat zo kenmerkend is voor hoger gelegen appartementen: neonreclames projecteren flikkerende kleurvlekken op de plafonds, autolampen verkennen de muren. Het is een aquariumeffect dat het meisje leuk vindt, en dus besluit ze het niet te verpesten met al te felle lichten. Ze doet een lamp in de keuken aan en opent de envelop, zo eentje als haar moeder haar stuurt sinds haar vader is overleden, met het beetje post dat er nog voor haar op haar oude adres arriveert. In het begin deed ze er nog een handgeschreven briefje bij, een paar slachtofferige regels over zichzelf, het medische bulletin van de hond, maar daarna is ook de hond gestorven en hebben zij tweeën alle communicatie verbroken. Nu ziet het meisje dat er in de envelop een tweede, dikke gele envelop zit waar twee namen achterop staan geschreven. In een nerveus, stakerig schuinschrift staat er: *Sofia Muratore*. Eronder, tussen haakjes: *Jonas*. Een adres in Italiaans-Zwitserland is met pen doorgehaald en in een ander handschrift is dat van Lagobello eronder geschreven, vanwaar haar moeder het vervolgens naar Rome heeft doorgestuurd. Het is een envelop die al heel wat heeft afgereisd. Het meisje houdt hem bij het licht en bestudeert hem – niet zoals je een simpele gele papieren envelop zou bekijken, maar meer als een dia of iets dergelijks. Doordat ze amper waarneembaar loenst, lijkt haar rechteroog naar de envelop te kijken en haar linker naar de lege ruimte vlak ernaast.

Dan gaat de telefoon. Het meisje komt weer tot zichzelf

en volgt het gerinkel tot aan de kamer waar het vandaan komt: een tweepersoons slaapkamer met oranje en gouden gordijnen, een rij houten olifanten op een boekenplank en de geur van wierook die de doordringende lucht van Indiase cannabis echter niet kan verhullen. Ten slotte vindt ze het toestel op een van de twee bedden, onder een berg rokken en gestreepte kousen, allemaal dingen die een van haar huisgenotes niet meer in haar koffer kreeg toen ze naar Sicilië vertrok om *de kerst met haar ouders door te brengen.* Tijdens het zoeken naar de telefoon belandt het merendeel van die kleren op de vloer.

'Hallo,' zegt het meisje.

'Hallo,' zegt de stem. 'Ik wed dat je niet weet wie ik ben.'

'Scheepsvolk,' zegt het meisje, die al had gehoopt dat hij het was. Het is de jongen met wie ze sinds een maand verkering heeft. Het is een verhouding die ze bij voorkeur definieert als louter seksueel, hoewel dat niet helemaal waar is: de waarheid is dat die bezig is met hen beiden op de loop te gaan. De jongen noemt het meisje *kapitein.* Hij zegt: 'Kapitein, ik moest opeens aan je denken en dacht, ik moet maar eens horen hoe het gaat.'

'Moest je nu pas aan me denken?' vraagt het meisje. Ze spreekt hem aan met *scheepsvolk.* In het spel is hij zorgzaam en dienstbaar, zij neerbuigend en autoritair – een sadomasochistische scheepsfantasie.

'Ik beken,' zegt de jongen. 'Ik heb je de hele dag gemist.'

Als het meisje terugkomt in de keuken, werpt ze onwillekeurig een blik op de envelop op tafel. Ze wil er niet aan denken terwijl ze aan de telefoon is, maar het kost haar moeite om aan iets anders te denken. De jongen vraagt haar hoe de repetities voor de voorstelling gaan. Hij probeert interesse voor haar te tonen. 'Goed,' zegt het meisje. 'De repetities zijn het leukste deel.' Ze opent de ijskast om te kijken of ze misschien zin krijgt om iets te eten. In het halfduister van de keuken lijkt het lichtje van de ijskast haar te omhullen en op te slokken, net als de lampen van buitenaardse ruimteschepen in sciencefictionfilms.

'Waar gaat het stuk over?' vraagt de jongen.

'Noodlot en wraak,' zegt het meisje. 'Het gebruikelijke Griekse gedoe.'

De drie rekken van de ijskast zijn gemerkt met etiketten met daarop respectievelijk de namen Sofia, Irene en Caterina. Op het vierde, dat bestemd is voor de etenswaren die ze bereid zijn met elkaar te delen, liggen op dat moment de korst van een stuk Parmezaanse kaas, een halve ui in plasticfolie en een daar god weet hoe lang geleden door iemand neergezet bakje met de restjes van een Chinese afhaalmaaltijd, waarvan de lucht volstaat om het meisje alle eetlust te benemen en haar in ruil daarvoor een oud, vertrouwd gevoel van misselijkheid te bezorgen. Ze begint de yoghurtjes die bij Irene staan in rijen van twee en met het merk naar voren te rangschikken, en krijgt dan de aanvechting om de hele ijskast opnieuw in te delen, en dus slaat ze de deur dicht zodat de flessen rinkelen.

'Kun je me er niet iets van laten horen?' vraagt de jongen.

'Wat dan?'

'Ik weet niet, een monoloog? Er zit toch altijd wel een monoloog in?'

Dan moet het meisje de jongen uitleggen dat ze in de voorstelling niet alleen geen monoloog heeft, maar dat ze bijna de hele tijd liggend acteert.

'Leuk,' zegt de jongen.

'Wat?'

'Me je liggend voor te stellen.' Nu is de stem van de jongen hees, zoals dat hoort bij zinnen met een seksuele ondertoon. Het meisje zou op dezelfde toon moeten antwoorden, maar intussen is haar iets te binnen geschoten. Ze loopt terug naar de tafel, laat haar vinger langs de rand van de envelop gaan en zegt: 'Voor mijn moeder is het leven een gevecht tegen de zwaartekracht, wist je dat? 's Ochtends, als gewone mensen opstaan, blijft zij urenlang in bed liggen, soms zelfs de hele dag. Het is alsof een gewicht haar omlaagtrekt. Er is een gedicht van Sylvia Plath dat me altijd aan haar doet denken: 'Ik ben verticaal. Maar liever was ik horizontaal. Liggen is meer naar mijn aard.'

De jongen is verrast. Het is niet de eerste keer dat dat gebeurt. Opeens gaan de deuren naar het leven van het meisje wijd open, en dan weet hij even niet wat hij moet doen. Op andere dagen is ze net een gesloten kamer. En dus is de jongen tegelijkertijd beducht en gevleid, maar hoe dan ook, hij onthoudt zich van commentaar. Hij heeft begrepen dat het meisje geen adviezen van hem wil, maar alleen af en toe een luisterend oor. Om het gesprek een wat luchtiger wending te geven vraagt hij haar of ze plannen heeft voor Kerstmis.

'Wil je weten wat mijn plannen voor Kerstmis zijn?' zegt het meisje. 'Heel vaak in bad gaan en heel veel slapen. Laat opstaan en vroeg naar bed. De telefoon niet opnemen, *Moby Dick* herlezen, knetterstoned worden en proberen te vergeten dat het Kerstmis is. Zo goed?'

'En dat allemaal in je eentje?' vraagt de jongen.

'Dat weet ik niet,' zegt het meisje. 'Dat is een probleem dat ik nog moet oplossen. Ik zou het heel graag goed alleen kunnen.'

'Voor zover ik weet zijn er maar twee dingen die goed alleen kunnen,' zegt de jongen.

'Wat dan?'

'Het ene is God, en het andere masturberen.'

'Aha,' zegt het meisje. 'Nou, geef mij maar het tweede.'

'Mij ook,' zegt de jongen lachend.

Ten slotte spreken ze af elkaar later weer te bellen. Het meisje heeft wel zin om uit te gaan, maar niet om zich te haasten. Ze zegt: 'Ik ga eerst in bad, bel me maar tegen negenen, oké?'

'Tot uw orders, kapitein,' zegt de jongen. 'Ik zet de wekker.'

'Op de plaats rust, scheepsvolk,' zegt het meisje en hangt op.

Daarna gaat ze aan tafel zitten. Ze weet dat ze er nu niet meer onderuit kan. In huis zijn alleen zij en de envelop. Ze bekijkt het handschrift waarin de verzender *Sofia Muratore* heeft geschreven: de S, de f, de poten van de M, en de t als venijnige krassen op het gele papier, en daaronder de naam die haar eerder al heeft getroffen. *Jonas.* Maar getroffen is niet het goede woord. Hoe voelde ze zich precies? Zoals wanneer er een barst verschijnt in een glad oppervlak: een ruit, een ijsvlakte, een eierschaal. Het juiste woord is *gebarsten.* Ja, zo voelde ze zich. En nu wordt de barst zienderogen groter.

Tot een tijdje terug zou ze hebben geweten wat ze moest doen. Ze zou de telefoon hebben gepakt en haar tante hebben gebeld, die ze een tijdlang als haar leermeester heeft beschouwd. Maar die tijd is voorbij. Het meisje had op een gegeven moment het gevoel dat ze niet langer van anderen moest leren maar het zelf moest zien te rooien.

Ondanks het feit dat die tante haar heeft gezegd – sterker nog, op het hart heeft gedrukt – dat ze haar wanneer dan ook mocht bellen, en ondanks het feit dat het de enige persoon op aarde is die in staat is haar te helpen, weet het meisje heel goed dat er, als je je eenmaal van een leermeester hebt ontdaan, geen weg terug meer is.

Vervolgens bedenkt ze dat ze de envelop kan verbranden boven het gasfornuis. Of hem in kleine stukjes kan scheuren en die kleine stukjes uit het raam kan gooien, de nacht van Rome in. Of, nog beter, ze bedenkt dat ze hem kan vergeten. Hem ergens neerleggen en er dan helemaal niet meer aan denken, wachten tot er een tijdschrift of een boek op komt te liggen, en gaandeweg een stapel tijdschriften of boeken, terwijl er daaromheen, in het appartement, steeds andere huursters zijn omdat ze mettertijd afstuderen, zich verloven, van de universiteit af gaan, weer bij hun ouders gaan wonen, werk vinden en genoeg verdienen voor een kamer alleen of een eenkamerwoning, ruziemaken om futiliteiten en hun oude beste vriendinnen vervangen door nieuwe beste vriendinnen. En zo zal de gele envelop geheel intact in een veel later tijdperk weer opduiken, een tijdperk waarin de namen Sofia, Irene en Caterina hun betekenis zullen hebben verloren, de Indiase kamer zal zijn gewit, de etiketten in de ijskast zullen zijn gereduceerd tot vage lijmsporen; dan zal de envelop uit de huishoudchaos tevoorschijn komen als de scherf van een amfoor bij graafwerkzaamheden van de metro, precies zoals er nu, in het appartement, dingen opduiken die aan niemand toebehoren – een doosje pillen in het badkamerkastje, al vier jaar over de datum, of de strooien hoed die in het halletje hangt en die een van hen af en toe gebruikt, of het briefje dat ze vonden in het stof achter een kastje, met *Goedemorgen heks! Hier een nederig onderpand voor je toverkunsten* erop. En niemand die meer in staat is te achterhalen wie de eigenaars van die schatten zijn, want vele generaties huursters zijn inmiddels in de vergetelheid geraakt en de gele envelop zal hetzelfde lot zijn beschoren. Hij zal worden opgegraven door een eerstejaars, een ontheemde studente van buiten de stad die op een zaterdagmiddag gaat rondneuzen, de envelop vindt en 's avonds aan haar oudere medehuursters vraagt of zij er meer van weten. Ze zal horen hoe ze meisjesnamen oplepelen, van huisgenotes die ze nog persoonlijk hebben gekend tot meisjes die ze alleen kennen van horen zeggen, legendarische huisgenotes wier daden in het appartement worden overgeleverd, maar het zal nergens toe leiden, er zal zich geen enkele Sofia noch een Jonas in hun herinnering bevinden, en dan zullen ze alle drie, of alle vier of met z'n hoevelen ze die avond ook zullen zijn, eerst naar de gele envelop kijken en dan naar hun medebewoonsters, en glimlachend zeggen: 'Nou, als hij van niemand is, wie maakt hem dan open?' en zo zal zijn taak eindelijk zijn volbracht.

Ten slotte keert het meisje terug naar de werkelijkheid en besluit het als een volwassene aan te pakken. In de badkamer giet ze twintig druppels Lexotan rechtstreeks op haar tong. Ze draait de warme kraan van het bad open en trakteert zichzelf op een overdadige dosis badschuim. Ze haalt een stoel uit de keuken en legt haar sigaretten, aansteker en de gele envelop erop, met de asbak ernaast. Daarna kleedt ze zich uit en stapt in bad. Zoals altijd bezorgt het kokendhete water haar hartkloppingen, maar zodra de Lexotan begint te werken is het alsof ze oplost, alsof haar lichaam zijn hardheid verliest en een zacht voorwerp in een luchtbel wordt. Als ze die gelukzalige toestand heeft bereikt, pakt het meisje de gele envelop, scheurt hem met haar vinger open en haalt de brief eruit. Er staat in:

Beste Sofia (Jonas),

Een van de twaalf stappen van de Anonieme Alcoholisten is 'Het goedmaken'. Het is de negende van de twaalf, dus het is een van de laatste. Het goedmaken betekent dat je langsgaat bij mensen die je hebt beledigd, verraden, bestolen en teleurgesteld toen je dronken was, en hun je verontschuldigingen aanbiedt. Opbiecht dat je achterbaks bent geweest maar dat je nu iemand wilt worden die hun vertrouwen waard is. Je hebt hun vergeving nodig om dat te doen. Vergeving dient om je te ontdoen van je berouw, want dat is geen nuttig gevoel voor iemand die zijn leven wil veranderen, omdat het je voortdurend herinnert aan wie je was. Maar als iemand je vergeeft, kun je stoppen met berouw voelen en proberen te worden wie je wilt zijn.

Dat is precies hoe ik me nu voel. Ook ik heb andermans vertrouwen beschaamd, heb mijn vrienden gekwetst en een hoop leugens verteld, en nu denk ik dat ik, als ik vooruit wil, eerst terug moet om orde op zaken te stellen. En dus gebruik ik deze brief om je iets te sturen wat van jou is. Ik heb er erg veel aan gehad in de afgelopen jaren, op momenten dat ik me ellendig voelde, maar nu heb ik het niet meer nodig. Niet dat die momenten er helemaal niet meer zijn, maar ik kan er beter mee omgaan.

En verder is er nog iets wat ik je moet vragen. De laatste tijd heb ik de Bijbel van voren naar achteren gelezen. Ik geloof niet in God maar ik had het idee dat het een belangrijk boek was en dat ik het moest lezen, al was het maar om te voorko-

men dat iemand anders dat in mijn plaats zou doen en het me zou willen uitleggen. En weet je, het verhaal van Jonas is een van mijn lievelingsverhalen. Het is maar een paar bladzijden lang. Ik weet niet of jij het ook hebt gelezen, of misschien vond je de naam alleen maar leuk, of vond je een jongen leuk die Jonas heette of weet ik het. Hoe dan ook, het verhaal gaat als volgt. Op een dag roept God Jonas bij zich en beveelt hem: Ga naar Nineve, de grote stad, en zeg tegen de inwoners dat hun zonden mij ter ore zijn gekomen. Oké, zegt Jonas. Hij stopt wat kleren in een tas, zegt zijn vrouw gedag, stapt de deur uit, maar in plaats van naar Nineve te gaan, gaat hij de andere kant op en neemt de boot naar Tarsis. Maar niet gehoorzamen aan God is natuurlijk niet zo'n goed idee in de Bijbel, en dus barst er, als Jonas op die boot zit, een verschrikkelijke storm los. De zeelieden gooien alle handelswaar die ze hebben overboord om lichter te worden. Sommigen bidden, anderen huilen, maar Jonas slaapt overal doorheen. Het is duidelijk dat hij zeker weet dat hij het gelijk aan zijn kant heeft. Maar de kapitein van het schip schudt hem wakker en zegt: Hoe kun je nou slapen, zie je niet dat buiten de wereld vergaat? En Jonas: O ja, dat is mijn God die naar me op zoek is. Hij legt de zeelieden uit dat zijn God heel erg machtig en wraakzuchtig is, en dat die heel kwaad op hem is. De enige manier waarop jullie jezelf kunnen redden, zegt hij, is door mij overboord te gooien. En natuurlijk volgen de zeelieden zijn raad op. Dus wordt Jonas in het water gesmeten, maar wanneer hij op het punt staat te verdrinken voltrekt zich een wonder: 'De Heer liet Jonas opslokken door een grote vis.' Een zeemonster, niet meer en niet minder. En door Jonas op te slokken redt de vis hem in feite, Jonas zit drie dagen en drie nachten in zijn buik en is beschermd tegen de zee. In de buik van de vis praat Jonas met God. Hij bedankt hem dat hij hem heeft gered. Hij vraagt vergeving voor het feit dat hij hem niet heeft gehoorzaamd en belooft hem dat hij zijn opdracht alsnog ten uitvoer zal brengen. Ten slotte spuugt de vis hem uit op een strand, en dan trekt Jonas, nadat hij zich heeft gewassen en is opgedroogd, eropuit om de inwoners van Nineve tot bekering te brengen. Nou vroeg ik me af: toen jij daar op de vloer in mijn kamer lag, welke Jonas was je toen? Was je de Jonas die slaapt in het laadruim van het schip? En was je hoewel de wereld verging volstrekt kalm omdat je zeker wist dat je het gelijk aan je kant had? Of was je de Jonas in de buik van de vis? En voelde je je dankbaar omdat je veilig was voor wat zich buiten afspeelde, snapte je dat je iets verkeerds had gedaan en zat je te bedenken hoe je het kon goedmaken? Of was je de Jonas op het strand? Als hij zich laat opdrogen in de zon en beseft dat er geen gelijk of ongelijk bestaat, maar uitsluitend een man aan de ene en een god aan de andere kant, de een met de illusie dat hij keuzes heeft, de ander in staat je op te sporen waar je je ook verstopt, stormen te doen losbarsten om je te verdrinken en monsters te sturen om je te redden, zodat je beter maar gewoon kunt gehoorzamen omdat het toch niet mogelijk is vrij te zijn in een wereld die wordt geregeerd door een god? Heb je daarover nagedacht?

Toen je het over namen had, en over de vrijheid te zijn wie je maar wilt, dacht je toen dáár aan?

Ik zou het leuk vinden je een keer op een normale plek te ontmoeten, op een terrasje of zo, een kop thee te drinken en slagroomsoesjes te eten, heel dunne sigaretten te roken en te kletsen als twee oude vriendinnen. En tot die tijd hoop ik dat je net zulke dierbare herinneringen hebt aan mij als ik aan jou.

Je Margherita (Margot)

Nadat het meisje de brief twee keer heeft herlezen, legt ze hem op de stoel en pakt de gele envelop. Ze houdt hem ondersteboven en schudt hem heen en weer totdat er een voorwerp in het water valt dat ze eerst niet had opgemerkt. Ze vist het op en veegt het schuim eraf: het is een plastic buisje dat ze zich nog precies herinnert. Ze draait het rond tussen haar vingers, ze heeft het idee dat haar metafysische sigaret wat verder is afgekloven, en ook een flink stuk korter dan de laatste keer dat ze hem heeft gezien. Ze is blij dat ze hem terug heeft, maar waarvoor zou hij nu nog kunnen dienen? Het meisje bedenkt dat ze er nieuwe functies voor moet verzinnen. Ze haalt een voet uit het water, richt het buisje erop en tuurt erdoor met haar goede oog, alsof het een piepklein verrekijkertje is. Kijk, een gelakte grote teen aan stuurboord, en aan bakboord een zeepbakje in de vorm van een eendje. Het meisje steekt het buisje tussen haar lippen om te zien of het nog werkt. Kijk, een oude zeerot met een benen pijp. Je hoeft het alleen maar om te draaien, door je neus in te ademen en door je mond uit te blazen, en dan ben je een walvis. *Daar blaast hij! Daar blaast hij! Daar weer!* Alleen de parelvisser ontbreekt nog. Het meisje sluit haar ogen en knijpt haar neus dicht, vervolgens verdwijnt ze met haar hoofd onder water en gebruikt het buisje om de buitenlucht op te zuigen, als door een snorkel.

Sofia draagt altijd zwart

Ze hadden al wel over elkaar horen praten, maar ze ontmoetten elkaar pas voor het eerst voor het altaar, te midden van feestelijk uitgedoste familieleden en onder het opklinken van de huwelijksmars; Rossana, die als laatste was binnengekomen, aan de arm van haar vader, en Marta in de hoedanigheid van zuster en getuige van de bruidegom. In 1977 waren ze respectievelijk tweeëntwintig en drieëntwintig. Rossana was opgegroeid op een internaat, had een zekere aanleg voor tekenen en zingen, studeerde aan de kunstacademie maar zou haar studie onderbreken vanwege het *ongelukje*, en van Marta wist ze alleen dat wat Roberto haar had verteld: dat ze altijd boos was, alles zwartwit zag en al van jongs af aan met de wereld overhoopplag. Marta had nooit ook maar één gedachte aan Rossana gewijd, daar had ze de tijd niet voor gehad: ze studeerde geschiedenis aan de Universiteit van Milaan, werkte zich op bij een links-radicale radiozender, was actief in de Arbeidersautonomie en had op dat tijdstip op zaterdagmiddag eigenlijk helemaal niet als medeplichtige aan een moetje in de kerk moeten zijn, maar bij een betoging, samen met haar kameraden. In het centrum, niet ver van die ijskoude buurtparochie, was het protest al uit de hand gelopen: Rossana en Roberto zwoeren elkaar lief te hebben, te respecteren en elkaar trouw te zijn tot in de dood, en even verderop werden er auto's in brand gestoken en barricades opgeworpen; zij tweeën wisselden de ringen uit en de politie schoot met traangas, sloot de gelederen en voerde charges uit; het bruidspaar kuste elkaar ten overstaan van de priester en de ordetroepen stortten zich op gevallen betogers, en Marta bad tot de gekruisigde God dat ze er eentje te grazen zouden nemen, al was het er maar ééntje, hem een steegje in zouden sleuren en verrot zouden schoppen. In de kerk applaudisseerde iemand. Meteen na de kus, terwijl het orgel speelde en de twee schoonmoeders huilden en de plechtigheid voorbij was, keek Rossana over Roberto's schouder naar Marta en glimlachte naar haar. Vergissing uitgesloten: ze lachte naar háár. Met die madeliefjes in het haar en die witte indiajurk zag Rossana eruit als een echte hippie, een boodschapper van liefde en vrede voor de toekomst. Familie, familie, dacht Marta. Ze had zin om buiten te gaan roken, maar zwichtte niet en lachte terug. Rossana wist niet wat ze zag. En dat was het moment waarop het *ongelukje*, in het lauwe bad waarin het zich bevond, het schuitje dat al wekenlang een achtbaan was van euforie en wanhoop, rechtstreeks uit de navelstreng een stoot adrenaline voelde komen, waardoor het uit zijn middagslaapje ontwaakte en zijn moeder schopte.

Die herfst leerde Marta schieten, in de bergen, tijdens een door ex-partizanen gegeven trainingscursus. Terwijl de schoten van jagers door de bossen echoden, mikte ze op aan boomstammen gespijkerde schietschijven, en ze werd nog goed ook, ook al zou ze daarna nooit op iemand schieten. Integendeel: die winter zou ze meerdere schotwonden verzorgen. Ze gebruikten haar huis als ziekenboeg en opslagplaats, totdat ze gehoor gaven aan haar protesten en haar ook aan een aantal acties lieten meedoen. Zo kon het gebeuren dat ze een zakdoek voor haar neus en mond knoopte en de supermarkt overviel waar haar moeder tweemaal in de week boodschappen deed, en bleef ze in de auto zitten terwijl de anderen een fascistische vechtersbaas de tanden uit zijn bek sloegen nadat ze eerst dagenlang voor zijn deur hadden gepost en er vervolgens dankzij de conciërge achter waren gekomen dat hij via het belendende huis naar binnen en naar buiten ging. Ze onderhielden flink wat contacten met buurtbewoners, vrouwen, arbeiders; van directeuren van kleine fabrieken die meenden ongestraft de potentaat uit te kunnen hangen staken ze eerst de auto in de fik en daarna, indien nodig, ook de fabriekshallen. Het was een verslavend leven, dat zich voornamelijk 's nachts afspeelde. Overdag nam Marta weer de gedaante aan van werkstudent, hield zich op de been met behulp van koffie en door voortdurend in beweging te blijven. Soms at ze 's avonds bij haar broer, als ze werd uitgenodigd, en ze mat de tijd tussen die etentjes af aan de veranderingen bij Sofia: eerst was ze drie maanden, ze at, sliep en huilde en verder niets, daarna was ze een jaar en kon ze los staan, daarna was ze plotseling iemand met wie je zelfs kon praten. Als Marta binnenkwam, ging ze op haar hurken zitten, keek Sofia recht in de ogen en zei: 'En? Hoe gaat het met je?' Met als gevolg dat het kind zich doodsbang tussen Rossana's benen verstopte. Ze was veel beter als revolutionair dan als tante.

Tijdens het eten verliep de conversatie gewoonlijk stroef. Roberto, werktuigbouwkundig ingenieur, was bezig carrière te maken bij Alfa Romeo, en het was de tijd waarin er ontslagen begonnen te vallen. Ze deden beiden hun best over iets anders te praten, over de gezondheidstoestand van hun moeder of de vorderingen van het kind, maar vroeg of laat kwamen ze onvermijdelijk over zijn werk te spreken, en in het verlengde daarvan over politiek, en begonnen ze te bekvechten. Marta beschuldigde haar broer ervan trekvee te zijn, een os die zich nog zou doodwerken om zijn baas te behagen. Volgens Roberto redeneerde ze als een vakbondsleider, richtte ze zich te veel op de politiek en te weinig op het werk: het was zijn beroep om auto's te maken, waarom zou hij dat dan niet zo goed mogelijk doen? Terwijl de discussie steeds meer ontaardde diende Rossana zwijgend het eten op. Bepaalde woorden waren voor haar onbegrijpelijk, maar ook zij zag het nieuws op tv: betogingen, stakingen, moorden, zo nu en dan ontploffende bommen en processen waar geen einde aan kwam. Op een gegeven moment zweeg Roberto beledigd en besefte Marta dat ze een rede zat af te steken waar niemand naar luisterde, zodat ze zich genoodzaakt zag een ander onderwerp aan te snijden: alsof ze Rossana dan pas opmerkte, complimenteerde ze haar met haar jurk of haar kapsel, met de bloemen die op tafel stonden of de vulling van de taart. Gebieden waarop ze niet méér van elkaar hadden kunnen verschillen: de een wars van uiterlijkheden, spartaans bijna, de ander in staat een halve dag te verdoen met koken, de tafel gezellig dekken en zich optutten. Daarna vroeg Marta of ze nog nieuwe tekeningen had gemaakt. Dan begon de gebruikelijke riedel van bescheidenheid en gêne; Roberto zuchtte en begon af te ruimen, Sofia zocht haar heil onder tafel, haar veste. Ten slotte zwichtte Rossana, ging de map halen die ze al sinds haar schooltijd gebruikte en sloeg hem open op het tafellaken. Het was geen makkelijk werk, het zat vol beeldtaal en codes die Marta maar moeilijk kon begrijpen; ze vroeg naar de motieven achter een aantal keuzes en beoordeelde het evenwicht tussen kleuren en vormen door zich voor te stellen dat ze gewichten waren op de schalen van een weegschaal. Ze gebruikte haar handen en haar vingers om favoriete gedeeltes te kadreren, zoals je fotografen wel ziet doen. Wat de waarde van die tekeningen ook mocht zijn, het leek haar belangrijk Rossana aan te moedigen en Roberto te intimideren. 'Doe nou niet alsof ik een soort holbewoner ben,' zei die, toen ze even alleen waren. 'Ik heb nooit gevraagd om een kokkin, en ook niet om een serveerster of een kindermeisje, wat mij betreft gaat ze weer studeren.' Maar uit zijn onverschilligheid sprak het tegendeel.

Onder tafel verwisselde Sofia hun schoenen, deed de sandalen van haar moeder aan de voeten van haar tante en de instappers van haar vader aan de voeten van haar moeder. Soms, als Marta naar het meisje keek, vroeg ze zich af wat voor soort volwassene het zou worden: zul je in staat zijn dit gezinnetje te overleven, zal er ooit een verstandige gedachte in je hoofd opkomen? Of ben je al gebrandmerkt, het zoveelste toekomstige flutvrouwtje?

'Ik wil met je afspreken,' zei Rossana door de telefoon, in 1980. Ze hadden elkaar nog nooit zonder Roberto ontmoet. In die periode schrok Marta op bij het minste geluid: een aantal van haar kameraden was al gearresteerd, met de rest verloor ze steeds meer het contact, ze was ervan overtuigd dat ook zij snel aan de beurt zou zijn. De telefoon ging soms dagenlang niet over, en áls hij dan overging was het slecht nieuws. Maar nee, het was Rossana maar.

Ze spraken af in een café, in de buurt van de krant waar ze tegenwoordig werkte. Toen ze om zes uur binnenstapte bleek Rossana al achter een Negroni te zitten. Ze had glimmende wangen en was verdacht eufoor: ze stond op van het tafeltje, kuste haar, vertelde dat ze al haar reportages over Milanese jeugdopvangcentra had gelezen en dat ze daarin werelden had ontdekt waar ze absoluut geen weet van had gehad. Ze vroeg haar hoeveel nachten ze de stad daar wel niet voor had moeten doorkruisen en of ze zich ooit onveilig had gevoeld. Ze dronk haar glas leeg en bestelde twee nieuwe cocktails. 'Jij bent echt een vrije vrouw,' zei ze. 'Ik bewonder je, weet je dat? Je bent niemand iets verschuldigd.'

Marta dronk geen alcohol, ze haatte het als ze niet helder kon denken. Ze nipte even aan haar Negroni en zei dat ze heus niet zo vrij was als het leek: ook zij had een chef, een huisbaas, de afbetalingen van haar auto, om nog maar te zwijgen van de mannen die haar beschouwden als een hond zonder baasje, die aan de ketting moest worden gelegd en heropgevoed met stokslagen. Rossana lachte op een manier die Marta nooit eerder had gehoord: een lach die alom vrolijkheid verspreidde. Maar ondertussen zat ze te wachten tot haar schoonzus ter zake kwam en dacht:

hoe eerder we beginnen, hoe sneller we het hebben gehad, en dus vroeg ze haar of ze ergens mee zat. Rossana schudde het hoofd. Ze lachte even, met afgewend gelaat, alsof ze aarzelde of ze erover zou beginnen. Ze zei dat haar problemen dermate stom en banaal waren dat ze ze te saai vond om over te praten.

'Eerlijk gezegd heb ik je gebeld omdat ik heb bedacht dat ik graag een atelier zou willen,' zei ze, 'en jij me misschien kunt helpen zoeken.' Een atelier, om te schilderen, begreep Marta. Het leek haar een goed idee. Terwijl Rossana beschreef wat ze zocht, dacht Marta al na over de huur, de afstand tot huis, de advertenties in de krant die bekeken moesten worden. Zo werkte haar hoofd: als je het de data voedde van een probleem, ging het aan het werk om dat op te lossen, maar als het alleen maar geklets moest aanhoren raakte het in de war. Daarna kwam ze erachter dat het atelier dat Rossana in gedachten had ook een bed bevatte, een keuken, wat ruimte voor Sofia, en dat het behoorlijk veel weg had van een huis.

'Sorry,' zei Marta. 'Ik snap het even niet. Ik ben een beetje traag van begrip, weet je. Je hebt het toch niet toevallig over scheiden?'

Rossana schudde krachtig van nee. Ze had het niet over scheiden, daar was geen sprake van. Met dikke tong verklaarde ze dat het huwelijk een onverbrekelijke band was. Het had niets met Roberto te maken: ze had er gewoon af en toe behoefte aan alleen te zijn, te lezen, te schilderen, naar muziek te luisteren, haar privacy te heroveren.

'Heb je *Een kamer voor jezelf* gelezen?' vroeg ze.

'Natuurlijk,' antwoordde Marta, al was het niet waar. Maar ze wist waar het over ging. Ze gaf Rossana haar eigen glas en zei: 'Drink de mijne ook maar op, hij is mij te sterk.'

Die avond in bed paste ze de stukjes van het verhaal in elkaar, en ze wist niet of ze het komisch moest vinden of tragisch: een vrouw wilde scheiden maar kon dat niet en had alleen haar mans zuster om haar hart bij uit te storten.

Ze begonnen elkaar te bellen, in het weekeinde af te spreken, appartementen te bezichtigen, en dat alles uitgerekend op een moment dat Marta's schaduwbestaan steeds penibeler werd. Die zomer was er een tweede arrestatiegolf. Ze kende alle namen. De enige van haar kameraden die ze nog sprak was de man met wie ze tot een jaar daarvoor een verhouding had gehad; hij belde haar altijd op de redactie, vanuit een telefooncel: hij was er zeker van dat kranten het nieuws van tevoren te horen kregen en bléééf haar maar vragen wat er speelde. Maar Marta had geen idee. Ze had zich aangewend de gekste omwegen te maken als ze met de auto ergens heen moest, waarbij ze voortdurend dwangmatig in haar achteruitkijkspiegeltje keek. Voordat ze naar buiten ging, spiedde door het raam de straat af. Ze woonde alleen, en op de stoel naast haar bed lagen de kleren klaar waarin ze meegenomen wilde worden: ze kende haar vijanden, ze verwachtte dat ze om zes uur 's ochtends, machinegeweer in de aanslag, voor haar deur zouden staan, en hoopte dat ze ten minste de tijd zou krijgen om zich aan te kleden. In afwachting van dat moment leek elke onbenullige handeling – naar de groenteboer gaan, fruit kopen bij het stalletje in de buurt, een ijsje eten met Rossana in het park, de paar plantjes op de vensterbank water geven – vervuld van een wanhopige vitaliteit, net als de laatste uren van een terdoodveroordeelde of de motorrit van Steve McQueen aan het einde van *The Great Escape*.

Met de zoektocht naar het atelier was het hun niet echt ernst. Rossana had het er niet over gehad met Roberto, en zelf had ze geen cent. Maar ze bekeken er verschillende, tot en met een zolder in Brera die in de jaren zestig de droom van elke schilder zou zijn geweest: Rossana bleef de hele tijd voor het raam staan dat uitkeek op de academie en bestudeerde het gekrioel van de studenten, terwijl de wantrouwig ogende makelaar Marta rondleidde. Hij leek er totaal niet van overtuigd dat ze zich een dergelijk atelier konden veroorloven. De eigenaar wilde drie maanden huur als borg en nog eens drie maanden vooruitbetaling: een bedrag dat Rossana nog nooit bij elkaar had gezien, en toen ze het hoorde schrok ze wakker. Het geld was voor haar geen probleem, zei ze, maar het was wel van *essentieel belang* dat er vroeg in de ochtend *direct zonlicht* was. Had hij eigenlijk wel benul van schilderen naar de natuur? En had hij ook maar enig idee waar het oosten was?

Ook de vloer deugde niet, want marmer voelde kil aan als je op blote voeten liep, en dat behang was niet om aan te zien. En wie had die zwarte leren bank uitgezocht? Wat was het? Het pied-à-terre van een socialistische wethouder?

Marta wist niet wat ze hoorde. Rossana drong de makelaar compleet in de hoek, zodat die zich ten slotte verontschuldigde en beloofde iets te zoeken wat meer strookte met hun eisen. Toen ze weer buiten stonden, gaven ze hem een valse naam op en holden giechelend weg, als twee kleine meisjes.

Rossana's gebrek aan verantwoordelijkheidsgevoel fascineerde haar. Ze had elke week een ander kapsel, dronk te veel, stal geld van Roberto en loog tegen hem door de telefoon, ze moest altijd op een holletje Sofia nog ergens ophalen, huilde snel nog even in de auto voordat ze haar gedag zei en door de voordeur verdween. Toen Marta haar op een keer had uitgenodigd in haar hol, werd ze razend. Ze zei dat je op je zevenentwintigste onmogelijk in zo'n witte, lege cel kon wonen. 'Hier hangen we schilderijen op,' verkondigde ze in het piepkleine halletje. 'En verder gaat die omalamp weg en zoeken we iets moderners, oké?' Ze zag de kleren naast het bed in de slaapkamer en zei dat er op die stoel te veel grijs lag, het leek wel het uniform van een Sovjetbeambte. Onder protest van Marta inspecteerde ze haar garderobe; ze vond het maar niks en liet haar beloven dat ze samen zouden gaan shoppen.

In de keuken deelden ze een pakje MS en de inhoud van een zespersoons espressopot. Al een tijdje trachtte Marta Rossana over te halen alsnog de benodigde examens te doen om te kunnen afstuderen aan de academie. 'Met dat diploma kun je lesgeven,' zei ze. 'Alles waardoor je vrijer wordt is waardevol, al is het maar een stukje papier, dat snap je toch wel?'

Rossana gaf haar gelijk, maar iets doen, ho maar. 'Moed, is dat iets wat je kunt leren?' vroeg ze. 'Of word je er gewoon mee geboren? Hoe kan het toch dat ik voor alles bang ben?'

Toch toonde ze op een keer ineens moed: ze kwam naar de krant met het kind op de arm en vroeg haar er een paar uur op te letten. Ze zei dat ze niet kon uitleggen waarom, maar dat ze haar moest vertrouwen, gaf haar een zoen en holde weg. Marta verdacht haar ervan dat ze een afspraakje had met een man – iets waar ze zich later voor zou schamen. Wat ze met Sofia aan moest wist ze niet. Gelukkig nam een redactrice het meisje de rest van de middag onder haar hoede, maar desondanks kon ze nog geen twee regels op papier krijgen: ze staarde naar het blanco vel in haar schrijfmachine, dacht aan Rossana, ergens in een café of in een bed, keek naar het kind dat zat te kleuren met viltstiften en schudde haar hoofd. Toen Rossana terugkwam, bleek ze een sollicitatiegesprek te hebben gehad bij een reclamebureau. Ze had haar tekeningen meegenomen en ze had het idee dat die wel in de smaak waren gevallen. Marta had inmiddels geleerd te zien dat de energie die ze nu uitstraalde het gevolg was van een aantal glaasjes.

Hoe het gesprek afliep zou ze nooit te horen krijgen. Op een ochtend ontbood de hoofdredacteur haar op zijn kantoor, vroeg haar de deur achter zich dicht te doen en te gaan zitten, en zei daarna dat hij erover dacht haar als correspondent naar Parijs te sturen.

'Ik?' vroeg Marta. 'Ik spreek niet eens Frans.'

'Dan leer je dat maar,' antwoordde de hoofdredacteur. 'Feit is dat je niet in Italië kunt blijven. Geloof me.'

Hij wroette in zijn baard en kauwde op zijn gedoofde pijp, en zijn ogen schoten alle kanten op. Veertig jaar eerder had hij in het verzet gezeten en tijdens redactievergaderingen hoorde hij de jonge journalisten vaak uit over het chaotische universum van de Arbeidersautonomie. Wie waren het? Hoe waren ze georganiseerd? Hadden ze een gemeenschappelijke strategie? Hij leek te aarzelen over het standpunt dat hij in dezen diende in te nemen, maar dat was nu niet meer zo relevant.

Marta had Milaan in haar leven alleen verlaten om Rome en Venetië te bezoeken, en om een paar keer naar zee te gaan.

'Wanneer vertrek ik?' vroeg ze.
'Zo snel mogelijk.'
'Moet ik niet eerst een huis zoeken?'
'Daar zorg ik voor. Zorg jij nou maar dat je opschiet.'

Hoe hij erachter was gekomen en waarom hij had besloten haar te redden bleef voor Marta altijd een mysterie. Hoe dan ook, vanaf dat moment raakte ze er steeds meer van overtuigd dat je mensen moet helpen, ook als je daar geen duidelijke drijfveer voor hebt, sterker nog, vooral dán, vanwege het simpele feit dat iemand anders jóú op een cruciaal moment geholpen heeft, als een schuld die overgaat van de hand die wordt uitgestoken op de hand die dreigt te verdrinken, en die je uiteindelijk nooit kunt inlossen. Ze vertrok twee dagen later. Ze was ervan overtuigd dat ze haar volgden en afluisterden, dus ze belde niemand en nam van niemand afscheid. Ze stalde een doos met de paar dingen waaraan ze gehecht was bij haar moeder en bracht de avond bij haar door. 's Ochtends pakte ze een tas die niet op een koffer leek, kleedde zich alsof ze naar haar werk ging, trok de deur achter zich dicht, en daarna was het net of ze van een heel hoge duikplank het water in dook: ze hield haar adem in, kneep haar ogen dicht en toen ze ze weer opende zat ze in de trein en was ze net de grens gepasseerd. In haar coupé zat een groep Franse jongeren die terugkwamen van vakantie. Marta vroeg hun in gebarentaal om een sigaret en rookte die op terwijl ze door het raampje de Alpen langzaam in de verte zag verdwijnen.

In Parijs woonde ze in een kamer vol foto's die niet de hare waren en voelde ze zich een student die in een vreemde stad op kamers woont: ze had het idee dat ze weer twintig was, maar dit keer écht, en dat ze aspecten van het jong-zijn ontdekte waar ze alleen maar over had horen praten. Meteen na aankomst had ze een week aan één stuk door geslapen. En na al dat slapen was niet alleen zij, maar waren ook al haar zintuigen ontwaakt: ogen, neus, huid, mond, belaagd door verlokkingen. Voordien was haar lichaam niets meer dan een transportmiddel, een dienstwapen geweest. Nu was het uit zijn lethargie ontwaakt en had het behoefte aan zon, lucht, eten, wijn, in bad liggen, wandelen – en het ontbrak Marta aan de moed eraan toe te voegen: liefkozingen. Het stond in de brief die ze Rossana schreef, in plaats van een hoop verklaringen en excuses. *Het was net als die keer dat je me opmaakte: weet je nog dat ik mijn ogen opendeed en dat ik plotseling een ander was? En niet dezelfde ik maar dan met een masker voor, nee, iemand die ik altijd was geweest maar die ik daarvoor niet kende.* Ze hoopte dat ook Rossana een dergelijke ontdekking zou doen. Ze wenste haar toe dat ze een manier zou vinden om zichzelf te verrassen. Aan het einde van de brief schreef ze dat het haar speet dat ze zo op stel en sprong was vertrokken maar dat ze geen keuze had gehad, en dat ze erop rekende dat ze naar Parijs zou komen om samen met haar door het Quartier Latin te slenteren en het Louvre te bezoeken. Er kwam geen antwoord, niet op die brief, en ook niet op de volgende, en dus hield ze op met schrijven en bezocht het Louvre in haar eentje.

Een jaar later stierf haar moeder. Ze werd getroffen door een hersenbloeding toen ze over de markt liep en haalde niet eens het ziekenhuis. Twee dagen lang vroeg Marta zich af of ze terug moest naar Milaan, maar ten slotte besloot ze dat ze daarmee onnodig risico zou lopen en dat haar moeder er toch niets meer aan had. Ze werd achtervolgd door het beeld van haar moeder, liggend op de stoep, haar benen in een rare hoek, de plastic tasjes met boodschappen her en der verspreid – een vrouw die altijd zo had gehecht aan decorum en discretie. Voor het eerst sinds jaren liep ze een kerk binnen. Niet om te bidden of een kaars aan te steken, maar omdat ze behoefte had aan een plek waar ze in stilte aan haar moeder kon denken, zich kon overgeven aan die intieme rouw.

Een paar dagen daarna kwam er een brief van Roberto, met aanwijzingen om op het kerkhof het graf te kunnen vinden, mocht ze ooit de behoefte voelen erheen te gaan; hij beschreef de foto die hij had uitgezocht voor op de steen en somde alle familieleden op die op de begrafenis waren geweest en wier condoleances hij overbracht. Dan was er nog de kwestie van het huis, maar ze zouden in alle rust kunnen besluiten wat ze daarmee wilden doen, net als met de paar centen van de erfenis die na aftrek van de kosten verdeeld moesten worden. Het leek wel een brief van een notaris. *En jij? Hoe gaat het met jou?* schreef Marta terug. Tot haar verbazing antwoordde Roberto. Hij zei dat hij zich een beetje verloren en wat ouder voelde. Hij had het idee dat volwassen worden tot dan toe een gradueel proces was geweest en dat daar nu van de ene op de andere dag een einde aan was gekomen. Hij schreef dat hij vaak aan haar dacht nu moeder er niet meer was. Er waren geheimen in Marta's leven waar hij geen weet van had, maar die interesseerden hem nu niet: het enige wat van belang was, was verbonden te blijven. *Ook al kon jij dat nooit verkroppen*, besloot hij, *ik ben en blijf je grote broer.*

Marta vertelde hem over het leven dat ze leidde in Parijs. Ze beschreef de Italiaanse gemeenschap en het huis waar ze inmiddels woonde, de colleges antropologie die ze volgde aan de Sorbonne, de krant waar ze was aangenomen. Ze had nog wat moeite met schrijven in het Frans, maar een meisje op de redactie redigeerde al haar artikelen en bezwoer haar dat ze in rap tempo beter werden. In Frankrijk was het goed wonen. Niet dat het nou een land zonder tegenstellingen was, maar van daaruit gezien leek Italië archaïsch, een land van overvloed dat was opgedeeld tussen maffiosi en priesters. Wat haarzelf betreft, ze had Italiaanse en Franse vrienden en voelde zich niet eenzaam. *En jouw vrouwen?* vroeg ze.

Op Rossana's humeur is geen peil te trekken, schreef Roberto. Elke avond als ik thuiskom vraag ik me af of ze me bij de deur zal omhelzen of dat ze in het donker ligt te huilen. Sofia gaat sinds kort naar de lagere school, is helemaal gek op honden en kent al meer rassen dan wij tweeën bij elkaar. De brieven liepen over van bezorgdheid om de een, en trots en verwondering over de ander. Rossana sliep heel slecht. Overdag was ze bekaf en chagrijnig. Ze bracht de middagen in bed door en schilderde al maanden niet meer. Ze liep allerlei dokters af, en zo was Rossana's humeur in korte tijd veranderd in Rossana's probleem en daarna in Rossana's ziekte. In 1985 maakte Roberto promotie en kreeg salarisverhoging, waarop hij besloot een huis buiten de stad te kopen, waar Rossana de tuin zou hebben waar ze zo naar verlangde, ruime kamers om in te richten en buurvrouwen van haar leeftijd met wie ze vriendschap kon sluiten. Hij hoopte dat die verandering ertoe zou bijdragen dat ze zich beter zou voelen. Dat was het moment waarop Marta dacht: jullie zijn gek, met die beslissing storten jullie jezelf in het ongeluk. Ze herinnerde zich de tranen die Rossana altijd vergoot voordat ze weer naar huis ging. Roberto schreef: het is een mooi huis, met twee verdiepingen, midden in een park, je kunt je gewoon niet voorstellen dat het zo vlak bij Milaan ligt. Ik hoop dat je het ooit met eigen ogen zult kunnen zien. Marta had geen enkele mogelijkheid om in te grijpen, en dat zou ook niet juist zijn geweest. Ze nam in gedachten afscheid van Rossana en wenste haar het allerbeste, zoals je doet bij een jeugdvriendin die de wereld vaarwel zegt en non wordt.

Ze keerde in 1992 terug naar Milaan, niet omdat ze het idee had buiten gevaar te zijn maar omdat ze er in de loop der jaren achter was gekomen dat ze niet uit expathout was gesneden. Parijs was een buitengewoon humane en prachtige stad, en Marta had er oprecht van gehouden, maar was zich ook altijd een gast in andermans huis blijven voelen: haar Italiaanse vrienden noemden zichzelf 'ballingen', terwijl zij het idee had dat ze een lange vakantie had opgenomen van het echte leven. Milaan was in die vroege jaren negentig slechts een fractie schoner dan ze zich herinnerde. Verder vond ze de stad nog steeds hetzelfde: hard, neurotisch, ongastvrij, geobsedeerd door werk, slopend voor iedereen. Marta voelde zich een fleurige binnentuin in een stenen woonblok. Ze ging wonen in het huis waar ze geboren was, het appartement van haar moeder dat in de tussentijd verhuurd was geweest, maar het duurde weken voordat ze iets meer kocht dan lakens. Ze was er zeker van dat de geheime dienst op de hoogte was van haar terugkeer. Maar wellicht wisten ze ook dat ze inmiddels ongevaarlijk was: er waren veel kleine visjes zoals zij, die er maar deels bij betrokken waren geweest, eenlingen die voor niemand meer van enig nut waren. Dat ze niet gemoord had, was haar redding. En toch herinnerde ze zich nog heel goed de rilling die haar doorvoer toen ze een pistool frontaal op iemand richtte. Drie maanden wachtte ze af, en ten slotte begon ze te geloven dat ze haar met rust zouden laten.

Ze ging in op het aanbod van een lokaal radiostation dat haar een eigen programma aanbood. Ze had veel talent voor interviewen. Ze hield ervan in de studio tegenover iemand te zitten, die persoon op zijn gemak te stellen en vervolgens te trachten erachter te komen wat die verborgen hield: bij sommige mensen leek het op het bladeren in een boek, bij anderen op het kraken van een kluis. Maar vroeg of laat zwichtten ze allemaal en gaven zichzelf bloot, zo verleidelijk was de belangstelling die zij aan de dag legde. Omdat ze nog te veel vrije tijd overhad, solliciteerde ze als docent op een school voor journalistiek. Dat was haar manier om haar schuld in te lossen. Ze zette zich aan die taak zoals anderen bomen planten of zoeken naar behandelingen voor ziektes. Haar leerlingen hadden het meteen in de gaten: ze kwamen bijna allemaal van buiten de stad, haatten Milaan, woonden met te veel mensen op een kamer, bezaten geen cent en hadden altijd honger. Marta nam hen mee naar huis. Ze vulde hun maag met eten en hun hoofd met gezond verstand. Ze luisterde naar hun problemen met ouders, leraren, vriendjes, vriendinnetjes en huisgenoten, en ried hun altijd aan vol te houden, hun diploma te halen, eerbied te hebben voor hun vader en moeder, niets op te offeren in naam van de liefde, vrijheid te verwerven door te werken — oude conservatieve ideeën die uit Marta's mond revolutionair klonken. Ze was nog steeds gewend om weinig te bezitten, zich van alle overbodige ballast te ontdoen. En dus gingen de jongens die diep in de nacht haar huis verlieten altijd weg met boeken en iets te eten, en de meisjes met boeken, schoenen en jurken en iets te eten, en spraken haar buurvrouwen schande van die bezoekjes en trok Marta zich daar niets van aan. Het was waar dat haar soms liefdesverklaringen te beurt vielen, en één keer werd ze in de toiletten op school zelfs door een leerlinge besprongen, maar ze had de pretendenten altijd vriendelijk doch beslist afgewezen. Ze wist dat ze veel macht over hen had, en dat er weinig voor nodig was om die verkeerd aan te wenden. Ze had al jaren niemand en vond het prima zo.

Soms gebeurde het dat iemand die haar op straat hoorde praten haar stem herkende en zei: 'Neemt u me niet kwalijk, maar bent u niet Marta Muratore? Van de radio?' Niet zó vaak dat ze zich een beroemdheid voelde, maar vaak genoeg om haar ervan te overtuigen dat ze tegen iemand sprak, dat haar werk voor iemand bestemd was. Ze complimenteerden haar en voegden er vervolgens aan toe dat ze zich haar, toen ze haar hoorden, anders hadden voorgesteld. Ze zeiden niet hoe. Ouder, dacht Marta. Kwam door de sigaretten, en door de ouderwetse dingen die ze zei. Ze dachten dat ze naar een grijsharige feministe luisterden, een Simone de Beauvoir, een en al boeken en geen familie, en vaak kon Marta niet wachten om zo te worden, om eindelijk samen te vallen met haar ideale leeftijd. Ze was achtendertig, haar leerlingen vijfentwintig, en ze had geen enkele vriend onder de vijftig.

In 1994 belde Roberto en zei met beverige, gebroken stem dat Sofia in het ziekenhuis lag omdat ze een heel buisje valium had geslikt. Marta dacht eerst dat hij de namen door elkaar haalde – het was toch Rossana die manisch-depressief was? – maar daarna trad haar interne gevechtsmachine in werking, de aloude mensen-red-machine, de probleem-oplos-machine, ze liet haar werk uit haar handen vallen en haastte zich naar de kliniek waar Sofia was opgenomen. Het leek meer op een opvangcentrum voor probleemjongeren dan op een ziekenhuis.

'Waar ben je in godsnaam mee bezig?' vroeg ze in de bezoekersruimte. Ze waren op dat moment vreemden voor elkaar, maar hadden nu eenmaal dezelfde achternaam en door die bloedverwantschap kon ze zich een zekere vertrouwelijkheid veroorloven.

'Ik haat iedereen en vooral mezelf,' zei Sofia.

'Sta ik ook op je lijst?'

'Jou ken ik niet. Maar ik waarschuw je: je kunt je er maar beter buiten houden.'

Ze droeg een zwart sweatshirt, een zwarte joggingbroek, haar hoofd was aan een kant kaalgeschoren en in haar linkeroor zat een hele lading zilveren ringetjes. Ze was minstens tien kilo te licht en boven op haar handen zag je duidelijk de aderen lopen, maar Marta was niet iemand die snel schrok. Ze behoorde tot een generatie die door de politiek en de heroïne was neergemaaid, en had heel wat mensen gezien die er beroerd aan toe waren. Ze besloot dat ze zich er niet buiten zou houden.

'Heb je iets nodig?' vroeg ze.

'Sigaretten,' zei Sofia, ineens geïnteresseerd.

Marta reikte haar een pakje aan, dat ze in haar zak stopte. 'En een zonnebril, heel groot en heel donker. Van al dat wit hier word ik knettergek.'

Voor een aspirant-zelfmoordenaar had ze heel wat noten op haar zang. Ze vroeg ook nog om een walkman, een stuk vanillezeep, ontharingshars omdat ze geen scheermes mocht gebruiken, het boek van Stanislavski over acteren en een pakje condooms, het enige artikel waar Marta het moeilijk mee had. Ze staarde er meermalen naar bij de kassa van de supermarkt: zoiets kon je toch niet kopen, tegelijk met groente en koekjes? Dus reed ze op een dag een halfuur de stad door, parkeerde dubbel, ging een apotheek binnen waar ze nooit was geweest, en toen ze er weer uit kwam voelde ze zich alsof ze een overval had gepleegd. Diezelfde middag gaf ze het pakje aan Sofia, in een papieren zakje. Om zomaar iets te zeggen vroeg ze of haar vriendje haar in de kliniek kwam opzoeken.

'Als ik een vriendje had dat van mij was,' zei Sofia, 'dan zou ik van hem zijn, toch? Nee hoor, dank je feestelijk! Ik laat hier gewoon af en toe de bedden dansen.'

Marta moest grinniken. Waar kwam die veloverbeenverleidster vandaan? Roberto had haar gewaarschuwd: 'Helemaal niets geloven van wat ze je allemaal vertelt. Ze is een pathologische leugenaarster.' Marta vroeg haar of de vrije liefde niet een beetje passé was, maar Sofia snapte niet dat ze in de maling werd genomen: ze zei dat het merendeel van het kwaad op de wereld volgens haar veroorzaakt werd door gefnuikte seksuele impulsen, en dat problemen als oorlogen, racisme en religie meteen opgelost zouden zijn als iedereen met iedereen neukte, of ze nu dertien waren of negenennegentig. En ze voegde eraan toe dat hun *shitmaatschappij* gestoeld was op het *gezin*, en dat er om het gezin te beschermen zo'n walgelijk instituut als het *huwelijk* was uitgevonden, dus wat kon je verdomme veranderen als je de *claims* niet aanvocht die mensen op andere mensen legden, meer nog dan op de aarde, op dieren en op dingen?

Ze mocht dan een leugenaarster zijn, dacht Marta, maar die redenering sloot als een bus.

'Met hoeveel mannen ben jij eigenlijk naar bed geweest?' vroeg Sofia.

'Vier,' antwoordde Marta gedachteloos.

Sofia barstte in lachen uit en Marta keek haar verbijsterd aan: ongelofelijk hoezeer ze op haar moeder leek. Was het alleen haar klaterende lach, of de manier waarop ze net als Rossana haar hoofd in haar nek gooide? Ze vroeg wat er te lachen viel en Sofia antwoordde dat ze, door hoe haar ouders over haar praatten, altijd had gedacht dat ze een mannenverslindster was, dat ze er elke week wel eentje verschalkte. Marta haalde haar schouders op, als wilde ze zeggen: wat kan ík eraan doen?

'Ach, toen ik twintig was leek de liefde niet zo belangrijk. Sterker nog, ik geloof dat erop werd neergekeken. Te privé. Ik had vrienden, dat wel. En soms waren we heel close. Maar als je dan in bed belandde, begon het gedonder.'

'Huh?'

'Nou, dan werden ze bezitterig. Of regelrecht gewelddadig. Heel beschaafde mannen, in staat tot een geweld waar je je gewoon geen voorstelling van kunt maken. Daar komt bij: ik trok ze aan, de klappen, het leek wel of ze altijd kans zagen me af te rossen.'

'En dan ging je bij ze weg?'

'Ben je gek! Meestal troostte ik ze. Het ging door tot ze een ander tegenkwamen en daadwerkelijk verliefd werden. Een echte vrouw, ditmaal. En dan kwamen ze bij mij

hun hart uitstorten, want ik was toch hun beste vriendin?'
'Niet te geloven! En dan?'
Marta was erin geslaagd tot Sofia door te dringen en haar nieuwsgierigheid te wekken. Nu wilde ze alles weten over de liefde in de jaren zeventig. Ze praatten er een hele tijd over door; Marta beschreef haar eigen liefdescarrière als een stripverhaal, met alle klappen die ze had gekregen, de leugens die ze had geloofd en alle manieren waarop ze was uitgebuit, verraden, vernederd en gedumpt, en Sofia zei steeds 'Dat meen je niet!' of 'En jij? En hij?' of 'Hou op, ik kom niet meer bij' en elke keer dat Marta erin slaagde haar te laten lachen kon ze haar ogen niet van het meisje afhouden.

In Parijs had ze kennelijk het een en ander over haar nichtje gemist. 'Dus jij denkt dat het wel meevalt?' zei Roberto door de telefoon. 'Nou, moet je dit horen.' Op haar tiende was Sofia voor haar eerste communie met Rossana naar de kapper gegaan. Bij thuiskomst had ze een pagekopje, net als haar moeder, en was ze in tranen. Ze had zich opgesloten in de badkamer, had de schaar gepakt en had zichzelf helemaal gekortwiekt, en dat was de laatste keer geweest dat er iemand met zijn handen aan haar hoofd had gezeten.

In de tweede klas van de middelbare school had ze de leraren ervan overtuigd dat er een verkeerde achternaam op de leerlingenlijst stond omdat ze weliswaar uit huis was geplaatst, maar de adoptiepapieren nog niet getekend waren. En dat ze haar dus tot die tijd met de achternaam van *haar echte moeder* moesten aanspreken.

'Welke achternaam was dat?' vroeg Marta.
'Geen idee meer. Adoptieouders, niet te geloven, hè?

En het mooie is dat iedereen erin trapte.'

Op haar veertiende was ze van huis weggelopen omdat haar een week huisarrest was opgelegd. Ze hadden haar nergens kunnen vinden. De politie had de buren ondervraagd en zelfs het meer bij het complex gebaggerd omdat ze her en der had laten vallen dat ze zich daar vroeg of laat in zou verdrinken. Bleek dat haar vrienden haar op zolder verborgen hielden. Ze dachten dat ze haar beschermden tegen haar ouders. Ze waren ervan overtuigd dat Roberto een gewelddadige fascist was en Rossana een godsdienstwaanzinnige.

'Nou ja, dat klopt wel, dat je een fascist bent,' was Marta's commentaar.

'Ik was toch een sceptische christendemocraat?'

'Weet je, volgens mij overdrijf je. Haar enige probleem is dat ze zestien is. Ik was ook zo.'

'Nee,' zei Roberto beslist, 'jij was niet zo.'

Hoe was ik dan? had ze willen vragen. Maar ze vroeg het niet. Ze liep door het huis met de hoorn tussen haar schouder en haar oor geklemd zodat ze haar handen vrij had om iets anders te doen. Terwijl ze met haar broer praatte rookte ze een sigaret, leegde de afwasmachine en haalde een vochtige doek over de glazen tafel om de vette vingers weg te vegen.

'Weet je wat ik soms denk?' zei ze. 'Dat ze ónze rekening betaalt.'

'Hè? De rekening waarvoor?'

'Ik kan al die problemen die ze heeft niet los zien van wat wij twintig jaar geleden hebben uitgespookt.'

'Hoezo wij, Marta? Ik heb helemaal niets uitgespookt. Sterker nog, volgens mij heb ik veel meer gegeven dan genomen.'

Positief aan de situatie was dat ze door over Sofia te praten Roberto beter leerde kennen. Haar broer was erg veranderd sinds de tijd dat hij alleen maar tienen haalde op de universiteit. Het carrièresprookje was de tweede grote tegenvaller in zijn leven, na zijn huwelijk dat nog het meeste weg had van een straf. Op zijn werk zag hij zich voorbijgestreefd door jongere, ambitieuzere collega's. Hij had een paar keer promotie gemaakt maar ontbeerde de kwaliteiten om de top te bereiken en had zich er inmiddels bij neergelegd dat hij altijd een ondergeschikte positie zou bekleden. Hij sprak er erg openhartig over. Hij was deugden als mildheid en verdraagzaamheid weer meer gaan waarderen. Hij wist dat hij zijn vrouw niet begreep en haar behoeftes verkeerd inschatte, en elke keer dat hij met haar praatte werd hij geconfronteerd met zijn beperkte kijk op de wereld, maar hij luisterde tenminste naar haar. Hij citeerde een oosters spreekwoord dat ongeveer luidde: als je huis geteisterd wordt door een orkaan, sluit je er dan niet in op, maar open deuren en ramen en laat hem erdoorheen razen. Het verbaasde Marta. Haar oude trekveebroer die het zenboeddhisme ontdekte. Maar ze wist genoeg af van orkanen om deze nieuwe Roberto te kunnen appreciëren, te voelen dat hij iemand was met wie ze eindelijk praten kon.

Later belde ze met Sofia, in de kliniek. Ondertussen keek ze naar een politiek debat, het geluid op z'n zachtst, en stopte de was in de wasmachine.

'Moet je horen,' zei Sofia, die Stanislavski aan het lezen was. "Wees voorzichtig met het gebruiken van een spiegel – die leert een acteur naar zijn buitenkant te kijken, en niet naar zijn binnenkant."'

'Ik zou alle spiegels weghalen,' was Marta's commentaar, en ze zette de machine aan.

'Zeg, wat doe je? Ben je aan het wassen? Om tien uur 's avonds?'

'Overdag heb ik geen tijd.'

'Ik heb al heel wat neuroses gezien, maar jij bent echt totaal schizo!'

'Ik weet niet waar je het over hebt, Sofia. Echt niet.'

'Waar ik het over heb? Over je onderbroeken! Als je ze wat vaker zou uittrekken, zou je ze niet zo vaak hoeven te wassen. Kom ik door? Je zou het eens moeten proberen.'

'Bedankt voor het advies. Slaap lekker, hè? We bellen morgen weer.'

In bed lag ze lang te woelen zonder de slaap te kunnen vatten. Ze herinnerde zich niet meer hoe het was om zestien te zijn: als ze dacht aan haar tijd als actievoerster kwam het haar voor dat ze de biografie van iemand anders las. Ze mocht de feiten dan door en door kennen, het was niet alsof ze dat allemaal zelf had meegemaakt. Alleen in haar dromen werd ze er soms aan herinnerd dat het allemaal waar was, en dan stond ze op en ging op zoek naar iets om schoon te maken.

In haar gedachten versmolt Rossana met al haar vermiste vrienden. Sommigen hadden een hogere prijs betaald dan anderen, maar niemand was er zonder kleerscheuren van afgekomen. Ze waren echter wel allemaal vrij geweest om te kiezen, en baas van hun eigen lot. En dat kon je van Sofia nou niet bepaald zeggen.

'Weet je wat jouw probleem is?' had Sofia op een avond gezegd.

'Weer eentje?'

'Dat je in wezen communist bent. Jullie zijn net als de katholieken, jullie werken je uit de naad omdat jullie in de toekomst geloven. Ik wil nú gelukkig zijn.'

In de kliniek wilden ze haar weg hebben. 's Nachts dwaalde ze door de zalen, en ze had het met een paar verpleegsters aan de stok gekregen. Ze maakte stennis over elke regel en was een uitermate slecht voorbeeld voor de andere patiënten. Op een ochtend meldden ze Marta dat de maat vol was; de volgende keer moest ze de rekening maar betalen en haar meenemen.

'Ben je een opstand aan het organiseren of zo?' vroeg ze tijdens haar wekelijkse bezoekje. 'Kun je je niet één dag een keer gedeisd houden?'

Sofia antwoordde dat ze het echt niet expres deed. Dat ze door de kalmeringsmiddelen die ze haar gaven doodsbang was dat ze net zo zou worden als haar moeder. Soms voelde ze haar moeders ziel die diep in haar weggestopt zat en eruit wilde, en dan had ze de grootste moeite om die tegen te houden. Iets kapotslaan was een goed tegengif, maar verpleegsters beledigen hielp ook.

'Wat heeft je moeder toch in godsnaam voor kwaads aangericht?' zei Marta.

'Ik zou niet weten waar ik moest beginnen.'

'Volgens mij zijn er heel veel dingen die je niet weet.'

'O ja?' zei Sofia. 'Bedoel je geheimen, dat soort dingen? Heb ik je nooit verteld hoe vaak ik haar wel niet haar koffers heb zien pakken en weer uitpakken? Dat was haar favoriete dreigement. Ze schreeuwde: "Ik kan er niet meer tegen, ik ga weg, begrepen?" Op een keer heeft ze waarschijnlijk te veel pillen door elkaar genomen en is ze naast haar open koffer in slaap gevallen. Ze had hem net volgegooid om ervandoor te gaan. De uren verstreken, maar ze werd niet wakker, en op een gegeven moment dacht ik: het is beter als mijn vader dit niet ziet. Dus toen heb ik alles weer teruggelegd. Haar kleren, haar schoenen. Ik zal iets van twaalf zijn geweest. Ten slotte kwam hij thuis uit zijn werk en stond zij op, een beetje groggy, maar tegen die tijd was ze alweer gekalmeerd. We hebben het er nooit meer over gehad. Wist je dat?'

'Nee,' gaf Marta toe.

'Zo wil ik niet worden.'

'Zo ben je ook niet. En zo word je ook niet, geen schijn van kans. Geloof me maar.'

'Denk je echt?'

'Zeker weten.'

'Denk je het echt of zeg je dat alleen maar om te zorgen dat ik me gedraag?'

'Als ik wist hoe ik jou je kon laten gedragen zou ik geen journalist zijn maar dompteur,' antwoordde Marta.

Ze moesten er erg om lachen. Het was lang geleden dat Marta iemand zó aan het lachen had gemaakt. Voordat ze Sofia ontmoette was ze ervan overtuigd geweest dat ze geen enkel gevoel voor humor had.

'Wil je hier eigenlijk niet weg?' vroeg ze, toen ze het steeds absurder begon te vinden dat ze elkaar alleen maar in die conversatiekamer zagen. 'Niet langer elk moment gecontroleerd worden, je eigen leven leiden? Is er niet iets wat je graag zou doen?'

'Acteren,' zei Sofia zonder er een ogenblik over na te denken.

'We kunnen een toneelschool voor je zoeken in Milaan.

Ik ken wel wat regisseurs. Ik zou je zelfs in huis kunnen nemen, als je me belooft dat je je een beetje normaal gedraagt.'

'Volgens mij hou je dat een week vol, en dan gooi je me eruit.'

'Volgens mij wordt het juist leuk,' zei Marta, die er al een paar dagen over nadacht. Ze woonde al twintig jaar alleen en was er helemaal niet zo zeker van dat het haar zou lukken opnieuw een badkamer met iemand te delen, maar ze zag geen andere oplossing.

En zo stapte ze op een zaterdag in de auto en begon aan een reis die ze twee jaar lang voor zich uit had geschoven: ze reed in noordelijke richting Milaan door, doorkruiste het centrum, reed bij Porta Venezia tussen de poortgebouwen door de Corso Buenos Aires op, passeerde de eindeloze buitenwijken voorbij Piazzale Loreto, stak de ringweg over en bevond zich opeens in een stad die er vroeger niet was geweest, of tenminste, dat idee had ze. Een explosie van lage flats, bedrijfshallen als granaatscherven in de velden, een bomtapijt van rijtjeshuizen en af en toe de krater van een winkelcentrum. Nergens enig referentiepunt, en Marta verdwaalde, vroeg de weg, reed terug en verdwaalde opnieuw. Lagobello was precies zoals Roberto had gezegd: vanbuiten leek het net een park. Bij de ingang hingen camera's, ze moest een identiteitsbewijs afgeven aan de bewaker en daarna wachten tot haar broer haar op de parkeerplaats kwam ophalen. Terwijl ze achter hem aan reed over de keurige geplaveide laantjes dacht ze aan wat Sofia had verteld, aan haar maatschappijkritische statements tegen het gezin. Het was rustig, het complex waar ze was opgegroeid, met goed onderhouden tuinen en een hoop ruimte voor de kinderen; de huizen zagen er prettig uit en het rook er aangenaam, maar er was maar één manier van bestaan mogelijk, namelijk dat van getrouwd stel met twee kinderen en een hond. Hier was geen plek voor mensen als Marta, en wellicht ook niet als Sofia.

Rossana was niet thuis. Maar beter ook, waarschijnlijk. Roberto ging Marta voor naar de zitkamer en ze herkende de hand die hem had ingericht: nog altijd dezelfde lievelingskleuren – geel, paars, oranje – en de combinatie van warme tinten en koude materialen als plastic en metaal. De tuin achter de openslaande deuren was weelderig. Ook binnen had je het idee in een regenwoud te zijn, alsof de meubelen en de snuisterijen klimplanten waren die hun tentakels zo ver hadden uitgestrekt dat ze alle beschikbare ruimte in beslag namen. Of misschien kwam het doordat Marta gewend was in lege kamers te wonen.

Ze bespraken slechts een klein aantal details, Roberto tekende de papieren voor Sofia's ontslag en Marta weigerde de cheque die hij haar aanbood, en ondertussen sloot ze vriendschap met Sofia's hond, die alles begrepen had en mee wilde. Roberto wierp af en toe een blik op de gang. Toen Marta vertrok was ze ervan overtuigd dat ze iets hoorde, en terwijl ze wegreed kon ze de verleiding niet weerstaan omhoog te kijken naar de eerste verdieping. De jaloezieën waren neergelaten en er zaten tralies voor het raam.

'Ze lijdt aan zoveel angsten dat ze zich alleen veilig voelt in bed,' had Sofia tegen haar gezegd. 'Als ze moet besluiten wat ze zal koken voor het avondeten raakt ze al in paniek. Volgens mij heeft ze nooit voor iets gekozen in haar leven, ook niet om te trouwen of een kind te krijgen.'

Er was geen twijfel mogelijk: Rossana had eindelijk een kamer voor zichzelf gevonden.

* * *

Wat er van hen tweeën restte in het geplunderde landschap van haar geheugen, tussen de verbrande papieren, de doodverklaarde namen, de balans van de goede en de slechte momenten die nooit helemaal kloppend was te krijgen, was die ene keer dat Rossana al haar potjes en flesjes op tafel had uitgestald, haar op een stoel had gepoot en had gezegd: 'Doe je ogen dicht. Nee, dicht alsjeblieft. Vertrouw me.'
Ze was begonnen met foundation, die ze met een lichte druk van haar vingers goed uitsmeerde. Ze had poeder aangebracht met een sponsje en rouge met een zachte kwast, en Marta had het gevoel gehad een van haar schilderijen te zijn. Ze voelde de wisselende consistentie van de producten op haar huid en de druk van vingertoppen, ervaren vingers, schildershanden. Misschien was ze ingedut, en als het geen slaap was, was het zo'n sluimertoestand waarin je wegzakt als je gemasseerd wordt, hetzelfde soort ontspannen vertrouwen. Rossana neuriede tijdens het werk en haar stem was kristalhelder.
'Doe je ogen maar weer open,' had ze gefluisterd, waardoor Marta wakker werd. Ze wist niet hoeveel tijd er verstreken was. Ze had zichzelf liever niet bekeken, ze wilde dat volmaakte moment niet verstoren. Ze had zich ooit weleens opgemaakt en wist dat ze zichzelf ordinair zou vinden, de geprononceerde gelaatstrekken pathetisch geworden door de poging ze te verzachten, als een straatjon-

gen die een net pak aan moet, of een winkelmeisje op haar vrije dag. Maar ze had niet om het spiegeltje heen gekund. Voor haar was een androgyn wezen opgedoemd met een spierwitte huid, ogen als een gapend zwart gat, scherpe jukbeenderen boven bloedeloze wangen.

'Is dit hoe jij me ziet?' had ze verbaasd gevraagd.

'Ik zou ook je haar nog moeten doen,' had Rossana geantwoord. 'De volgende keer neem ik lak en een föhn mee.' Ze had een polaroidcamera uit haar tas opgediept en had een foto van haar gemaakt die Marta kort daarop had moeten achterlaten toen ze moest vluchten. Maar een paar dagen had hij bestaan. Hij hing in de badkamer naast de spiegel, waar hij Marta elke ochtend toonde wie ze had kunnen zijn en wie ze was, en wellicht kwam het door die foto dat ze na al die tijd nog zo'n levendige herinnering aan die dag bewaarde.

In oktober 1994 stond Marta de badkamertegels te poetsen toen ze in het trappenhuis gebons hoorde, alsof iemand op een trommel sloeg. Ze liep de overloop op, waar haar gealarmeerde buurvrouw inmiddels ook stond, en boog zich over de leuning: vijf verdiepingen lager zeulde een van top tot teen in het zwart gehuld meisje met een koffer die groter was dan zijzelf. Ze liep achterstevoren de trap op en trok er met twee handen aan, als een roeier. Ze hees hem tree na tree omhoog, waarbij ze hem steeds tegen de volgende liet bonken.

'Sofia,' riep Marta vanaf we overloop. Ze lachte en zwaaide. 'Het is mijn nichtje,' zei ze tegen de buurvrouw, een bejaarde weduwe die mopperend weer naar binnen ging. 'Sofia, er is een lift!'

Sofia antwoordde iets wat Marta niet verstond. Ze was een beetje doof door al het lawaai waaraan ze in haar jonge jaren was blootgesteld. Het meisje liet de koffer los, legde haar handen om haar mond, als een megafoon, en schreeuwde: 'Kan niet. Ik heb claustrofobie.'

'Ook dat nog!' zei Marta. 'Wacht, ik kom naar beneden.'

'Nee, nee,' antwoordde Sofia. 'Het lukt wel.'

Ze zette de capuchon op van haar sweatshirt waar ze zowat in verdronk. Als je probeert haar vast te pakken, grijp je alleen maar lucht, dacht Marta. Ze moest ineens denken aan het kleine meisje dat zich tussen de benen van haar moeder verstopte. En nu kwam ze, haar lichaam schokkend door een bronchitisaanval, haar rustige leventje verstoren. 'Klotetrap,' zei ze hoestend. 'Ik verkeer in de terminale fase.'

Ze weigerde pantoffels aan te trekken, maar het huis kon ermee door. Weinig meubels, lege wanden. In de slaapkamer stond een tweepersoonsbed, op een stoel lag een stapel boeken. In de studeerkamer had Marta de dag daarvoor het bureau in een hoek geschoven, zodat er nog net een bank naast paste.

'Ik heb ruimte voor je gemaakt in mijn klerenkast,' zei ze. 'Die kunnen we best delen, ik heb toch niet zoveel spullen.'

'Werk jij hier?' vroeg Sofia.

Marta zei dat ze deels op school werkte, deels bij de radio en deels thuis, maar dat ze het zo zou inkleden dat Sofia geen last van haar zou hebben.

'Is het niet veel makkelijker als ik de slaapkamer neem en jij deze?'

'Dat had je gedroomd.'

Daarna onderwierp Sofia haar nieuwe kamer aan een onderzoek. Ze bekeek de foto's van Parijs die op de boekenkast stonden: een betoging op een boulevard, de Seinekade vol fietsen, een muur met losgetrokken affiches, Marta in gezelschap van mannen die er Frans en belangrijk uitzagen. Daarna viel haar oog op het schilderij dat boven de bank hing. Een madonna met kind. Op de achtergrond een veld vol gele zonnebloemen, als een vuurwerkexplosie, en de madonna was naakt, met lang afhangend haar dat haar borsten bedekte, een hippiemadonna die erg op haar moeder leek. Dus het kind was een meisje, en dat meisje moest zij zijn. Sofia nam een sigaret uit het pakje dat op het bureau lag en stak hem op.

'Hou je van tonijn?' vroeg Marta, opgewonden als bij een eerste afspraakje. 'We kunnen een salade maken met olijven, tomaten en hardgekookte eieren.'

'Het is beangstigend schoon hier,' zei Sofia.

'Of een omelet met courgettes. Wat denk je?'

Nu hadden ze eindelijk alle tijd, niemand die hun op de hielen zat, niets wat een mogelijke vriendschap in de weg stond.

'Ik lunch nooit,' zei Sofia en zwaaide het raam open om te kijken wat er beneden te zien was.

Getekend door de wind

Vlak voordat Emma hem verliet stuurden ze hen naar Singapore, verder van huis dan ze samen ooit geweest waren. Roberto had weken naar de reis uitgekeken. Terwijl zij uitrustte in het hotel vroeg hij de portier om aanwijzingen en ging een eindje wandelen om het duffe gevoel van de vlucht van zich af te schudden en omdat hij graag de Indische Oceaan wilde zien. Als man uit het binnenland had hij altijd een zekere fascinatie voor havens gehad: hij liep de weg langs de rivier af, passeerde de bouwput van een kantoor in aanbouw en stond plotseling oog in oog met de zee, als in een gefortificeerde stad met rondom water in plaats van muren. Hij verbeeldde zich dat hij uit 1991 was vertrokken en in de tijd van de koloniën was beland. Hij bekeek het woud van hijskranen, de aan de hotelpieren aangemeerde motorboten en de koopvaardijschepen die koers zetten naar open zee, voorbij het eiland Sentosa, waar Maleisische lossers zich afbeulden ter meerdere eer en glorie van multinationals.

Die avond dineerden ze met hun Chinese dealers. Ze leverden Alfa Romeo's aan het halve Aziatische continent. In het restaurant hadden ze een lange tafel laten dekken, acht Italianen aan de ene en acht Chinezen aan de andere kant, elk tegenover zijn ranggenoot zoals bij een partij schaak. Roberto zat op de plek van de rechterloper. Emma zat verderop, op de plek van de linkertoren, en toen hij ging zitten zag hij dat ze een elegante jongeman de hand schudde. Aangezien het helemaal niet goed ging tussen hen, voelde hij een steek van jaloezie bij het zien van haar glimlach.

'Ben u de ontwerper van de 164?' vroeg de Chinees die tegenover hem zat. Hij had asgrijs haar en ook zijn huid neigde naar die kleur, zoals je wel ziet bij kettingrokers. Zonder op de ober te wachten had de man de champagne al uit de emmer gepakt en twee glazen tot de rand toe volgeschonken.

'Ik heb er alleen maar een deel van ontworpen,' antwoordde Roberto.

'Een magnifieke auto,' was het commentaar van de Chinees. 'Magnifiek.' Hij hief zijn glas op de 164. Roberto proostte mee, nam een slok en vond de champagne nogal zoet; hij zette zijn glas weer neer, terwijl de ander het zijne leegde alsof het water bevatte. Het had er de schijn van dat hij zo snel mogelijk dronken wilde worden. Hij vulde het opnieuw en zei: 'Een, zes, vier. Heeft dat een betekenis?'

'Geen enkele,' antwoordde Roberto. 'Het was gewoon de code van het project.'

'Dat dacht ik al,' zei de Chinees en sloeg met zijn hand op tafel. 'Weet u dat we hier een ander getal hebben moeten gebruiken, omdat niemand hem kocht?'

Dat wist Roberto niet. Hij nam een slok champagne en ging er eens voor zitten. De man legde hem uit dat de orders de eerste drie maanden absoluut rampzalig waren geweest. Ze konden er maar niet achter komen waarom. Op de andere markten deed de auto het goed, en het was nou niet zo dat er in Maleisië geen rijke mensen woonden: alleen waren dat geen Maleisiërs, maar Chinezen uit Kanton. Hij zei het lachend, en Roberto zag dat ook zijn tanden grijs waren. Donker, alsof er geen leven meer in zat. Dat kon niet alleen van het roken zijn. Daarna, vervolgde de man, was het hun opgevallen dat die paar mensen die er wél een kochten iets raars deden: zodra ze de garage uit waren haalden ze het getal van de carrosserie. In Malacca en Kuala Lumpur reden die 164's zonder cijfers rond. En toen hadden ze de zaak onderzocht en ontdekt wat erachter stak.

'O, wat dan?' vroeg Roberto onaangenaam verrast. Heimelijk beschouwde hij die auto als zijn schepping. De 164 kwam het dichtste bij het kind dat Emma en hij nooit hadden gekregen. Ze hadden er vier jaar samen aan gewerkt, en het was de gelukkigste periode uit hun relatie geweest.

'Bijgeloof,' zei de Chinees misprijzend, als een wetenschapper die tussen de wilden was beland. 'In Kanton heeft elk cijfer een specifieke betekenis. Zo kan een getal van drie cijfers een zin vormen, snapt u? De één is identiteit, alsof je *ik* zegt. De zes is het werkwoord *zijn*. Dus *ik ben*, nietwaar?'

'En de vier?' vroeg Roberto.

'Dat is het ergste cijfer van allemaal. Wat denkt u?'

'Ik zou het niet weten. Ongeluk?'

'Erger,' zei de Chinees.
'Faillissement? Ondergang?'
'Nog erger.'
'Wat is er erger? De dood?' De Chinees knikte opgetogen.
'Ik ben dood,' mompelde Roberto, en de Chinees hief enthousiast zijn glas. '*Ik ben dood*,' riep hij uit. 'Een zes vier!'

Met een gebaar nodigde hij hem nogmaals uit te proosten. Nu lachte hij niet meer: hij had het bezwete voorhoofd en de glinsterende ogen van een dronkenman. Roberto begreep dat de man een bewijs van hem verlangde, de bevestiging dat ze aan dezelfde kant stonden in de strijd tussen beschaving en barbarij. Hij zocht steun bij Emma aan het andere eind van de tafel, maar de tijd dat hij alleen maar haar kant op hoefde te kijken om haar blik te vangen lag ver achter hen: zij was de technicus iets aan het uitleggen, en ter illustratie tekende ze iets met haar vinger op het tafelkleed. Intussen zat die Chinees daar met zijn geheven glas, de zoveelste klant die tevredengesteld moest worden. Roberto hief berustend het zijne en klonk met de grijze man op de dood.

Hij was in de winter van 1975 bij Alfa Romeo gekomen, toen de glorietijd net voorbij was: voor de Anonieme Lombardische Fabriek voor Automobielen waren de jaren vijftig en zestig, toen heel Italië geasfalteerd en gemotoriseerd werd, één groot feest geweest, maar tijdens de vakbondsprotesten van '69 hadden de eerste onheilspellende noten geklonken en na de oliecrisis van '73 was de muziek verstomd. Maar van die dingen had Roberto Muratore op zijn zesentwintigste geen benul. Met de stijve tred en het gemillimeterde haar van een afgezwaaide onderofficier bij de artillerie stapte hij uit de bus voor de fabriek in Arese, voegde zich bij de stroom kantoormensen en arbeiders op weg naar de ingang, ging het hek van de fabriek binnen en was meteen de weg kwijt. Er was daar niemand die bevelen schreeuwde en de mensen naar links en naar rechts dirigeerde. Tijdens het sollicitatiegesprek had hij zich onmogelijk kunnen voorstellen hoeveel dat was: *twintigduizend arbeidskrachten.* Maar nu werd dat aantal heel concreet: de fabriek leek wel een complete stad. Roberto dwaalde verloren rond tussen de gieterij en de persstraat, de stoffeerderij en de assemblagelijn, en ontmoette ten slotte zijn eerste collega bij de afdeling mechanische componenten. Hij heette Giuseppe Russo en had een grote zwarte snor, als een Siciliaanse bandiet. Hij legde Roberto uit dat hij de verkeerde ingang had genomen, vergezelde hem naar het Technisch Centrum en vertrouwde hem toe aan de zorgen van een secretaresse. Hij nam afscheid met een opmerking die hij waarschijnlijk al vaker had gemaakt: 'Je kunt het hier op twee manieren bekijken, het is of een familie of een gevangenis. Die van de gevangenis, die herken je zo, die zijn altijd pisnijdig. Ik ben een traditionalist, ik ben voor de familie.' Dat zei hij, en daarna gaf hij hem een klap op zijn schouder, barstte uit in bulderend gelach en keerde, nog net voordat de bel de ploegenwisseling aankondigde, terug naar zijn afdeling.

 Twee dagen later, terwijl Roberto nog aan het uitzoeken was wat zijn taken waren, stormde een stoet blauwe overalls de kantoren binnen. Ze bliezen op fluitjes en hadden blikken bussen om hun nek waar ze met Engelse sleutels op sloegen, wat een hels lawaai maakte. Ze smeten alles wat op de bureaus lag op de grond en schreeuwden *onderkruipers*. Roberto bevond zich op dat moment net in de toiletten. Toen het kabaal van de opstand hem bereikte, wist hij niets beters te doen dan zich in een van de wc-hokjes te verstoppen. Hij werd daar gesnapt door een soort Viking met een strogele baard en dito haar, die de deur opengooide en hem toebrulde: 'Onderkruiper, waarom staak je niet?' In een geconditioneerde reflex sloeg Roberto zijn hakken tegen elkaar en sprong in de houding. Dat kwam bij de Viking harder aan dan een klap in zijn gezicht. Hij nam Roberto van hoofd tot voeten op en liet hem daar vervolgens staan, in de houding op het herentoilet, als een dwaas, om terug te keren naar zijn kompanen die de hoger gelegen verdiepingen bestormden.

Dat waren zijn dagelijkse porties verbijstering. In zijn ogen ging alles om gigantische aantallen, was elke ruimte buitensporig groot, de fabriek ten prooi aan onbeheersbare krachten. Ze produceerden tweehonderdduizend auto's per jaar, die werden gemaakt van tonnen metaal, glas en plastic die per goederentrein werden aangevoerd en weer naar buiten kwamen in de vorm van auto's die in glimmende rijen in parkeergarages werden gestald. Het paradepaardje in die tijd was de Giulia: sinds twaalf jaar in productie, een miljoen van verkocht. Op de lopende band zag je het heden voorbijkomen, maar op de ontwerpafdeling zagen ze de toekomst. Vergeleken met de auto's die in omloop waren, leken de exemplaren die daar ontstonden wel ruimteschepen: ronde vormen werden hoekig, de neus werd langer en lager, de achterbak werd zo plat dat hij bijna verdween. Ze bereidden een revolutie voor en het was opwindend er, zij het zijdelings, deel van uit te maken, bijvoorbeeld door het trillingsprobleem bij hoge toerentallen te bestuderen, of de slijtage van het transmissiesysteem in de nieuwe modellen met voorwielaandrijving. Als hij zich daarop concentreerde, lukte het Roberto om zichzelf volkomen af te sluiten. Voor het dictatoriale optreden van zijn chef, voor het geroezemoes op kantoor, voor de stakingen waardoor de fabriek om de dag werd opgeschrikt. Als hij maar lang genoeg naar een tekening keek, lukte het hem om er diepte en beweging in te zien, en dan zat hij in een witte ruimte waarin zich alleen hijzelf en het fameuze Alfa-blok met dubbele bovenliggende nokkenas bevonden, elk onderdeel verbonden met alle andere, elk gevolg een oorzaak. Als een componist die alleen maar naar een notenbalk hoeft te kijken om een melodie te horen hoefde hij alleen maar naar een technische tekening te kijken om een draaiende motor voor zich te zien.

'Wakker worden, Muratore,' zeiden zijn collega's en knipten met hun vingers. 'Wat doe je, ga je mee eten?'

'Ik maak dit even af en dan kom ik,' antwoordde Roberto en keek met toegeknepen ogen naar de overvolle ruimte, vol mensen, tekentafels en neonlampen, met grote ramen die uitkeken op de testbaan. Zijn collega's schudden het hoofd en gingen naar de kantine. Het waren jonge mannen die precies op hem leken, met witte overhemden en grote ambities, en met wie Roberto louter professionele betrekkingen onderhield. Op de universiteit en in het leger was het net zo gegaan. In mannengemeenschappen had je gedragscodes en hiërarchieën waar hij zich liever verre van hield; en na vergeefs te hebben geprobeerd hem in te lijven besloot de groep hem verder van zijn motoren te laten dromen.

Maar hij had één vriend. Als hij een probleem op geen enkele manier leek te kunnen oplossen en de abstractie van de tekeningen onverdraaglijk werd, stond Roberto op van zijn bureau en liep naar beneden, naar de afdeling mechanische componenten. Het was Giuseppe Russo die hem ertoe overhaalde zijn handen in de motoren te steken. Roberto leerde dat die in werkelijkheid warm en vuil waren, ze bromden en zongen elk met een eigen stem, en soms begreep je door naar die stemmen te luisteren wat ze je wilden zeggen. Hij begon zelfs de geur van de werkplaats te waarderen, zich de namen te herinneren van de arbeiders die hij er tegenkwam, en hun dialecten te verstaan. Het Apulisch, het Siciliaans. Net of je op een oceaanstomer zit en afdaalt van de tweede naar de derde klasse. Of zoals Giuseppe zei, de fabriek had het Noorden in haar hersens en het Zuiden in haar hart, want de edele juffrouw Alfa droeg weliswaar de slang van Milaan in haar wapenschild, maar het was de Napolitaanse ingenieur Nicola Romeo geweest die haar naar het altaar had geleid, en sindsdien had de schoonheid van haar vormen evenzeer school gemaakt als de efficiëntie van haar motor. Hij vertelde hem die dingen in de kantine, als ze na de lunch een halfuurtje zaten te kaarten. Wist Roberto dat Henry Ford in hoogsteigen persoon had verklaard: 'Ik neem mijn hoed af als ik een Alfa Romeo zie langsrijden'? Wist hij dat twee mannen onlangs van de Noordkaap, in Noorwegen, naar Kaap de Goede Hoop in Zuid-Afrika waren gereden in een eerste serie Alfetta, zonder ook maar het minste mechanische ongemak, en dat ze alleen af en toe de banden hadden moeten verwisselen? En dat die motor met zijn zes in V-vorm geplaatste cilinders nog steeds liep als een klokje, net als in de tijd dat hij nog een korte broek droeg?

'Kom op, spelen,' zei Roberto, na zichzelf vertrouwd te hebben gemaakt met de regels van het kaartspel. Hij bracht inmiddels hele dagen door met het demonteren van Duitse motoren om te snappen hoe die in elkaar zaten en geloofde al een tijdje niet meer in het fabeltje van de excellentie van het bedrijf.

In mei 1977 ging hij een week op vakantie, nogal ongebruikelijk voor iemand die zelfs met kerst bij voorkeur doorwerkte. Bij zijn terugkeer zette hij een fotolijst op zijn bureau: op de foto stond een mooi donkerharig meisje, Rossana, met een open, jeugdige lach en een verdachte bolling onder haar trouwjurk, en ja hoor, na een paar maanden kwam er een tweede foto bij, en dat minuscule, rimpelige, buitenaardse wezentje was Sofia. Waar had een type als Roberto Muratore nou een vrouw vandaan gehaald? Niemand wist het, en niemand werd ooit uitgenodigd om kennis met haar te maken: de hardnekkigheid waarmee Roberto zijn privéleven afschermde was een onneembare barrière. Nu hij echtgenoot en gezinshoofd was, besloot hij dat het moment was aangebroken om treinen en bussen achter zich te laten en zijn eerste auto te kopen, een witte, tussen de advertenties op het prikbord gevonden tweedehands Alfetta, waarmee hij dagelijks vijftien kilometer heen en vijftien kilometer terug in de file stond tussen Milaan en Arese.

In die periode begonnen de sabotages. Het gebeurde 's nachts, ondanks dat er bewaking was: bij het inschakelen van de installaties bleek er een machine onklaar te zijn gemaakt, waardoor de productie dagenlang stillag. In de persstraat, midden tussen de werklieden die elkaar aflosten alsof er niets aan de hand was, verscheen een spandoek met het opschrift *De fabriek aan de arbeiders*, met bij wijze van handtekening de vijfpuntige ster van de Rode Brigades. Hetzelfde symbool sierde een pamflet met daarop de namen en achternamen van een aantal leidinggevenden, en duidelijke eisen: stopzetting van het snijden in personeel, afschaffing van overwerk, opheffing van de interne controlestructuren. De leidinggevenden in kwestie hoopten aanvankelijk dat het loze dreigementen waren, totdat van de eerste op de lijst het kantoor in brand werd gestoken en van de tweede de auto. Sommigen van hen werden bang en vroegen om overplaatsing, anderen lieten zich voortaan naar het werk escorteren. Er waren er ook die zich niet lieten intimideren en die op een gegeven moment een kogel in hun knie kregen.

Het lukte Roberto's collega's het oproer te negeren, maar hijzelf ging eronder gebukt. Voor hem was het een loopgraaf waarin hij elke ochtend moest afdalen, en op sommige dagen sloeg de spanning zó op zijn maag dat hij zijn lunch uitbraakte. Hij kwam bleek en afgepeigerd thuis. Als Rossana vragen stelde, veranderde Roberto van onderwerp of gaf bozig antwoord. 'Lees de kranten,' zei hij. 'Ga eens met de auto naar Milaan en kijk wat er op de muren staat geschreven. Wat wil je nog meer weten?'

Wilde ze weten dat een leidinggevende voor zijn huis was ontvoerd? En dat er 's ochtends inmiddels politie voor de hekken stond? En dat ze de directeur van de lakstraat desondanks tien keer in zijn benen hadden geschoten, en wel daar, *op de afdeling*, en dat hij in de kantine een groep arbeiders had zien proosten op dat nieuws?

Omdat ze werd geweerd uit dat deel van haar mans leven, begon Rossana de fabriek als een persoonlijke vijand te zien. Ze belde hem op zijn werk met een smoesje, en de toon van zijn antwoorden was dermate geërgerd dat ze vaak aan de telefoon al ruzie kregen, bij wijze van voorspel op hetgeen zich later thuis zou afspelen. Roberto beschuldigde haar ervan dat ze hem met opzet stoorde, en dat ze blijkbaar erg genoot van haar eigen stemgeluid als ze zei: 'Ik ben de vrouw van Roberto Muratore, kan ik mijn man even spreken?' Rossana was beledigd door die imitatie in falset en zei dat hij niet al te zeker van zijn zaak moest zijn, want het kon altijd gebeuren dat hij op een avond thuiskwam en niemand meer aantrof, zijn vrouw niet, zijn dochter niet, niks niet. Opeens kreeg ze een van angst en woede vervulde klap die ze niet had zien aankomen. Het was de eerste en laatste van hun huwelijk, want Roberto schrok zelf van de kracht die hij erin had gelegd.

Rossana belde nu helemaal nooit meer. Het nummer had ze altijd bij de hand, het hing naast de telefoon, maar mettertijd werd het net als dat van de ziekenauto, iets waarvan je hoopte dat je het nooit nodig zou hebben. Haar nieuwe lievelingszin was *Hou je werk buiten de deur*. En Roberto wilde niets liever: een massieve deur met een solide grendel die de twee levens scheidde die hij nooit zou weten te verenigen.

Op 19 september 1980, na het avondeten, stond hij op van tafel, trok zijn jas aan, negeerde het vijandige zwijgen van Rossana die stond af te wassen, wenste de kleine Sofia welterusten, stapte in de auto en reed terug naar de fabriek. Hij had een afspraak met Giuseppe, maar er waren veel meer mensen dan hij had verwacht en dus liepen ze elkaar mis. Een grote massa arbeiders stroomde hal 6 binnen, waar ze die ochtend een podium hadden opgebouwd en lange rijen banken hadden neergezet. Ook hij ging naar binnen, al voelde hij zich een indringer. Twee uur lang was hij vervolgens getuige van de opvoering van *Filumena Marturano*, een komedie van Eduardo De Filippo, die de ondernemingsraad had aangeboden aan de arbeiders die dat jaar waren getroffen door massaontslagen. Een week eerder had Fiat in Turijn aangekondigd vijftienduizend man te zullen ontslaan, en er was onmiddellijk een algemene staking afgekondigd. Groepen arbeiders postten dag en nacht voor de hekken. Omdat ze in Arese maar al te goed wisten dat zij daarna aan de beurt waren, volgden ze de krachtmeting via bepaalde kanalen binnen de vakbond, als de een-na-oudste zoon die stiekem de ruzies tussen zijn broer en zijn vader afluistert om erachter te komen hoever hij kan gaan en welke straffen hem dan te wachten staan.

Roberto betrapte zichzelf er die avond op dat hij vaker naar het publiek keek dan naar het stuk. Als er gelachen werd, werd er gebulderd, als er geklapt werd, trilde de hal op zijn grondvesten. Ze waren met z'n tienduizenden. Zelfs de stilte was niet de normale stilte die je op een lege plek hoort: tijdens de emotionele slotmonoloog van de hoofdpersoon, toen iedereen roerloos zat toe te kijken, had Roberto het idee dat hij om zich heen de reusachtige ademhaling van de fabriek hoorde, als een soort zwellende, machtige blaasbalg. Dat had hij nou wél graag aan Rossana willen vertellen. Het was alsof je in de buik van een slapende olifant zat. Al die duisternis om je heen, en die warme en vochtige adem van tienduizenden mensen die je voelde. Aan het eind van de voorstelling lukte het De Filippo niet om weg te komen, want werkelijk elke arbeider kwam naar hem toe om hem te bedanken en hem de hand te schudden.

Maar Roberto liep tijdens het laatste applaus naar buiten, reed over de lege wegen naar Milaan, kleedde zich thuis zachtjes uit en kroop zonder het licht aan te doen in bed, waar hij naast de slapende Rossana wakker bleef liggen.

Op 14 oktober, na vijfendertig dagen staken, demonstreerden veertigduizend werknemers van Fiat in de straten van Turijn tegen hun eigen collega's en eisten het recht op om weer aan het werk te gaan. Nu de fabriek verdeeld was kon de vakbond niet anders dan zich gewonnen geven. Drie dagen later rolden de eerste auto's weer van de lopende band, maakten de ingenieurs weer berekeningen en plannen, persten de ongeschoolde arbeiders platen, gingen de werklozen op zoek naar ander werk en waren de jaren zeventig geschiedenis, zij het met enige maanden vertraging.

Emma Di Lorenzo arriveerde in 1982, tegelijk met de computers. Ze was vierentwintig en droeg een blauw jasje dat ze altijd over de stoelleuning hing en vervolgens vergat. Nu was Roberto degene die het doolhof op zijn duimpje kende en nieuwe werknemers die door de gangen dwaalden de weg wees. 'Is er ook een manier om hier ooit nog uit te komen?' had ze hem geïrriteerd gevraagd, de eerste keer dat ze aan de praat waren geraakt bij de koffieautomaat.

'Daarvoor moet je schriftelijk toestemming vragen aan het hoofd personeelszaken,' antwoordde Roberto, maar daarmee ontlokte hij haar niet eens een zweem van een glimlach, en de lust om grapjes te maken verging hem op slag.

Wel bleek hij haar beste leerling te zijn. De andere ingenieurs voelden er helemaal niets voor om de tekentafel in te ruilen voor een monitor en opnieuw te beginnen met het tekenen van een cirkel en een lijn, als kinderen op de kleuterschool. Maar Roberto hanteerde de elektronische pen na enkele dagen al met evenveel souplesse als de rapidograaf. Emma loodste hem door de driedimensionale wonderen van het ontwerpprogramma: het bood veel meer mogelijkheden dan hij had gedacht, en het was duidelijk dat zijn werk er voorgoed door zou veranderen. Hij moest zoveel dingen leren dat ze hem niet meteen opviel. Ze was zo iemand die in de trein tegenover je kon zitten, en dat je dan als ze was uitgestapt niet meer zou kunnen zeggen of er daar iemand had gezeten of niet. Ze droeg platte schoenen, haar haren altijd opgestoken en zo'n zwarte bril met dikke glazen als studentes dragen die gewend zijn hele nachten over hun boeken gebogen te zitten. Maar ze had een mooie zwoele stem. En toen ze op een keer achter de computer zaten te werken en er wat as van Roberto's sigaret op de mouw van zijn colbertje viel die Emma wegveegde met de rug van haar hand, had hij het idee dat ze elkaar al jaren kenden. Hij merkte dat hij het fijn vond haar stem te horen als ze hem instructies gaf. Hij bestudeerde heimelijk haar reflectie in het scherm: als het programma niet aan een commando gehoorzaamde verschenen er twee bozige rimpels boven haar neus. Als ze moe was schoof ze haar bril omhoog, masseerde haar oogleden en keek daarna uit het raam. 'Hoe kun je nou zó'n auto hebben en afzien van het genot er zelf in te rijden?' vroeg ze zich op een avond hardop af toen ze een van de directeuren in zijn Montreal met chauffeur zag vertrekken; en Roberto begreep precies wat ze bedoelde. In die schelp zat een parel en hij had er de schittering van opgevangen.

In diezelfde periode nam Rossana's problematische gedrag, dat tot dan toe onder de noemer *moeilijk* te vangen was geweest, steeds zorgwekkender vormen aan. De ene dag dreigde ze hem te verlaten en de dag erop vroeg ze hem in tranen om vergiffenis. Ze deed soms drie nachten achter elkaar geen oog dicht en sliep vervolgens een hele zondag, uitgerekend als ze wat tijd samen hadden kunnen doorbrengen. Ze zei dat ze alleen maar een baan hoefde te vinden, of hoefde te verhuizen, of nog een kind maken, of meer tijd met hem doorbrengen, of juist meer tijd alleen, zonder Sofia, die al vijf jaar lang haar enige gezelschap was. En dan kocht ze op een zaterdag een jurk, ging naar de kapper, zette overal in huis bloemen neer, kookte een fantastische maaltijd en leek daarmee te willen zeggen dat er geen vuiltje aan de lucht was, de problemen weggeblazen als wolken aan een aprilhemel. Roberto had zich er inmiddels bij neergelegd dat de liefde van volwassenen zo in elkaar stak: een oefening in toegeeflijkheid en tolerantie, wennen aan de tekortkomingen van de ander en die met de jouwe opzadelen, de last van diens ongeluk op je schouders nemen. Maar toen, terwijl hij er volstrekt niet op bedacht was, merkte hij dat hij 's ochtends steeds vroeger wakker werd, opstond en niet kon wachten om naar zijn werk te gaan, dat hij als hij het kantoor binnenkwam de lucht opsnoof om te weten of Emma al was gearriveerd, en er desnoods een hele dag doorbracht zonder haar te zien, maar wel elk moment wetend waar ze zich bevond en hoe haar weg te kruisen en het op een toevallige ontmoeting te laten lijken. Hij deed haar blozen of maakte haar aan het niesen, soms wel tien keer achter elkaar. Als hij niet zo'n analfabeet op het gebied van lichaamstaal was geweest, zou hij hebben begrepen dat zijn gevoelens werden beantwoord. Maar ze waren allebei verlegen, en als de gelegenheid zich niet had aangediend, was Roberto haar ongetwijfeld eindeloos het hof blijven maken, met af en toe een kleine ridderlijke beleefdheid – totdat een roofdier dat roofzuchtiger was dan hij zich op haar had gestort.

Gelukkig schoot het bedrijf hen te hulp. In de herfst werden ze twee weken naar Napels gestuurd, om de ontwerpen voor de Alfa 33, die in Pomigliano d'Arco in productie werd genomen, over te zetten op de computer. Een vingerwijzing van het lot: de stad waar Emma geboren was, was tevens de stad van Alfa Romeo's zustervestiging. Toen ze er aankwamen, hongerig na de lange treinreis, was het al donker. Ze gaven de taxichauffeur het adres op van het hotel en vroegen hem waar ze het best konden gaan eten: hij bracht hen naar een typisch toeristenrestaurant tussen het oude kasteel en de zee in Santa Lucia. Hij ging naar binnen om met de eigenaar te praten en Roberto was er zeker van dat ze afgezet zouden worden, maar die avond kon hem dat niets schelen. Gezeten achter een voorafje met vis vertelde Emma hem, een beetje uit vermoeidheid en een beetje vanwege de wijn, voor het eerst over zichzelf. Ze zei dat ze weliswaar in Napels geboren was, maar dat haar ouders naar Milaan waren verhuisd toen ze een paar maanden was. Aan de trouwfoto's te zien was het lichaam van haar moeder vóór de zwangerschap stevig doch al met al normaal, maar erna was ze allengs dikker en dikker geworden. Haar vader, die heel lang in een fabriek had gewerkt, begon zodra hij genoeg geld had om een vrachtwagen te kopen voor zichzelf. Hij had vrienden die vrachtwagenchauffeur waren en van die vrijheid had hij altijd gedroomd. Hij reed af en aan over de Noord-Europese wegen, terwijl zijn vrouw steeds meer aankwam en zijn dochter ontdekte dat wiskunde haar favoriete vak was. Toen Emma met de hoogste cijfers van het lyceum af kwam, was haar vader inmiddels weken achtereen van huis. Toen ze afstudeerde in werktuigbouwkunde was hij helemaal verdwenen en stuurde alleen af en toe nog wat geld. Haar moeder, die ziekelijk obees was, kwam tegen die tijd amper nog het huis uit. Nu was het Emma die voor háár zorgde: en dat was haar treurige levensgeschiedenis tot dan toe. Terwijl ze dat zei, glimlachte ze en was tegelijkertijd aangedaan; Roberto pakte haar hand en opeens voelden ze een grote intimiteit. Ze omhelsden elkaar, al was dat niet precies wat ze wilden. Het ging een beetje onhandig, vanwege het tafellaken en de glazen. De obers gluurden: ze hadden zijn trouwring gezien en verheugden zich al op wat er komen ging. Na die langdurige omhelzing bekende Roberto: 'Ik weet niet zo goed wat ik nu moet doen.'

'Misschien moeten we proberen elkaar te zoenen,' stelde Emma voor, 'en zien hoe het gaat.'

'Oké,' zei hij. Hij was gewend aan de lippen van Rossana, die dik en vlezig waren, en ontdekte die avond kussen die gegeven werden met spieren en tanden, harde kussen. Ook in bed was het totaal anders. Roberto had geleerd te vrijen alsof het een hogere evenwichtskunst betrof, balancerend op het koord van de opwinding van zijn vrouw, die steeg, daalde, alleen piekte als zij de leiding nam; hij hoefde maar één verkeerde beweging te maken of het was gebeurd. Emma daarentegen gaf zich volledig. Ze had een slechte huid, alsof die altijd bedekt was geweest door kleren, en een lichaam dat geen enkele weerstand bood. Roberto had de indruk dat ze tegen hem zei: doe met me wat je wilt. En zorg voor me.

De rest van de dienstreis waren ze onafscheidelijk. Mettertijd zouden ze zich die herinneren als hun geheime huwelijksreis. Een diner in een restaurant, een samen doorgebrachte avond, een kort tripje, over willekeurig welk gelukkig moment zouden ze zeggen: 'Het is net Napels.' In die dagen schreven ze de scènes die ze heel vaak zouden herbeleven door zichzelf of elkaar er geperfectioneerde versies van te vertellen. Zo waren er bepaalde uitspraken: 'Juffrouw, als de vis nog verser is dan dit, dan zwemt hij.' En de figuranten: de ongure taxichauffeur, de vals spelende violist, de ober die deed alsof de zeebaars die hij in zijn hand had nog leefde, de hoteldirectrice die hen vuil aankeek, de collega die niets vermoedde. Toen hij de restaurantrekening kreeg, was Roberto in de lach geschoten. Het was warm herfstweer in de stad, 's avonds was iedereen buiten. Zij tweeën hadden altijd slaap en het was vertederend de ander midden op de dag te zien gapen. En dan was er het bed in Emma's hotelkamer dat elke avond overhoop moest worden gehaald, de fenomenale acceleratie van de Alfa 33 die hem de bijnaam *ontvoeringsauto* bezorgde, en die hele zondag die ze hadden doorgebracht op Capri en die de geschiedenis, hun geschiedenis, was ingegaan als de volmaakte dag. Alles haarscherp, als uitgehakt in steen, klaar om gebruikt te worden in moeilijke tijden. Daarna keerden ze terug naar Milaan.

Roberto had gedacht dat het eerste moment het moeilijkste zou zijn. Zodra hij binnenkwam zou Rossana een argwanende uitdrukking op haar gezicht krijgen, zijn hoofd in haar handen nemen, aandachtig naar zijn ogen kijken, als een oogarts, en vragen: 'Wat heb je gedaan?'

Maar ze was juist heel erg blij. Die ochtend had ze eekhoorntjesbrood op de markt gevonden en ze had risotto met saucijs en paddenstoelen voor hem gemaakt, een van zijn lievelingsgerechten. Ze liet hem het schilderij zien dat ze tijdens zijn afwezigheid had geschilderd en vertelde over het partijtje dat ze had georganiseerd voor Sofia's klasgenootjes. Maar ze had haar ook een dag naar een van de andere moeders gebracht en was naar een tentoonstelling gegaan, en Roberto begreep dat ze er trots op was dat het haar gelukt was om die dingen te doen, om twee weken alleen te zijn en zich goed te voelen.

'Volgens mij ben je beter af zonder mij,' zei hij, en deed alsof het een grapje was. En zo vatte zij het inderdaad op, want ze sloeg haar armen om zijn hals, overlaaddde hem met kussen en zei: 'Wat ben je toch mooi! Hoe ben ik toch aan zo'n mooie man gekomen? Hou je het nog een tijdje met me uit als ik mijn best doe om mijn leven te beteren?'

Die avond stond Roberto lang voor de badkamerspiegel, al was het niet om zijn eigen schoonheid te evalueren. Hij zag dat zijn gelaatsuitdrukking als hij diep inademde en ontspande een soort nulniveau bereikte waaraan je niets maar dan ook helemaal niets kon aflezen. Hij was bang geweest dat de waarheid op zijn voorhoofd geschreven stond, maar de man in de spiegel was een rustige, vierendertigjarige doorsneeman, zonder grote hartstochten of verschrikkelijke geheimen, en beslist niet in staat tot liegen, en hij concludeerde dat als anderen hem zo zagen, hij dat meer dan prima vond.

Emma en hij begonnen het leven van heimelijke geliefden te leiden. Op kantoor werkten ze aan het ontwerp voor de 164 en zaten ze de hele dag zij aan zij. Elkaar elders ontmoeten was een probleem. Een avond of zelfs een nacht samen doorbrengen, daarvan kon voor beiden geen sprake zijn. Slechts één keer namen ze een halve dag vrij en gingen naar een motel, maar dat vonden ze geen van beiden een succes en ze keerden er niet terug: de vrouw bij de receptie, de inrichting van de kamer, de sfeer van sleetsheid die er hing en de routineuze omgang met de voorkeuren van de gasten maakten dat ook hun relatie bezoedeld werd, dat ze zich vernederd voelden. En dus bedreven ze die winter vaak de liefde in de auto, op achterafweggetjes in de velden rond Arese, als twee tieners, als ze uit kantoor kwamen en het al donker was. Daarna, toen de eerste lust geluwd was en het lente werd, gaven ze er de voorkeur aan het er niet meer op aan te laten komen. Ze kusten elkaar in de lift en wachtten op de volgende dienstreis. Maar bovenal beminden ze elkaar met het hoofd: Roberto had nooit gedacht dat het mogelijk was *met zijn tweeën te denken*, maar dat was precies wat hem met Emma overkwam. Zelfs in de kantine discussieerden ze over ontwerpen. De een zette een idee uiteen en de ander legde er de zwakke punten van bloot, kantelde het perspectief, tilde de redenering naar een hoger plan, hetgeen bijna altijd resulteerde in een beter idee. Dat waren hun momenten van intimiteit, en dat die niet in bed plaatsvonden, tja, dat was dan maar zo.

    In twee jaar tijd deponeerden ze verschillende patenten en begonnen ze op te klimmen in het bedrijf. Ze werden in '83 naar Athene gestuurd en in '84 naar Johannesburg: alles bij elkaar drie weken, een twintigtal dagen die ze als stel konden doorbrengen. In '85 stak Roberto zich tot zijn nek in de schulden om een huis te kopen in een villapark niet ver van Arese, als tegemoetkoming aan Rossana die was opgegroeid op het platteland en het in de stad niet meer uithield. Hij spendeerde echter niet al zijn spaargeld, maar hield een miljoen lire achter die hij op een rekening bij een andere bank zette en in gedachten bestempelde tot noodfonds voor Emma, voor het geval zij of haar moeder dat nodig mochten hebben. Elke maand stortte hij er een klein bedrag bij. Dat hij daarmee geld aan de huishoudkas onttrok, beantwoordde aan zijn idee van gerechtigheid: hoewel hij aan het begin van zijn relatie met Emma bang was geweest dat hij het er moeilijk mee zou krijgen en niet in staat zou zijn een dubbelleven te leiden, ontdekte hij gaandeweg dat hij geknipt was voor bigamie. Hij voelde zich niet overspelig, eerder een man die twee vrouwen was toegewijd. Twee vrouwen liefhebben ging hem even natuurlijk af als elke dag van huis naar de fabriek gaan: hij had niet het idee dat zijn liefde voor de ene per definitie het einde van zijn liefde voor de andere betekende. De tegenovergestelde mogelijkheid kwam nooit bij hem op, te weten dat je, als je twee vrouwen had, er in feite geen een had.

Bovendien verlangde Emma niet veel van hem. De gedachte aan trouwen kwam niet bij haar op, noch aan het krijgen van kinderen, en aan een eengezinswoning met tuin al helemaal niet. Als ze niet op kantoor was, werd haar leven gevuld door haar kolossale moeder. 'Weet je nog,' zei ze tegen hem, 'dat je me vertelde over je dochter? Dat ze in de couveuse lag en jij naar haar stond te kijken, en dat het moeilijkste van alles was jezelf als vader te zien? Alsof je plek in de wereld, de orde der dingen die je altijd had gekend, was veranderd. Je zei dat je jezelf weer helemaal opnieuw moest uitvinden. En weet je, ik snapte precies wat je bedoelde. Want ik kan mezelf op geen enkele andere manier zien dan als dochter. Zolang mijn moeder er is, moet ik me om haar bekommeren. Dat is mijn plek. Je kunt het óf zien als een veroordeling, óf je kunt proberen blij te zijn dat je het mag doen. Zo is het ook met het vaderschap, toch?'

Hij was er die keer van geschrokken hoezeer Emma hem overschatte. Hij had het vaderschap simpelweg gedelegeerd aan de moeder. Hij wist dat hij haar bewondering niet verdiende, het was net als wanneer Rossana tegen hem zei dat hij mooi was: vrouwen vormden zich een beeld van je en gingen daar vervolgens van houden, totdat ze genoeg kregen van dat beeld of totdat het beeld zozeer ging afwijken van de werkelijkheid dat het in hun ogen niet langer geloofwaardig was, maar aan dat moment dacht Roberto liever niet.

In 1986 besloot de Italiaanse staat een aantal industriële participaties van de hand te doen, en na maanden van onderhandelingen, politieke inmenging en vakbondsbemoeienis werd Alfa Romeo voor een vriendenprijs overgenomen door haar aloude concurrenten van Fiat. Rome verpatste Milaan voor een schijntje aan Turijn. Of in de woorden van Giuseppe Russo: het was alsof je een Frans restaurant overdeed aan een pizzaketen. Hij was bang dat ze hem voortaan simpele auto's zouden laten maken, zoals Panda's, Uno's en dat soort boodschappenkarretjes, maar ze bleken nog veel ergere dingen van plan te zijn: het meubilair verbranden, koks en obers ontslaan, het etablissement onder de prijs van de hand doen en het uithangbord meenemen als trofee. Alleen konden ze dat niet meteen doen. Maar het werd al snel duidelijk hoe de vlag erbij hing: in 1987 werden er zesduizend werknemers ontslagen, het merendeel arbeiders, allemaal met genoeg anciënniteit om met pensioen te gaan, en Giuseppe stond op de lijst. Hij was negenenveertig jaar, waarvan hij er vijfendertig daarbinnen had doorgebracht. Hij was gekomen als jongetje, via de bedrijfsschool. In zijn laatste week verrichtte hij zijn gebruikelijke taken, maar hij draaide zich vaak om en keek naar de ingang van de afdeling. Het leek of hij iemand verwachtte. Niets werd hem bespaard: op vrijdagavond, bij het inleveren van zijn klokkaart, werd hij zelfs gefouilleerd, want op de laatste werkdag stalen de arbeiders van alles, van schroevendraaiers tot vorken uit de kantine. De bewaker controleerde zijn zakken en zijn tas, en daarna streepte hij zijn naam door op een lijst en was de volgende aan de beurt.

'Wat had ik dan gedacht?' zei Giuseppe toen Roberto hem thuis ging opzoeken. 'Dat ze dank je wel zouden zeggen? Ik telde de dagen af die me nog restten en ik kon me niet voorstellen dat het met niets zou eindigen, om vijf uur 's middags op een willekeurige klotevrijdag. Misschien hoopte ik wel op een verrassing. Je kent toch die feesten waar iedereen zich verstopt in een andere kamer? Nou, zoiets. Ik doe de deur open en daar springen de president-directeur en de bestuursvoorzitter tevoorschijn, en hup, iedereen, tot en met het hoofd personeelszaken, zegt: Russo, we bedanken je, het was een eer om al die jaren met je te werken. Mooi bedenksel, hè? Wat een rund ben ik toch.'

Ze zaten in de woonkamer, op de zevende verdieping van een groot flatgebouw in Gallaratese, een troosteloze nieuwbouwwijk. Banken met gebloemde doeken eroverheen, muren volgehangen met foto's van de kinderen. De vrouw van Giuseppe serveerde koffie op een zilveren blaadje, schichtig door de aanwezigheid van de ingenieur, en verdween meteen weer naar de keuken. In Giuseppes enorme handen leek alles op van die kinderserviesjes: het kopje, het schoteltje, het lepeltje. Hij was te bovenmaats om met pensioen te zijn.

'Die lui van nu hebben gelijk,' vervolgde hij en reikte Roberto de suiker aan. 'Die veranderen elke vijf jaar van baan en gaan naar degene die het meest betaalt. Denk je soms dat die klotefabriek van jou is? Die is helemaal niet van jou. Die hele zooi is van hen, dat je dat maar weet.'

Ze spraken elkaar nog één keer, aan de telefoon, een paar maanden later. Giuseppe werkte nu in de garage van zijn zwager en leek zijn oude opgewektheid te hebben hervonden. Roberto beloofde dat hij langs zou komen, maar deed het nooit. Hij durfde hem niet te vertellen dat hij intussen, dankzij het succes van de 164, was gepromoveerd tot directeur. En dat zijn salaris was verdubbeld en ze hem een auto van de zaak, een secretaresse en een eigen kantoor hadden gegeven, terwijl zesduizend ex-collega's verpieterden op hun bloemetjesbank, met hun hond wandelden en afstompten bij de ochtendtelevisie. Niet dat het zijn schuld was, maar hoe kon hij dat aan Giuseppe vertellen? Hij zag hem in gedachten innig tevreden onder een auto liggen om de ophanging en de remmen na te kijken, en zocht hem niet meer op.

Toen ze uit eten gingen om zijn promotie te vieren, deed Rossana hem een plechtige belofte. Het was alsof haar leven was gestopt in 1977, zei ze, maar nu wilde ze weer verder waar ze was opgehouden. Haar rijbewijs halen, om te beginnen. Autonoom worden en minder gebonden aan dat verdomde huis. De examens doen die ze nog moest halen om de academie af te ronden, en daarna een parttimebaan vinden. Een vriendin van haar was van plan een bloemenwinkel te openen en kon misschien wel hulp gebruiken. Ze zei dat het feit dat ze hem, Roberto, zo hard zag werken en de vruchten van al dat werk zag plukken, haar wakker had geschud. Eerst was ze een beetje jaloers geweest, maar nu was ze vol energie en goede voornemens, en daar was ze hem dankbaar voor. 'Bedankt dat je de echtgenoot bent die je bent,' zei ze. Roberto glimlachte, schonk haar nog wat wijn in, zei dat hij blij was haar zo te horen praten en beloofde dat hij haar bij al haar plannen zou steunen. Diep in zijn hart geloofde hij geen woord van wat ze zei.

In de herfst stuurden ze hem met Emma naar Frankfurt, voor de autoshow. Ze hadden gedacht dat ze in een koude en vijandige stad zouden komen, maar toen ze zomaar wat ronddwaalden kwamen ze bij toeval in de Berger Straße terecht, het hart van een wijk vol Italiaanse immigranten, allerlei restaurants en cafés vol studenten. Roberto bestelde de duurste fles en deelde Emma mee dat ze hem de ontwikkeling van een motor met dubbele ontsteking hadden toevertrouwd: twee bougies per cilinder in plaats van één. Hij zou gebruikt worden bij Fiat, bij Lancia en bij Alfa Romeo. Hij moest een tiental mensen selecteren en een team vormen, en het hoefde geen betoog dat zij zijn rechterhand zou worden. Maar ze was niet zo enthousiast als hij had verwacht.

'Ze zullen denken dat ik een voorkeursbehandeling krijg,' zei ze.

'Nee, ze zullen denken dat je goed bent. En trouwens, wat doet het er nou toe, ze hebben me de vrije hand gegeven.'

'Dus ik hoef je niet bedanken, hè? Het is gewoon mijn eigen verdienste?'

'Natuurlijk,' zei Roberto, teleurgesteld dat zijn cadeau niet werd gewaardeerd. Hij zou snel wennen aan het geringe blijk van erkentelijkheid, deel van een veelomvattender sentiment dat hij *de eenzaamheid van de chef* noemde. Het betekende niet alleen dat je als eerste aanwezig was, als laatste wegging en harder werkte dan iedereen, maar ook dat er flink wat negatieve gevoelens op je afkwamen. Je moest zekerheid uitstralen, ook als je werd gekweld door twijfels; en zelfs als je bijvoorbeeld moest overgeven diende je strak in de plooi te blijven terwijl je je naar de toiletten spoedde, en je moest altijd pepermuntjes op zak hebben. Vroeger kon je, als je iets niet begreep, eenvoudigweg uitleg vragen aan een collega die hoger in rang was; nu kon je er maar beter het zwijgen toe doen.

In 1988 moest Sofia, elf jaar, in de klas een opstel schrijven met de titel *Mijn vader*. Ze schreef dat ze haar vader niet kende en dat ze daarom niets wist te schrijven, maar dat ze, als dat ook mocht, graag over haar hond wilde vertellen, iets wat ze vervolgens ook deed. De juf meende te weten dat het meisje niet de dochter van gescheiden ouders was, en dus stuurde ze het opstel naar haar huis zodat ze het konden lezen. Eerst kreeg Rossana het onder ogen, en 's avonds kwam het bij Roberto terecht. Het kwam aan als een mokerslag. Hij verdween verbitterd en bozig naar zijn kamer. De volgende dag vroeg hij op kantoor om een bezoekerspas, en de maandag daarop nam hij Sofia mee naar de fabriek om haar te laten zien wat voor werk hij deed en waar hij zijn tijd doorbracht, zodat ze, hoopte hij, ten minste het gevoel zou krijgen dat ze hem een heel klein beetje leerde kennen.

Ze begonnen bij het stylingcentrum. Daar waren vaklieden bezig in hout, klei en gips elk stukje van het inzittendencompartiment en de rest van de carrosserie te modelleren. Het was een afdeling die op iedereen altijd veel indruk maakte, en zo ging het ook bij Sofia. Bij de stoffeerderij en de eindmontage ontdekte het meisje het bestaan van fabrieksarbeidsters: ze bevestigden de stoelen en de onderdelen van het dashboard, en ze waren zo bedreven in dat werk dat ze de hele tijd doorkletsten terwijl hun handen ondertussen bezig waren zonder dat ze ernaar hoefden te kijken. Een van hen riep naar Roberto: 'Wat een knappe dochter, meneer Muratore! Lijkt ze op haar moeder of op haar vader?' Alle vrouwen lachten, en hij deed de vraag af met een knikje, alsof het een bekend grapje van hen was. Na de grote machines van de montagelijn waren de kantoren voor Sofia enigszins een teleurstelling: wit, kaal, het leken wel wachtkamers. Maar nu kon ze zich haar vader tenminste op een precieze plek voorstellen.

'En wie is dat?' vroeg ze toen ze haar foto aan de muur zag hangen. Ze was gevleid dat die daar hing, tussen de prijzen voor patenten en posters van oldtimers.

'Een dochtertje dat ik ooit had,' antwoordde Roberto.

'En hoe was dat dochtertje?'

'Ze dreef me altijd tot wanhoop.'

'Ik heb honger als een paard,' zei ze. En zo was de vrede weer even getekend.

Ze aten in de kantine, aan de tafel waar hij altijd at. Tussen de jonge ingenieurs zat ook Emma, en Sofia nam haar meteen de maat. Hield ze van honden? Ja. Meer van rashonden of meer van bastaards? Bastaards, absoluut. Grote of kleine? Grote, haar hele leven al. Sofia knikte tevreden.

Ze praatten nog een tijdje over honden en daarna over de broer die ze allebei graag hadden gehad, over hoe lastig het is enig kind te zijn en altijd je ouders op je nek te hebben. Ten slotte vroeg Sofia haar hoe ze het vond om tussen allemaal mannen te werken, en Emma antwoordde dat ze veel beter overweg kon met mannen dan met vrouwen. 'Ik ook,' zei Sofia en stond op om voor hen beiden een stuk taart te halen, blij dat iemand haar als gelijke behandelde en in haar mening geïnteresseerd was.

Roberto had liever gehad dat ze elkaar niet hadden ontmoet. Emma was bijna dertig. De rol van dochter van haar moeder en minnares van haar baas begon haar te benauwen. 'Wat is ze gegroeid,' zei ze tegen hem, Sofia vanuit de verte bekijkend, want op de foto in zijn kantoor was ze drie en Emma was eraan gewend geraakt haar zo te zien, eeuwig in een rood badpakje en met de vooruitstekende buik van een klein kind.

Het was niet het enige neveneffect van dat bezoekje. Ook hadden Sofia's oren die dag ergens het vervloekte woord *chef* opgevangen. Misschien wel aan tafel, uitgesproken door een van de jonge ingenieurs. Ze zou het zich beter herinneren dan al het andere. Ze zou het in haar puberteit gebruiken als een wapen, de ergste belediging die ze haar vader naar zijn hoofd kon slingeren: jij bent mijn *chef* niet, snap je dat? Snap je dat, *meneer Muratore*, dat jij het hier verdomme niet voor het zeggen hebt?'

In Singapore, in '91, brachten ze hun laatste nacht samen door. De kamer rook naar bleekmiddel en sigarettenas, en was identiek aan alle andere hotelkamers waar ze ooit hadden verbleven. Voordat ze naar bed gingen nam Emma een lange douche, terwijl Roberto naar huis belde; ze haalde het zeepje uit de verpakking, opende een flesje shampoo en liet de kokendhete waterstraal haar nek masseren. Toen ze uit de badkamer kwam, was Roberto nog steeds aan het bellen, maar nu praatte hij Engels. Hij ruziede met iemand over deadlines en vertragingen. Omdat ze een blik op het uitzicht wilde werpen, schoof Emma het gordijn opzij en zag de voorgevel van een ander hotel. Ze bedacht dat het spiegeleffect volmaakt zou zijn geweest als ze een vrouw had gezien die naar haar keek, met een handdoek omgeknoopt, een nogal vreugdeloze blik in haar ogen, oud voor haar drieëndertig jaar. Hotelkamers, kantoren, vliegtuigen en restaurants waren de enige ruimtes die ze ooit gedeeld hadden.

Er was één ding dat ze nog steeds leuk vond, en dat was 's nachts met hem praten, heel erg laat, als het al bijna ochtend was en ze allebei lagen te woelen omdat ze niet konden slapen. Dan bleven ze maar gewoon wakker en wachtten al kletsend de zonsopgang af. De telefoon liet hen met rust. Door het raam begon na een tijdje licht naar binnen te sijpelen. Soms sloot een van hen tweeën een paar minuten de ogen: dat resulteerde in onsamenhangende uiteenzettingen, gedroomde woorden die zich vermengden met daadwerkelijk uitgesproken zinnen, gesprekken waarvan ze zich later bijna niets herinnerden.

'Mijn vader had een stoel,' vertelde ze hem die nacht. 'Groot, gecapitonneerd, ook de leuningen. Hij zat graag comfortabel, net als in zijn vrachtwagen. Toen ik veertien of vijftien was, bleef hij altijd de hele week weg en kwam pas vrijdagavond weer thuis. Mijn moeder en ik leidden ons eigen leven, en daarnaast had je dat met hem. Doordeweeks draaide ons leven om school, medicijnen, de dokter, ruzie over 's avonds uitgaan, plus al haar eetproblemen. Maar er waren ook mooie momenten. Momenten dat we als vriendinnen met elkaar konden praten. Die wereld eindigde op vrijdagavond, en dan draaide het twee dagen lang helemaal om mijn vader, zijn vrachtwagen, zijn goede of slechte humeur. En vervolgens vertrok hij weer. Maar zijn stoel, die bleef. Ook al zag ik hem nooit, het voelde niet alsof ik geen vader had. Het was alsof ik een vader had die er niet was.'

En later die nacht zei ze: 'Weet je wat ik voelde toen hij niet meer thuiskwam? Enorme opluchting. Daarvóór was zijn afwezigheid iets wat je kon zien, iets tastbaars, net als die lege stoel. Daarna hebben we die stoel weggedaan en voelde ik me beter.'

En nog later, maar toen was het al ochtend, zei ze of verbeeldde ze zich dat ze zei: 'Als ik nu een kind zou willen, zou ik het helemaal niet per se met een heel intelligente man willen maken. Of met een sterke man, of een harde werker. Ik zou gewoon een man willen die er is. Weten dat hij, als we hem nodig hebben, niet ergens anders is. Dat is toch niet te veel gevraagd?'

Aan het eind zei ze niet dat ze hem verliet, maar dat ze op een aanbod tot overplaatsing was ingegaan. Terwijl ze de fabriek in Arese steeds verder ontmantelden, beloofden ze mensen uit het middenkader, zoals Emma, opslag en promotie als ze in Turijn of Napels aan de slag zouden gaan, en op een bepaald moment had ze zich afgevraagd: wat doe ik hier nog? Ze koos Napels. Ze dacht dat de terugkeer naar huis haar moeder goed zou doen. Toen ze Roberto over haar besluit vertelde, deed dat hem verdriet, maar hij probeerde haar op geen enkele manier van gedachten te doen veranderen. Hij had van meet af aan geweten dat het zo zou aflopen: met Emma die groot werd en hem vaarwel zei, net als een dochter die op zichzelf gaat wonen. Dat was inherent aan het soort liefde dat hij voor haar voelde.

Na de champagne, de hapjes en de beste wensen van de collega's, bleven ze alleen achter op het tijdstip dat ze zo goed kenden, omdat ze vaak lang hadden doorgewerkt in het verder verlaten kantoor.

'We zullen je missen,' zei hij, in het meervoud waarin hij tegenwoordig sprak. Toen realiseerde hij het zich en voegde eraan toe: 'Vooral ik.'

'Ik bel je zodra ik een beetje op orde ben,' zei Emma. 'Dat zal wel een paar dagen duren, dus heb geduld.'

'Zullen we proberen te zoenen en kijken hoe het gaat?' stelde Roberto voor. Het was de toverformule waarmee ze in al die jaren hun misverstanden hadden opgelost: de een sprak hem uit en de ander vergat op slag de reden waarom hij zich beledigd had gevoeld.

'Nu niet,' zei Emma. 'Sorry. Maar ik bel je.'

Roberto had een cadeau voor haar gekocht in het Historisch Museum, maar op het laatste moment vond hij het een stom idee van zichzelf en had hij de moed niet het haar te geven. Het was een schaalmodel van de legendarische 24HP, bijgenaamd Torpedo, het eerste model van Alfa, geproduceerd in de jaren '10. Het bleef in Roberto's la liggen en stond daarna op zijn bureau, als presse-papier en om hem te herinneren aan alles wat hij Emma had willen geven maar niet gegeven had. En hij had ook nog steeds het geld dat hij voor haar opzij had gezet. Er stond inmiddels een klein fortuin op die rekening. Hij vroeg zich een tijdlang af wat hij ermee zou doen, overwoog een aantal mogelijke investeringen en besloot het ten slotte maar te laten staan, met de gedachte dat Sofia het op een gegeven moment wellicht zou kunnen gebruiken.

Dat was het dus, het einde van het tijdperk waarover iedereen het al een tijdje had. De fabriek werd opgedoekt. Heel Milaan leek te worden opgedoekt. Sommigen zeiden dat ook de ontbrandingsmotor binnenkort tot het verleden zou behoren, maar Roberto weigerde aan die voorspelling geloof te hechten. Ze startten nog wel een onderzoek naar ecologische voertuigen, maar hij wist dat het alleen maar een afleidingsmanoeuvre was om de vakbonden tevreden te houden, wat gemeenschapsgeld op te strijken en te doen alsof Alfa in Arese nog een toekomst had. Hal 10 werd in zijn geheel voor het project bestemd. Onder de arbeiders deed de mop de ronde dat daar maar twee mensen werkten: de een schreef de persberichten en de ander liep rond om de lampen aan en uit te doen. Roberto ging nog steeds af en toe naar de afdelingen beneden, om zijn benen te strekken en met eigen ogen de motoren te zien die hij ontwierp. De arbeiders waren nu jonger dan hij, ze werkten zonder bezieling en zonder woede, en berustten erin dat ze werk hadden voor zolang het duurde. Hij stond erop hen allemaal te begroeten. Als een van hen aarzelde hem de hand te schudden en hem ter verklaring zijn met olie besmeurde handpalmen toonde, haalde hij een opmerking van stal die het in de jaren zeventig altijd erg goed gedaan had: 'Het is een eer een hand te schudden die vies is van het werk.' En als hij dan weer vertrok, keken ze elkaar aan en vroegen zich af: wat wilde hij daar nou mee zeggen? Meende hij het of nam hij ons in de maling?

Daarna begon hij 's nachts te dromen over de auto uit Singapore. Die had de vorm van de 164 en de kleur van de auto's die bestemd waren voor testritten, een matzwart dat niet werd gebruikt voor de seriemodellen, de kleur zwart van dingen die verbrand zijn. Die auto reed door Roberto's dromen, maar was niet het onderwerp van de droom. De plek en de situatie varieerden: het kon bij hem in de tuin zijn of in een buitenlandse stad, met Emma, Rossana, of nog vaker met een vrouw die zowel de een als de ander was. Ze kwamen bijvoorbeeld een winkel uit, of lunchten op het terras van een restaurant, en de 164 verscheen. Het getal was van de carrosserie verwijderd, en het matte zwart viel op tussen de schittering van het verkeer, zoals een wak zou opvallen in een bevroren meer, of een lege plek in een rij mensen. Omdat voorbijgangers hem het zicht belemmerden, rekte Roberto zich zo ver mogelijk uit, maar hij kon de nummerplaat niet lezen en zag ook niet wie er achter het stuur zat.

'Wat is er?' vroeg de vrouw die Emma en Rossana was, de combinatie van zijn twee vrouwen. 'Zag je iets?'

En Roberto had willen antwoorden: het is niet zozeer dat wat ik zag, maar meer dat wat ik niet zag. Ken je dat, dat je buiten in de zon staat en een schaduw over je heen voelt trekken? En dat je dan omhoogkijkt om te zien of het een vogel is, of een wolk of zo, maar het is al te laat en het is alweer weg, wat het dan ook was?

Maar dat was niet het soort opmerking dat de mensen verwachtten van iemand als Roberto. 'Niets,' antwoordde hij. 'Alleen maar een auto.' Hij hield dat wat hij in een flits had gezien voor zich en bedacht dat het verstandiger zou zijn niet iets te zeggen wat hij zelf ook niet begreep.

Als de anarchie zegeviert

Aan het einde van de workshop draagt Leo elk van zijn cursisten op een bepaalde filmscène na te spelen. Voor jou, het zal eens niet, een meisje dat verliefd wordt op een volwassen man. Je bent een wees van twaalf, hebt kind noch kraai, behalve dan de huurmoordenaar die je heeft meegenomen nadat hij je familie heeft uitgemoord. Je staat op het toneel en hebt net iets staan verkondigen.

'Hoe kun je nou weten dat het liefde is als je die nooit hebt ervaren?' is Leo's commentaar vanuit het donker.

'Dat voel ik,' antwoord je.

'Waar dan?'

'In m'n maag.' Je sluit je ogen en legt je hand op je buik. Je stelt je voor dat je in bed ligt met een kokendhete kruik. 'Hij voelt helemaal warm,' zeg je. 'Ik heb altijd een knoop gehad, hier, en nu zit die er niet meer.'

Leo zwijgt. Hij is een rechtlijnige, rusteloze man. Hij

heeft veel gedaan in zijn leven, heeft zowel in de bouw, in garages als in het theater gewerkt, is afgetuigd en gearresteerd om zijn denkbeelden. Je grootste verlangen dezer dagen is dat hij je, al is het maar één keer, aan het einde van een oefening aankijkt, dat zijn getourmenteerde voorhoofd zich ontspant, dat die door twintig jaar politiek en hoofdpijnpillen gegroefde rimpel tussen zijn wenkbrauwen verdwijnt en dat hij zegt: ja, zo moet het, zo is het goed. Dat gebeurt nooit. Nog voordat jij je ogen weer open hebt, staat hij al bij je, pakt je bij je schouders en prikt met zijn vingers in je maag. Hij heeft de sterke handen van een ambachtsman.

'Waar voel je het?' zegt hij. 'Voel je het hier? Of hier?'

Hij duwt tegen je borstbeen, daar waar het het meeste pijn doet. Hij daalt af naar je darmen, die al helemaal in de knoop zitten van de spanning en alle koffie die je vanavond gedronken hebt. Terwijl je je tracht los te wringen doet hij nóg een poging, zijn hand klimt een paar centimeter omhoog en vindt het. Het exacte punt waardoor je knieën gaan knikken en je de adem wordt benomen.

'Hebbes,' zegt hij. 'Hier is het, hè? Vlak bij de angst en de woede. Hier moet je zoeken als je het nodig hebt.' Daarna verslapt zijn greep en voel je hoe je ineenzakt, als een marionet zonder touwtjes.

De liefde zit in je buik, de liefde is een oude blinde hond wiens gezelschap je mist sinds je uit huis bent. Voor hem ga je 's zondags terug naar Lagobello. Je neemt om tien uur de metro, doorkruist de ingewanden van Milaan, stapt pas weer in de rol van dochter als de metro bovengronds komt en de stad verdwenen is. Je vader wacht je op bij de eindhalte, hij lijkt er bijna deel van uit te maken: hij staat aan de andere kant van de tourniquets, lang en mager, met de hond aan de lijn, in een winterjas die zijn maat niet meer is omdat de ziekte zijn lichaam aanvreet. Maar dan ruikt Haak je, begint te kwispelen en springt met zijn dertig kilo spieren en blijdschap tegen je op. Onder gejank, gelik en poten in je gezicht omhels je je vader, de riem wikkelt zich om jullie heen.

Het kwartiertje in de auto naar Lagobello lijkt je het aangewezen moment om over de school in Rome te beginnen waar je de komende herfst naartoe wilt.

'Een andere school?' vraagt hij. En voegt eraan toe: 'Rome', alsof hij de exotische klank van het woord wil proeven, alsof het Rio de Janeiro betreft of Bombay. Je vader heeft er altijd van gedroomd de wereld over te reizen, maar heeft het maar zelden gedaan, en dan nog alleen voor zijn werk.

'Het is een filmacademie, dat is iets anders,' zeg je. Je probeert hem het verschil uit te leggen. Je noemt de namen van beroemde acteurs die er lesgeven, vertelt over de acht uur les per dag en over het toelatingsexamen dat een volle week duurt.

'Dat is niet niks,' zegt je vader onder het rijden, in gepeins verzonken. Hij stelt geen vragen, maar omdat hij 'dat is niet niks' heeft gezegd weet je dat hij het niet zal vergeten. Hij zal erover nadenken, zelf informatie gaan inwinnen en er weer over beginnen als hij zover is.

Zodra je het huis binnenkomt word je geconfronteerd met de doem die er op de relatie tussen jou en je moeder rust. Ze komt net uit haar kamer, waar ze hele dagen ligt te slapen, zich met pillen drogeert, brieven schrijft aan Braziliaanse kinderen die ze ter vervanging van jou heeft geadopteerd en wenskaarten schildert voor de parochie.

'Rook je nu ook al 's ochtends?' vraagt ze.

'Ik rook niet ook al 's ochtends,' antwoord je. 'Ik rook wanneer ik daar verdomme zin in heb.'

'Dat heb je zeker van je tante geleerd, zo praten.'

'Toe nou,' zegt je vader. 'Alsjeblieft.'

'Dat heb ik van mezelf geleerd, zoals alles trouwens,' zeg je.

'Doe niet zo kinderachtig,' zegt je moeder. 'Wil je dat we je als een volwassene behandelen? Dan moet je eerst laten zien dat je geen kind meer bent.'

Maar dat ben je nu juist wel, dat is het probleem. Je moeder heeft gelijk. Zodra je een voet in dit huis zet, ben je weer een kind.

Tegen de lunch, als zij de tafel dekt, doe je een das om, zet je een muts op en ga je Haak uitlaten in het park. Met z'n tweeën, zoals in de goede oude tijd. Bij het meer neem je een paar trekjes van de joint die je vroegere vrienden je aanbieden, degenen die gebleven zijn, overlevenden van een gedrogeerde jeugd en weinig memorabele uitgaansavonden.

'Je hond is verliefd,' zegt er een, als Haak je handpalm begint te likken. 'Moet je kijken wat hij doet.'

Bij thuiskomst tref je je ouders aan tafel. Je kookt een beetje water, maakt een kopje oploskoffie en gaat bij hen zitten. Gekookte rijst en gestoomde groente: de zondagslunch tot het minimum gereduceerd. Maar je vader kan zelfs dat niet binnenhouden, en na een paar happen staat hij op en gaat naar de wc. Je moeder kijkt hem na, zucht, wacht tot ze hoort doortrekken en ruimt berustend af.

'Wat is er, hebben jullie ruziegemaakt?' vraag je. Je kunt het niet uitstaan dat ze dat doen zonder jou. 'Hebben jullie om mij ruziegemaakt? Nergens voor nodig.'

Ze blijft staan, met het bord in haar hand, en weerstaat de impuls het naar je hoofd te gooien. Ze houdt zich in, zet het bij de andere in de afwasmachine en smakt de deur ervan dicht met al het misprijzen dat ze in zich heeft.

Tegen vijf uur brengt je vader je weer naar de metro, en ook al doe je je best en praat je nog een halfuur tegen Haak, krauw je hem over zijn buik en tussen zijn oren en beloof je hem dat je snel weer terugkomt, toch moet je hem ten slotte in de tuin opsluiten en zijn klagelijk gejank aanhoren als je weggaat.

'Misschien is het voor hem wel beter als ik niet meer langskom,' zeg je, als jullie al een eind op weg zijn. 'Ik doe hem alleen maar verdriet.'

'Maar ik vind het fijn als je langskomt,' antwoordt je vader met het van pijn vertrokken gezicht dat hem sinds de lunch niet meer heeft verlaten.

'Hebben we je weer maagpijn bezorgd, pap? Sorry. Ik heb een rotkarakter.'

'Ik hou van moeilijke vrouwen,' zegt hij en doet zijn best om te glimlachen.

In de film van jouw leven is dit het gedeelte waarin je twintig bent en de stad met nieuwe ogen beziet. Je houdt van de drukte. Je steekt dwars tussen de auto's door over, reist zonder kaartje in het openbaar vervoer. Je wordt aangegaapt als je bij een bushalte staat en als je achter in een tram door het raampje naar de regen op de rails kijkt. Je komt op een koude januariochtend met de roltrap uit de metro terwijl je *De tijdelijke autonome zone* van Hakim Bey leest. Je glimlacht bij het verhaal over Libertalia, de piratenkolonie die Kapitein Misson stichtte op Madagaskar. In een Indiaas afhaaltentje bestel je een portie kip curry en een portie rijst, een plat, zacht brood, een blikje bier en een mangosap. Je betaalt met een handvol met moeite bijeengeschraapte muntjes. Je houdt van Indiërs en hun rust, hun milde houding ten aanzien van je lege portemonnee. Een straat verderop kom je langs het opschrift *Gekraakt* en loop je een oud gebouw binnen met allemaal werkplaatsen: een ervan is nu ingericht als café, en op de binnenplaats bevindt zich het podium waarop je afgelopen zomer hebt gespeeld, maar de plek ziet er niet veel anders uit dan hij er dertig jaar geleden uit moet hebben gezien. Grote, door metalen roosters afgeschermde vensters, olievlekken die in het beton zijn getrokken, afgebladderde muren en door vele winters ingezakte daken die zo goed en zo kwaad als het gaat weer zijn opgelapt. In de werkplaats van Leo overstemt de motor van de zaagmachine elk ander geluid. Hij staat met zijn rug naar je toe, in zijn groene overall en met zijn haar vol zaagsel; je gaat achter hem staan, kust hem in zijn nek, hij schrikt en daarna lacht hij. Hij zet de machine uit en begroet je.

'Wat doe je?' vraag je.

'Vloerdelen maken.'

'Voor wie?'

'Een vriendin van me heeft een huis gekocht. Ik knap het een beetje voor haar op en in ruil geeft ze me computerles.'

'Laat 's zien,' zeg je, want je weet hoe graag hij over zijn werk vertelt. Over het theater heeft hij je vooral dit geleerd: het allerbelangrijkst zijn mensen, reizen, verhalen uit andere landen en dingen die je kunt ruiken, proeven en aanraken – en wat een acteur op het toneel doet komt pas helemaal als laatste, en daar kun je maar beter niet al te veel over praten. En dus toont hij je het hout dat hij van de vuilstort haalt, door vocht en modder zwart uitgeslagen planken, en hoe ze worden als hij ze heeft schoongemaakt, gladgeschuurd en geschilderd. Hij gebruikt uitsluitend gerecycled materiaal: nieuwe spullen jagen hem evenveel angst aan als ziekenzalen. Aan de andere kant van de werkplaats bevinden zich een werkbank, een badkamer die ook dienst kan doen als doka, een entresol met een matras, een typemachine en boeken. Hij houdt niet van dingen die niet op zijn minst twee functies hebben, van mensen die maar één vak uitoefenen. Dit is zijn tijdelijke autonome zone, waarvoor een ontruimingsbevel klaarligt dat over drie maanden van kracht wordt.

'Ik heb het boek van Hakim Bey voor je meegenomen,' zeg je. 'Kropotkin ben ik nog aan het lezen.'

'Zeg, eet jij nooit?' vraagt hij, terwijl hij met het platte, zachte brood wat kip oppakt en een slok bier naar binnen giet.

Je maakt een vaag handgebaar, het rietje van je vruchtensap tussen je lippen geklemd.

'En ook geen alcohol, hè?'

'Ik heb eenmaal gedronken, en dat was wel genoeg,' zeg je – het grapje dat je altijd maakt als ze je dat vragen.

'Dat moet dan wel verdomd lekker zijn geweest,' is Leo's geamuseerde commentaar.

Later gaan jullie naar boven. Jij wilt dat hij zich door jou laat uitkleden, zijn lichaam door jou laat onthullen als trok je een doek van een beeldhouwwerk. Het is de eerste veertigjarige man die je naakt ziet, en zijn huid heeft een heel andere consistentie dan die van je leeftijdgenoten. Daarna masseer je uitgebreid zijn rug. Je voelt hoe hij onder je handen ontspant en bijna in slaap valt. 'Ik wil foto's van je maken,' zegt hij als je op hem zit, terwijl hij met zijn vingers je gezicht aftast, zijn duimen langs je jukbeenderen en je wenkbrauwen laat glijden en dan langs je neus naar beneden, je profiel boetserend in de lucht.

Het is niet waar dat je nooit eet. Je eet alleen als niemand het ziet. Er is één uitzondering op die regel, en dat is je tante Marta. Bij jullie werkt het zo: elke avond maakt Marta eten voor zichzelf klaar, zet een bord en een glas op tafel, bestek ernaast. Ze gaat zitten en begint te eten. Na niet al te lange tijd loop jij de keuken binnen alsof je behoefte hebt aan gezelschap. Je schenkt jezelf een glas water in. Je rookt een sigaret. Zij vraagt je over school, jij over haar werk bij de radio. Vriendinnengekeuvel. En dat is het moment waarop jij, als het gesprek eenmaal op gang is, zonder dat je er erg in hebt bijna gedachteloos je hand uitstrekt en een stuk brood pakt. Of een gekookte aardappel, of een partje appel dat Marta naast haar bord heeft gelegd. Achteloos voedt ze je en jij aanvaardt achteloos dat je gevoed wordt. Als ze merkt dat er iets weg is uit de ijskast, vult ze je mozzarella's weer aan, je bananen, je ijsjes. Zo gaat het al vier jaar.

'Een deel bestaat uit theorievakken,' zeg je, het studieprogramma bestuderend. 'Geschiedenis van de film, theorie van de filmtaal, beeldcompositie en geluidstechniek. Honderdtwintig uur.'

'Algemene kennis,' zegt Marta. 'Lijkt me goed.'

'Zestig uur Stanislavski-methode. Zestig uur stemvorming.'

'Een beetje vorming kun je heel goed gebruiken,' is Marta's commentaar.

Je kijkt op van het papier en steekt je tong naar haar uit. Je bijt in een rauwe wortel. Als je moeder je zou zien zou ze haar ogen niet geloven. Op je zestiende ben je om twee redenen het huis uit gegaan: de officiële is dat je naar de toneelschool ging, in de stad; de werkelijke dat je zo ver mogelijk bij haar vandaan wilde zijn. Eerst hadden jullie nog geëxperimenteerd met andere technieken, met inbegrip van slaag en psychoanalyse, maar zonder resultaat. Toen Marta voorstelde jullie uit elkaar te halen was dat het klassieke geval van de oplossing die zo voor de hand ligt dat niemand erop komt.

'Dans,' zeg je. 'Blèh. Wat heb ik er nou aan om te leren dansen?'

'Heb je weleens gezien hoe een danser loopt?'

'Hoezo? Hoe loopt die dan?'

'Ik heb Noerejev een keer gezien, in Parijs. Op de Boulevard Saint-Germain, geloof ik. Hij liep daar door die enorme straat vol mensen, maar het leek of hij er helemaal alleen liep. Of op een koord tien meter boven de grond. Hij gaf je het gevoel dat hij volmaakt in evenwicht was. Je weet wel, zoals katten waarvan je het idee hebt dat ze nooit kunnen vallen. Het was of er in dat lopen een absoluut zelfbewustzijn besloten lag, je moest het zien om de betekenis van het woord gratie te begrijpen. Of harmonie.'

'Of seks,' zeg jij, die snapt wat ze bedoelt.

'Daar had ik het niet over,' zegt Marta gegeneerd en

lichtelijk beledigd door jouw simplificatie.

'Ja, daar had je het wél over.' Je pikt een sigaret van haar, en haar aansteker. 'Oké, laten we het dan zo zeggen: leren dansen is handig om beter te kunnen neuken. Dank voor de tip, tante.'

Ze staat met een diepe zucht op, want naast *neuken* heeft ze ook een hekel aan het woord *tante*. Ze geeft je een schone asbak, en als ze zich omdraait schiet ze in de lach. Dat is het moment waarop jij meestal zegt: 'Wat zou je moeten zonder mij?' en zij antwoordt: 'Hetzelfde als vroeger.' Maar nu het een concrete mogelijkheid is, vrees je dat geen van jullie tweeën dat leuk zou vinden.

'En toen?' vraag je. 'Die keer met Noerejev, hoe liep dat af?'

'Uiteindelijk is ook hij gevallen,' zei Marta. 'Hij was seropositief en toen hij op z'n vijftigste stierf leek hij wel negentig. Ontzettend zonde.'

's Nachts neemt Leo je mee op zijn zwerftochten door de buitenwijken. De routes die hij kiest leiden langs illegale moestuinen, tramremises, rangeerterreinen, verlaten boerderijen en fabrieken. Sinds hij erachter is gekomen dat je in een villapark bent opgegroeid, is hij je zelfverklaarde Gids van de Stad van de Twintigste Eeuw. Het centrum interesseert hem niet, herenhuizen en kerken zijn in zijn ogen louter levenloze steenhopen. De echte stad ligt verstopt achter de ringweg. 's Nachts op de scooter door wijken als Bovisa en Niguarda crossen, met je handen in zijn zakken en je wang tegen zijn rug gedrukt, terwijl de januarilucht langs je oren fluit: je hebt zelden zo onbezorgd van iets genoten. Jullie bezoeken memorabele plekken alsof jullie op pelgrimstocht zijn: de gedenkplaten voor de partizanen, het talud waar Visconti een scène uit *Rocco en zijn broers* heeft gedraaid, het eettentje waar Buffalo Bill ooit een keer gegeten schijnt te hebben, de abrikozenboom midden op een stoep, die wordt begoten, gekoesterd en beschermd tegen alle pogingen hem om te hakken. Halverwege een donkere straat zet Leo zijn scooter vast aan een lantaarnpaal, pakt je hand en leidt je via een door koperdieven in de muur gehakt gat de oude gasfabriek binnen. Dat is de plek waar hij op zoek gaat naar spullen om te recyclen. Je vraagt hem waar dat enorme roestige geraamte ooit voor heeft gediend en in plaats van te antwoorden vraagt hij uitdagend of je kunt klimmen. De oude stadsanarchist heeft nog niet begrepen dat hij het meisje van de platanen en de kastanjes voor zich heeft, onbetwiste heerseres van alle bomen in Lagobello.

Van bovenaf, op veertig meter boven de grond, zie je voor de eerste keer dat er zich aan de noordkant van Milaan een wirwar van spoorbanen bevindt: rails lopen over viaducten en langs fabrieken, lichten op onder lantaarns voordat ze zich in het duister vertakken.

'Hieronder sloegen ze steenkool op,' zegt Leo, en hij wijst naar de bodem van de gashouder. 'Als dat een verbinding aangaat met bepaalde zuren komt er gas vrij. Daarom is alle grond hieromheen vervuild. In deze kooi zat een enorme bal die werd opgeblazen als een luchtballon. Hij vulde zich met gas, en dat werd onder druk gehouden, zodat het vervolgens het buizennet in kon stromen, en zo werd de hele buurt van gas voorzien. Kun je het je voorstellen?'

Een luchtballon in een kooi: dat is hoe jij je sinds je geboorte voelt. Leo slaat zijn arm stevig om je schouder, twee paar benen bungelen in de leegte. De gashouder is een reuzenrad en Milaan is jullie kermis.

In de auto, op de parkeerplaats van de metro, zegt je vader: 'Weet je nog die keer dat je tien was en je jezelf helemaal had kaalgeknipt?'

'Natuurlijk weet ik dat nog,' antwoord je. Je wilde je eerste communie niet doen en dat was jouw daad van protest. Op school dachten ze daarna allemaal dat je luizen had, maar het loonde: na een reeks gesprekken tussen je moeder, de priester en de juf werd je carrière als katholiek tot nader te bepalen datum opgeschort.

'Nou, dat heb ik ook gedaan,' zegt je vader. Hij tilt zijn hoed op, buigt zich naar je over en toont je zijn kale schedel.

'Pap,' zeg je, en je krijgt een brok in je keel. Hij blijft als versteend in die hoffelijke buiging zitten, alsof hij verwacht tot ridder te worden geslagen, en jij strekt je hand uit en legt die op zijn blote hoofd. Het is glad en zacht. Het is het hoofd van je vader.

'Hoe zie ik eruit?' vraagt hij.

'Je hebt een moedervlek in je nek.'

'Ja, heb je dat gezien? Toch idioot dat je zo oud moet worden als ik om erachter te komen dat je een moedervlek op je hoofd hebt!'

'Ik heb altijd al gedacht dat je vol geheimen zat.'

En toch lijkt het of hij door de chemotherapie weer is opgeknapt, afgezien van zijn haar dan. Hij is weer begonnen met eten en heeft een hele stapel tijdschriften gekocht over buitenhuizen, heeft foto's en ontwerpen bestudeerd en heeft besloten een nieuwe veranda te bouwen, met bakstenen pilaren en terracotta dakpannen, in plaats van het golfplaten afdak dat nu in de tuin staat. Dat heeft nooit erg veel nut gehad. Mettertijd zijn jullie eraan gewend geraakt en het gaan nemen voor wat het is: een afdak dat lekt als het regent en roest in de zon, een aangeboren afwijking van het huis – totdat je vader op een middag besluit het neer te halen. Je gaat in de tuin zitten om hem bezig te zien. Je weet zeker dat je moeder ook toekijkt, vanuit haar raam op de eerste verdieping. Tegelijk met de golfplaten en het verrotte hout vallen er allemaal andere dingen in het gras, nachtelijke ontsnappingen van een jong meisje, een door een jonge vrouw met veel zorg voorbereide lunch in de tuin, brokstukken die jullie tweeën kunnen zien maar je vader niet. Hij kijkt altijd vooruit.

Later mengt hij water en zand in een plastic emmer.

'Pap,' zeg je. 'Wanneer heb je dit soort dingen eigenlijk geleerd?'

'Vanochtend,' antwoordt hij terwijl hij zijn schouders ophaalt. 'Is het volgens jou dan zo moeilijk een veranda te bouwen?'

'Ik zou het niet weten. De vorige keer bakte je er niet veel van.'

'Vallen en opstaan,' zegt hij. 'Intelligentie betekent niet dat je weet hoe iets moet, maar dat je weet hoe je iets kunt leren. Wat jij?'

Dan trekt hij wit weg. Hij bijt op zijn lippen met het van pijn vertrokken gezicht dat je zo goed van hem kent. Hij verexcuseert zich, legt de troffel neer en haast zich naar binnen, tracht niet te hollen en niet met deuren te slaan. Zelfs in deze toestand is het je vaders eerste zorg om strak in de plooi te blijven. Je zet de emmer die is omgevallen rechtop en kijkt niet naar boven, uit angst de blik van je moeder te kruisen.

Die avond geef je in het kraakpand toe aan je verslagenheid. Je bent niet het type meisje dat gaat zitten snikken met een zakdoek in haar hand, haar neus snuit en alles in haar buurt nat sproeit, maar de keren dat het je overkomt lijk je wel zo'n regenmachine die ze bij de film gebruiken en komen de tranen met bakken tegelijk naar buiten. Je ontdekt iets nieuws aan Leo: hij kan niet tegen huilende mensen. Als je stem breekt, gaat hij bij de werkbank een sigaret staan rollen. Hij bestudeert je van een afstandje, vreemd exemplaar van meisje in tranen. Hij wacht tot je gekalmeerd bent, steekt zijn sigaret aan en zegt: 'En wat zou ik nu moeten doen volgens jou? Naar je toe komen en mijn armen om je heen slaan?'

'Huh?' vraag je terwijl je je tranen droogt.

'Er is maar één oprechte manier van huilen, en dat is huilen in je eentje. En dat doen we dan ook bijna nooit.'

'Wat bedoel je nou eigenlijk? Dat ik maar doe alsof?'

'Nee, je huilt voor mij. Je hebt behoefte aan mijn medelijden. En de gemakkelijkste manier om dat te krijgen is huilen, dat leer je zodra je geboren wordt.'

'Nou zeg, ik mag toch wel gewoon verdrietig zijn?'

'Je bent een actrice, Sofia. Je begrijpt heel goed wat ik bedoel.'

Hij leunt met zijn rug tegen de werkbank en rookt met over elkaar geslagen armen. Je weet niet zeker of je snapt wat hij bedoelt, maar je haat het gevoel dat je terechtstaat.

'Begrepen,' zeg je, en trekt zo snel als je kunt een muur op. 'Zelfs vanavond heb ik dus nog wat geleerd. Bof ik even!'

'Als je wilt praten, dan praten we,' zegt Leo, die ook al niet gevoelig is voor je sarcasme. Hij is even onverzettelijk als toen hij naar de gevangenis ging om niet in dienst te hoeven: hij pikt het niet als fundamentele vrijheden ter discussie worden gesteld. En hier is zijn vrijheid in het geding om ontroerd te raken op het moment dat híj dat wil. Hij zegt: 'Laten we het anders zo doen: jij huilt en ik ga de boel kort en klein slaan, en dan kijken we wie van ons tweeën beter in staat is ervoor te zorgen dat de ander van hem houdt.'

En zo heb je voor de eerste keer zicht op een eventuele afloop. Het is een spel dat je als meisje vaak speelde. Aan het begin van elke verkering dwong je jezelf je de afscheidsscène voor te stellen: als een jongen je kuste vroeg je je af of het een sorry-relatie zou worden, of een nou-dag-dan-relatie, of een sodemieter-op-relatie, of een laten-we-vrienden-blijven-relatie. Of het in bed zou gebeuren of midden op straat, en het gezicht dat hij erbij zou trekken, of het er zo eentje was die je zou beledigen of die je zou smeken of die niet meer zou praten, tegen de muur zou beuken en je zou haten en verder niks. Daarna voelde je je rustiger. Net alsof je de laatste pagina van een boek al kende en je onbevreesd aan het verhaal kon overgeven.

's Nachts, onder de oranje lucht van Milaan die door het dakraam naar binnen valt, draai je je om naar de slapende, naakte Leo. Zijn buik gaat langzaam op en neer, zacht, zonder enige spanning. Alleen op dat tijdstip, voordat de dag hem weer claimt, voordat zijn dadendrang hem wegvoert, kun je hem zo bekijken. Je zwicht voor de verleiding hem daar te strelen, rond zijn navel. Je wekt hem zonder het te willen. Hij opent zijn ogen en het duurt even voordat hij zich herinnert wie je bent, wat je daar doet in zijn bed.

'Maakt je tante zich geen zorgen als je niet thuis komt slapen?'

'Nee hoor,' zeg je. 'Ik bel haar straks wel.'

Die avond bekijk je met Marta welke dingen je mee zult nemen naar je toelatingsexamen. Jullie selecteren twee foto's, eentje waar je in je volle lengte op staat en een close-up, uit de serie die Leo van je heeft genomen op jullie tochten langs het spoor. Op de eerste sta je op een perron. Op de tweede kijk je in de lens, de kraag van je jas omhoog vanwege de kou, je haar in de war door de scooterrit. Achter je lopen de rails, onscherp, en een wirwar aan bovenleidingen.

'Je bent het helemaal,' zegt Marta, de foto aandachtig bestuderend.

'Helemaal stom?' vraag je. 'Helemaal lelijk?' Je hebt in die periode nogal een hekel aan je gezicht.

'Gespleten,' zegt Marta. 'Zie je? Niet alleen je ogen maar ook je wenkbrauwen, je mondhoeken, dat kleine litteken op je wang. Je gezicht is helemaal asymmetrisch.'

'Is dat wat ik ben? Asymmetrisch?'

'Wacht,' zegt ze. Ze pakt een stuk papier en dekt er de rechterhelft van de foto mee af. De linkerhelft van je gezicht straalt ironie uit, branie. Het glimlacht. Er spreekt de agressiviteit uit van vrouwen die in staat zijn hun eigen weg te vinden.

'Zo ben je aan de buitenkant,' zegt Marta. 'Zie je? Dat is hoe je bent in gezelschap van anderen, zoals je geleerd hebt je en public te gedragen. Ik bedoel niet dat het een masker is, maar het is zoiets als een mooie jurk, zoiets als de dictie waarmee je het accent dat je had hebt uitgevlakt. Het is de manier waarop je je kleedt als je uitgaat, oké? Maar dit hier is je thuiskloffie.'

Ze verplaatst het velletje naar links en het meisje op de foto verandert als bij toverslag. De glimlach verdwijnt. Ze is wantrouwig, bijna dreigend. Ze lijkt ook moe: ze is het moe daar te zijn, is het moe bekeken te worden. Je probeert je die dag met Leo te herinneren, en of de dingen tussen jullie toen al aan het veranderen waren.

'Zie je?' zegt Marta. Als ze het blaadje wegtrekt kun je je niet voorstellen dat twee zo verschillende mensen in één persoon kunnen bestaan.

En zo loop je rond met die twee identiteiten, twee kibbelende zusjes, eentje die aan je trekt en vooruit wil, en de andere die haar hakken in het zand zet. Met je neus in de lucht, een sjaal die je halve gezicht bedekt en je Siberische berenmuts op je hoofd kijk je vanuit het hart van de demonstratie naar de chique herenhuizen in de buurt van Porta Ticinese. Het is nieuw voor je, die voor het verkeer afgesloten stad: terwijl je kameraden lopen te zingen dwaalt je blik vanaf de weg naar de balkons, de vensters, de kroonlijsten en de daken.

In de Via Torino staat de stoet stil. Leo loopt naar het bestelbusje dat aan kop rijdt om te kijken wat er aan de hand is. De krakers overleggen met twee politieagenten, proberen het eens te worden over de te volgen route. Het plan was om naar het stadhuis te gaan, maar zij willen jullie eerder laten afbuigen. Een van de jongens verheft zijn stem, een van de agenten spreidt verontschuldigend zijn armen. Terwijl zij staan te onderhandelen rukt de staart van de stoet steeds verder op en wordt de menigte rondom je steeds compacter; je voelt de druk van de woedende lichamen, hun explosieve potentieel. Het gezang verstomt.

Er vallen je details op die je daarvoor niet had opgemerkt: de opbollende zakken, de helmen, de stokken van de vlaggen. Dus zo begint het? vraag je je af, maar je durft het niet aan Leo te vragen. En jij, ben jij er klaar voor?

Dan zet de stoet zich weer in beweging. Aan de kop moeten ze het eens zijn geworden. Vanaf het dak van het bestelbusje schreeuwt iemand in de megafoon, het verzoek om bij elkaar te blijven en het hoofd koel te houden. Jullie lopen nu langzamer, dichter opeen en in stilte, langs rolluiken van winkels die even daarvoor in allerijl zijn neergelaten. Makelaarskantoren, juweliers, modezaken, verzekeringskantoren en banken. Als je omhoog kijkt kruist je blik die van de werknemers die daarboven achter de ramen naar jullie staan te kijken. Zij zien jullie niet als een dreiging maar als een carnaval, een gekostumeerde historische parade: de jaren zeventig nagespeeld, om hun lunchpauze op te vrolijken. Dit is hun tijd en hun stad, jullie zijn de vreemdelingen. Twee verdiepingen lager zijn de zijwegen afgezet, en je realiseert je dat er tussen hier en de Dom geen uitweg mogelijk is: als het tot een charge komt, wordt het een slachting.

'Een slachting voor wie?' vraagt Leo als je hem erop wijst, op dreigende en tegelijkertijd bedroefde toon. Je weet dat de gedachte aan geweld een kwelling voor hem is. Je zoekt zijn hand en omklemt die. Het ergert hem, hij rukt zich meteen los. Aangekomen op de hoek van het Domplein staan jullie oog in oog met een rij agenten in gevechtstenue, schilden geheven, wapenstokken in de vuist geklemd. Van achter uit de stoet komen beledigingen, en een enkele steen. Rustig blijven, schreeuwt de megafoon, rustig. Er stijgt een koor van stemmen op dat in elk geval helpt om enigszins lucht te geven aan de woede. Daarna slaat het bestelbusje links af de afgesproken straat in, en de stoet volgt langzaam.

Twee uur later laat je het bad van Leo tot de rand toe vollopen, maar je vindt nergens badschuim en dus laat je je ten slotte maar in het doorzichtige water zakken. Je hebt een geheim klassement van de badkamers van vrienden, opgesteld op grond van de vorm en de afmetingen van de badkuip, de geur van de zeep, de kwaliteit van de spons, de zachtheid van de handdoeken. Die van Leo staat onderaan, in alle categorieën. Voor het enige raampje zit een plank, de lamp verspreidt rood licht en je hebt eerst de bakken voor de ontwikkelaar uit het bad moeten halen. Ondanks dat maakt het kokendhete water als altijd dat je je meteen beter voelt, dat de opgehoopte spanning wegvloeit: sinds je geen vaste verblijfplaats meer hebt is een badkuip de enige plek waar je je ogen kunt sluiten en je je thuis kunt voelen, waar je ook bent.

Dan beweegt de deurknop nerveus op en neer. 'Waarom heb je de deur op slot gedaan?' vraagt Leo.

'Ik had het koud,' zeg je. 'Ik had zin in een bad.'

'Oké, maar dan hoef je de deur toch niet op slot te doen?'

'Jij wilt me eruit gooien, dus ik verschans me,' leg je uit. Elementaire logica. Hij woont toch zelf in een gekraakte werkplaats?

'Wat een diepgaand politiek concept,' zegt Leo. 'Maar ik geloof niet dat we zo ergens komen.'

De badkuip is zo'n korte, maar als je je knieën nog een beetje meer optrekt kun je je op je rug laten glijden en je tot aan je nek, kin, mond onderdompelen. Je oren onder water, je neus erbovenuit. Je ontdekt de akoestische wereld daar beneden: een druppende leiding, muziek uit een radio. Ergens blaft een hond. Er rinkelt een telefoon en de radio wordt zacht gezet, iemand loopt een kamer door.

'Je mag dan een klein meisje lijken,' zegt Leo als je weer boven water komt, 'maar ik snap heus wel hoe je in elkaar zit. Je bent een soort gas, als het ook maar even kan expandeer je. En dat is waarom ik een grens moet trekken, snap je? Het is iets wat je leert, alleen zijn. Je kunt het leren, en je kunt je er zelfs goed bij voelen. Maar als ik je nu binnenlaat, neem je bezit van alle ruimte die er is.'

Mooie monoloog, denk je, hoe zou die begonnen zijn? Je stelt je voor hoe hij buiten tegen de deur staat te praten, met die gedoofde, half opgerookte sigaret tussen zijn lippen, zwarte handen en het soldeermasker waardoor hij op een kikvorsman lijkt.

'Sofia, heb je me gehoord?' vraagt hij.

'Jazeker.'

'En mag ik alsjeblieft weten wat je ervan denkt?'

'Mag ik nog even in bad blijven voordat ik wegga?'

'Wat?'

'Totdat het water niet meer lekker warm is,' zeg je. 'Daarna smeer ik hem, ik zweer het. Ik ga ergens anders expanderen.'

'Sofia,' zegt hij, vermoeid. Je kent die manier waarop je naam wordt uitgeademd. Je hoort een zachte bons op de deur, dat moet zijn voorhoofd zijn, daarna nog een, daarna niets meer. Kort daarop slaat de motor van de zaagmachine weer aan en strek je je arm uit om de handdoek te pakken.

* * *

'En die jongen, hoe is die, wat doet hij?' vraagt je vader terwijl jullie door het park van Lagobello wandelen.

'Hij werkt met hout en ijzer,' antwoord je, en laat het woord 'jongen' maar even passeren. 'Hij bouwt theaterdecors, maar maakt ook heel mooie zwart-witfoto's. Hij is een kunstenaar, ook al houdt hij er niet van zo genoemd te worden.'

'Houdt hij niet van het woord kunstenaar?'

'Nee.'

'Hoezo dat?'

'Hij houdt trouwens ook niet van het woord timmerman. Of smid, of decorontwerper. Of acteur. Hij houdt er niet van vereenzelvigd te worden met een beroep. Hij zegt altijd dat hij die dingen dóét, maar dat hij een persoon is, punt.'

'Dat begrijp ik,' zegt je vader. God mag weten wat hij begrijpt, hij die altijd voor iedereen 'de ingenieur' was. Als de anarchie zegeviert, zou je tegen hem moeten zeggen, zal het verschil tussen hersenwerk en handwerk helemaal verdwijnen en zal men in staat zijn huizen te bouwen, velden te bewerken, boeken te schrijven en ijzer te smeden zonder ooit zijn handen te hoeven te wassen.

'En waarom vind jij hem eigenlijk leuk?'

'Omdat hij me dingen leert,' antwoord je. Daarna corrigeer je jezelf. 'Nee, omdat hij me helpt ze te begrijpen. Hij legt ze niet uit, maar helpt mij erover na te denken. Als er iets is waar ik niet goed uit kom en ik praat er met hem over, dan heb ik daarna het idee dat ik het duidelijker voor me zie.'

'En houdt hij van je?' vraagt je vader.

'Tja, dat is een heikel punt.'

Jullie gaan op een bank zitten aan de oever van het meer. Je hebt zin in een sigaret, maar de laatste tijd hoed je je ervoor in zijn buurt te roken, alsof dat nu nog iets zou uitmaken. Je krabt Haak over zijn kop, terwijl die naar eenden tuurt midden in het meer, maar zonder ze daadwerkelijk te zien. Hij neemt ze met andere zintuigen waar, en zijn jagershart bonkt en popelt.

'Volgens mij is het probleem dat je te veel verwacht van relaties,' zegt je vader.

'Hoezo, te veel? Een beetje liefde, vind je dat te veel?'

'Liefde niet, nee, maar wel wat jij eronder verstaat.'

'Hoezo? Wat versta ik er dan onder?'

Je vader zucht. 'Je kunt iemand vragen om wat gezelschap. Maar niet om met je te versmelten, om je zijn leven toe te vertrouwen en dat met het jouwe te verenigen. Als je dat van de liefde vraagt, word je uiteindelijk door iedereen teleurgesteld.'

'Maar pap, dat is in- en intriest.'

'Vind ik niet.'

'Een beetje gezelschap? Je bent twintig jaar getrouwd, en dat is alles?'

'Luister,' zegt hij. 'Ik heb het goed met je moeder. En ik heb het goed als ik samen met jou ben, ik ben tevreden nu we zo zitten te praten. Maar de liefde reikt maar tot een zeker punt, en niet verder. Ik kan niet veel voor jouw leven betekenen, maar kan je wel waar nodig de hand reiken, je helpen met geld, tegen je zeggen: ga studeren! Hup! Ga naar Rome, zoek je weg. Maar daar laat ik het bij. En jij kunt mijn ziekte niet overnemen. Alle liefde van de wereld ten spijt, hierbinnen zit alleen ik.'

Hij zegt *hierbinnen* en slaat met zijn vuist op zijn borst, en weet je wat het gekke is? Dat je op het moment dat je vader je zijn gruwelijke waarheid onthult iets als opluchting voelt. En dat dat bankje niet het einde is, maar het begin van iets.

'Hoe laat is het?' vraagt hij, nadat jullie allebei een minuut lang niets hebben gezegd. 'Zullen we teruggaan?'

'Laten we nog eventjes hier blijven, oké?'

'Natuurlijk is dat oké,' antwoordt hij, wrijft zijn handen tegen elkaar en blaast erin, tegen de kou.

* * *

Als jij Hakim Bey was, zou je aan het einde van het boek schrijven dat de liefde de meest tijdelijke autonome zone is die er bestaat. Het einde van een liefde is een kraakpand op de dag voordat het ontruimd wordt. Barricades opwerpen, je met handen en voeten aan hekken vastketenen, munitie en voedsel naar de daken hijsen, dat hoort allemaal bij een andere periode en is niet geschikt voor jouw snelle tijd. Nu is het principe: verrassingsaanval en je meteen daarna verstoppen. Nergens aan hechten. Je kunt beter je ideeën, je liefde en je paar spulletjes oppakken en alles ergens anders heen brengen, dan je leven erbij inschieten. Dat is wat er gebeurt in de gekraakte werkplaats, de laatste keer dat je erheen gaat. De hele middag is men bezig de binnenplaats leeg te ruimen, de ijskast te vullen met bier en de geluidsinstallatie op te bouwen voor een lange dansnacht waarin alles wat maar enigszins vernield kan worden vrolijk vernield zal worden, zodat de politie bij haar komst niets anders zal aantreffen dan smeulende resten. Maar Leo en jij hebben geen zin om mee te doen aan die vernieling. Zittend op de werkbank steek je een sigaret op terwijl hij verhuist: hij laadt zijn spullen in het bestelbusje van een vriend bij wie hij een tijdje gaat wonen.

'Demonteer je die niet?' vraag je, op de entresol wijzend.

'Te veel spullen en geen ruimte,' zegt hij. 'En bovendien kan het geen kwaad af en toe iets weg te doen.'

Ook jij leert licht bepakt te reizen. Je rookt je sigaret op, laat hem op de vloer vallen en springt van tafel.

'Ik ga maar 's,' zeg je. 'Morgen vroeg op pad.'

'Wensen we elkaar nog succes?' vraagt Leo, zijn stem vervormd door de moeite die het hem kost de kist met gereedschap op te tillen.

'Toi-toi-toi,' antwoord je en drukt de sigaret uit met de punt van een van je kistjes.

* * *

Wat je ook hebt geleerd is dit: een acteur is niet meer dan een reiziger in de tijd. Net als alle andere mensen wellicht, maar die worden door een mysterieuze chauffeur heen en weer geslingerd, terwijl jij kunt sturen. Je lacht van blijdschap en bent weer negen, je speelt met Haak in de tuin; huilt van eenzaamheid en ligt weer in bed, vijftien jaar oud. Je woede daarentegen is twintig: die heb je pas onlangs geleerd, en weer weggestopt, voor als je hem nodig zult hebben. Je bent de juf én de leerling van je eigen leven, je leert van de jij uit het verleden, je onderwijst aan de jij in de toekomst: gewone mensen raken daarvan de weg kwijt, jij danst erdoorheen.

En aangezien iedereen je iets heeft geschonken, pareltjes van wijsheid, liefdevolle zoenen, wilde je tante niet achterblijven en heeft een appel voor je klaargelegd, voor onderweg. In de coupé wrijf je hem langs de mouw van je trui, je trekt het metalen tafeltje uit en legt hem erop, voor later. Je blik valt op je spiegelbeeld in het donkere raampje. Je legt je hand op de ene helft van je gezicht zodat je het meisje recht in haar ene bozige oog kunt kijken. Maak je maar niet druk, zeg je tegen haar. Ik zal wel voor je zorgen. Daarna doe je hetzelfde met je linkerhand en wissel je een glimlachje uit met de stoutmoedige jonge actrice die honderden kilometers verderop een carrière gaat opbouwen.

Het spel wordt op het moment suprême onderbroken omdat de trein het station uit rijdt en een zee van melkwit licht het raampje binnendringt. Je knippert met je ogen en ziet stilstaande treinen voorbijschieten, de gebouwen langs het spoor, de huurkazernes bij de Viale Monza. Het was je nooit opgevallen dat het spoor vanaf het Centraal Station noordwaarts loopt en dat je, als je naar het zuiden wilt, om half Milaan heen moet rijden. Voor jou was het nooit meer geweest dan het doorkruisen van een stedelijk moeras, de moeizame aanloop die nodig was om in het open veld aan snelheid te winnen. Maar nu herken je wat je ziet. De brug over de Via Padova, buurten als Lambrate en Ortica. De door de tijd aangetaste torenflats in de buitenwijken, het geel en het rood verbleekt tot een uniforme legerkleur. Rijen balkons boven elkaar, versierd ter ere van jouw vertrek, vanwaar je wordt uitgezwaaid door heroïsche boilers en wasmachines, krakkemikkige droogrekken, door parasieten aangevreten kamerplanten, kooien voor kanaries en hamsters die nu in het hiernamaals kwetteren dan wel in een looprad rondrennen, kreupele, onthoofde of kaalgeschoren poppen die door opgegroeide meisjes zijn afgedankt, kastjes volgepropt met echtelijke kussenslopen en tot op de draad versleten lakens, huishoudelijke apparaten die in hun hoogtijdagen als technologische hoogstandjes de drempel van het huis hadden overschreden en die nu alleen nog maar een sta-in-de-weg zijn waarvan niemand weet wat hij ermee aan moet. Daarna benevelt je blik, of het is je adem die tegen het raampje condenseert. En pas nu je weggaat merk je dat je ervan houdt, van die knoop in je maag die jouw stad is, in de winter.

De actrices

Als dit huis een toneel was, zouden we wanneer het doek opgaat een oktobermorgen zien, de stralende herfst in Rome die door de ramen naar binnen dringt, de wanordelijke keuken van een studentenhuis. Caterina, de verstandige, opgewekte actrice, dekt zingend de ontbijttafel: ze zet melk, boter, jam, jus d'orange, vruchtenmuesli en drie verschillende soorten crackers op tafel. Er staat een overdaad aan suiker voor de neus van Sofia, de actrice met het slechte karakter die als ze net wakker is een hekel heeft aan eten, aan de geur van voedsel, aan converseren en aan bekeken worden, en die pas na een stevige dosis tabak en zwarte koffie met haar verblijf op de wereld in het reine komt. Caterina's plaats aan tafel is het dichtst bij het fornuis. Sofia is in T-shirt en onderbroek; ze zit met haar rug naar de muur en met haar voeten op de rand van haar stoelzitting, haar knieën tegen haar borst gedrukt als uiterste vorm van zelfbescherming. Als enig kind uit een bourgeois gezin uit Lombardije luistert ze met verbijstering naar verhalen vol tantes, zusters, neven en nichten, allemaal opeengepakt in dezelfde wijk van Napels.

'In onze familie zijn we net bijen,' zegt Caterina, die voordat ze zich op de film stortte natuurwetenschappen heeft gestudeerd. 'Of liever, net schapen, of vrouwtjesolifanten. De vrouwtjes van zoogdieren leven in kuddes, ze beschermen elkaar. Heb ik je ooit verteld over die keer dat mijn tante Fiorella bij haar man wegliep en bij ons haar toevlucht zocht? En dat die man van haar toen witheet bij ons kwam aanzetten en dreigde de deur in te trappen? Ik kan je niet zeggen hoe eng dat was, Soof. En hoe we hebben gelachen. Ik kan me niet voorstellen hoe het is om in een huis zonder vrouwen te wonen, volgens mij zou ik doodgaan van ellende.'

Sofia, wier ideale huis een interstellaire ruimte is waar zelfs het kleinste brokje asteroïde niet met haar in botsing kan komen, neemt nota van deze zoveelste tante, steekt nog een sigaret op en zwijgt. Wanneer ze de gave van het woord weer terug heeft, zegt ze: 'Ik heb maar één tante, en dat is meer dan genoeg.' Of: 'Hoe laat is het? Roep jij de koningin van Bollywood?'

Vlak voordat ze de deur uit gaan moet Irene gewekt worden, de mooie, luie actrice: ze zal voortdurend stukjes van hun vriendschap verspelen vanwege haar behoefte om tot het laatste moment in bed te blijven liggen. Ze loopt door de keuken – een warrige kluwen haar boven een gebloemde kamerjas –, sluit zich op in de badkamer, blijft daar totdat Caterina op de deur klopt en voor de zoveelste keer zegt dat het nu echt tijd is om te gaan. Dan verschijnt er uit diezelfde deur een jonge vrouw die een en al koperkleurige krullen en door kohl omlijnde groene ogen is, een vrouw van een wilde, zigeunerachtige schoonheid.

'Eet wat,' zegt Caterina. 'Anders heb je straks honger.'

'Dóé je het ook met de spiegel?' vraagt Sofia. 'Of geef je die alleen tongzoenen?'

Irene steekt haar middelvinger op en pakt in het voorbijgaan een cracker, waarbij ze een half glas vruchtensap omgooit.

'Je sjaal,' zegt Caterina. 'Je busabonnement. Hebben jullie allemaal je sleutels?'

Met achterlating van in borstels verstrikt geraakte haren, kopjes in de gootsteen, op de vloer van de badkamer neergegooid wasgoed en in de asbak uitgedrukte peuken, niet langer de meisjes maar sporen van meisjes, vertrekken ze naar school.

Met hun pruiken nog op en hun kostuums nog aan vallen ze 's avonds ruziënd, ruisend en giechelend het huis weer binnen. Ze praten als Italo-Amerikaanse maffiosi, of met een Franse keel-r. Een van de drie zwaait de deur open en stort dodelijk getroffen ter aarde, de andere twee doen in hun vertwijfeling niet onder voor stommefilmacteurs. Ze lachen voortdurend zwaar overtrokken en houden hun buik vast. Ze slepen zich naar de keuken en doen of ze dronken zijn, of stoned, of overspannen, of dat ze hallucineren of bewusteloos zijn. En ze doen wie het overtuigendst een orgasme kan faken.

Op een dag nemen ze een student die in het laatste jaar van de regieopleiding zit mee naar huis, beladen met tassen en op school geleerde begrippen. Hij plaatst een oude analoge videocamera op een statief en zet een kruk voor de muur. Dan zegt hij: 'Nou, wie begint er?'

Hij doet de televisie aan, die hij met de videocamera heeft verbonden, en als Irene op de kruk gaat zitten verschijnt haar gezicht op het scherm. Alleen het stuk tussen haar kin en haar voorhoofd is te zien: een door de telelens grofkorrelig, vergroot duplicaat dat Irene aandachtig bestudeert, waarbij ze haar hoofd naar rechts en naar links draait, gefascineerd door die nieuwe weerspiegeling van zichzelf.

De regisseur zegt: 'Oefeningen in micromimiek. Irene.'

'Wat moet ik doen?'

'Begin maar met glimlachen.'

'Naar wie?'

'Doe eerst maar een neutrale glimlach. Alsof je in een fotocabine zit. Weet je hoe het werkt? Gewoon wachten op de flits.'

'Klik,' zegt Caterina vanaf de bank.

'Goed,' zegt de regisseur. 'Nu glimlach je naar een kind van twee.'

'Wat lief,' is Sofia's commentaar. 'Er is een toekomst voor je weggelegd als babysitter.'

'Nu wat katachtiger: laat zien hoe je glimlacht naar een man die je wilt verleiden.'

'Als ik hem wil verleiden, glimlach ik niet,' protesteert Irene.

'Aha,' zegt hij en krabt aan zijn nek.

Even later is het Sofia's beurt. Ze laat zich bidden en smeken voordat ze meedoet. Ze zucht, staat op van de bank. Als ze voor de lens gaat zitten lijkt het televisiescherm plots op te lichten.

'Tsss...' zegt de regisseur.
'Wat is er?'
'Je hebt iets. Je bent erg fotogeniek.'
'Jaja. Zal wel.'
'Nee, echt. Je kunt pas iets over een actrice zeggen als je haar door de lens bekijkt. Laat eens zien hoe je huilt.'
'Waarom huil ik?'
'Doet er niet toe. Huil maar gewoon.'
'Ik kan niet maar gewoon huilen. Wie ben ik? Wat is me overkomen? Ik moet mijn geschiedenis kennen.'

De regisseur pauzeert even en spreekt hen alle drie ernstig toe. We zijn hier niet langer in het theater, zegt hij op nadrukkelijk minachtende toon. Hier is vereenzelviging iets anders. Iets wat je moet kunnen zijn ten overstaan van een crew van technici, met lampen die je verblinden en een microfoon boven je hoofd, misschien wel twintig keer achter elkaar; en je moet in staat zijn het over te doen zodra je het woord *actie* hoort.

'Het kan me niet schelen waar je je gehuil vandaan haalt,' besluit hij. 'Dat is jouw zaak. Maar je moet het in een laatje hebben liggen en het elke keer dat je het nodig hebt weten te vinden. Snap je?'

'Min of meer,' antwoordt Sofia.
'Laten we het proberen,' zegt de regisseur. 'Oké?'
'Mij best.'
'Actie.'

Op het scherm sluit Sofia haar ogen. Ze knijpt ze stevig dicht en houdt haar adem in. Dan snuift ze en doet ze weer open; ze zijn droger dan daarvoor. Ze springt van de kruk en zegt: 'Het lukt me niet. Jezus hé, ik ben geen kraan of zo. Zoek maar iemand anders die op commando huilt.'

Ze loopt de keuken door en verdwijnt in haar kamer.
'Wat heeft die nou?' vraagt de regisseur, die het zich aantrekt.
'Niks,' zegt Caterina en wuift zijn ongerustheid weg. 'Het ligt niet aan jou. Zo doet ze altijd, gaat wel weer over.'
'Maar ze is tenminste wel fotogeniek,' voegt Irene eraan toe in een vlaag van jaloezie.

Vrijdag is in dit huis de dag waarop hun wegen zich scheiden. Na het avondeten trekt Sofia een wollen trui aan, gooit een tandenborstel en een boek in haar tas en gaat naar het station om de laatste trein naar Milaan te nemen. Als ze haar vragen waarom ze zich elke week de moeite en de kosten van die reis getroost, zegt ze: 'Ik mis de stad', alsof Rome het platteland is. Irene vermoedt dat er een vriendje in het spel is, daar in het noorden. Zijzelf heeft een vriend in Palermo, alhoewel ze die zo langzamerhand zonder enig schuldgevoel bedriegt. In het weekend verlaat ze de kamer die ze deelt met Caterina en eigent zich die van Sofia toe, ze verschoont de lakens, steekt wierookkegeltjes aan, en dan belt ze een van haar minnaars en nodigt hem uit om langs te komen.

Caterina voelt zich niet alleen buitengesloten, maar ook beroofd van de rol die ze zich met veel geduld heeft toegeëigend. In dit huis is zij de spil van de weegschaal, degene die de gewichten van Irene en Sofia in balans houdt, maar nu is ze gereduceerd tot de dikke vriendin van het mooie meisje. 's Zondags ontbijt ze in haar eentje. Ze smeert jam op haar cracker en denk aan haar Soof. Ze probeert te raden wat die zou zeggen als ze Irenes aanminnige gelach of haar ochtendlijke gekreun hoorde: een van sarcasme druipende opmerking om zich te wapenen tegen de desolaatheid van de situatie. Later zal Caterina ook nog koffie voor de gast zetten en beleefd blijven, terwijl ze hem eigenlijk haat – vanwege de wc-bril die omhoog staat, de gelige druppels die hij ongetwijfeld op de rand van de pot heeft achtergelaten, zijn postcoïtale zelfgenoegzaamheid en de vanzelfsprekendheid waarmee hij aan tafel gaat zitten en zich laat bedienen. Caterina vergelijkt het vrouwelijke karakter van hun huis altijd met water uit een bron: ze voelt zich de bewaakster van de zuiverheid, de beschermster van de broosheid ervan.

Ze is verzonken in haar fantasieën als de telefoon gaat. Ze kijkt op het lage tafeltje, maar zoals altijd ligt hij niet op de plek waar hij zou moeten liggen. Ze hoort hem tussen de kussens van de bank, duwt die opzij, gaat zitten en neemt op.

'Cat,' zegt de stem van Sofia, 'met mij.'

'Soof,' zegt Caterina, 'ik dacht net aan je.'

Ze wil er nog iets over telepathie aan toevoegen, maar Sofia is niet in de stemming voor prietpraat. Ze vertelt Caterina op zakelijke, ongeduldige toon dat ze vanavond niet thuiskomt en dat ze misschien wel de hele week in Milaan moet blijven.

'Hoezo?'

'Mijn vader is opgenomen in het ziekenhuis.'

'O. Niets ernstigs, hoop ik.'

Aan de andere kant aarzelt Sofia. Ze haalt haar neus op, want ze is verkouden. Dan besluit ze haar in vertrouwen te nemen, of wellicht zichzelf van een last te bevrijden, en zegt in één adem: 'Cat, mijn vader heeft al heel lang een tumor. Vannacht is hij buiten bewustzijn geraakt, ik weet niet hoe lang hij nog heeft.'

'Wat?' vraagt Caterina. Maar het is een klankloos woord, er zit geen lucht in haar longen. Ze hervindt een dun stemmetje en zegt: 'Hè?'

'Ik heb nu geen tijd om het je allemaal te vertellen. Sorry. Later hebben we het er nog wel over, als je wilt. Wil je het alsjeblieft doorgeven op school?'

'Natuurlijk,' zegt Caterina, als een robot.

'Ik bel je een dezer dagen, oké?'

'Oké. Nee, wacht.'

'Ik moet nu gaan, doei.'

'Sofia,' zegt Caterina, maar Sofia heeft al opgehangen.

Het heeft bij elkaar minder dan een minuut geduurd. Een onbetekenende pauze in het bioritme van het huis: de ijskast is niet opgehouden met zoemen, de waterdruppel hangt nog steeds aan de kraan. Met de telefoon in haar hand kijkt Caterina naar de muur, met op haar lippen de vraag: waar ben je? En ook: waar kan ik je bellen? En daarna, als haar hersens hun werk hervatten: heb je iets nodig? Is er iemand bij je? Wil je dat ik daarheen kom? En nog later, nadat ze het bandje van het gesprek heeft teruggespoeld: *heel lang...* Hoe lang? Jaren? *Al heel lang een tumor?* Hoe kan het dat we al vier maanden in hetzelfde huis wonen, we zelfs elkaars onderbroeken dragen en dat je daar nooit iets over hebt verteld?

En ten slotte valt de druppel in de gootsteen, stopt de ijskast met een schok en komt Caterina tot een pijnlijke slotsom. Waarom heb ik het zelf niet bedacht?

Stomme koe, denkt ze. Stomme papzak. Je kijkt niet verder dan je neus lang is. Wat ben je nou voor een vrouw? Het is de techniek die Caterina gebruikt als ze een taart laat aanbranden of een glas breekt: nadat ze zichzelf flink heeft uitgescholden voelt ze zich als herboren, alsof ze stevig op een boksbal heeft gebeukt. Ze legt de telefoon waar die hoort en wekt vervolgens Irene om samen met haar de hulpoperatie in gang te zetten.

Sofia komt de zaterdag erop terug, twee dagen na haar vaders begrafenis. Ze wordt verwelkomd door de geur van bolognesesaus die de hele middag al op het vuur staat. Ze doet de deur open en blijft op de drempel staan: haar haar hangt los, ze draagt dezelfde trui als waarin ze vertrokken is. Ze stinkt naar natte wol, naar zweet, naar rookcoupé. Ze bekijkt het huis alsof ze niet een week maar zeven jaar is weggeweest; Irene en Caterina aarzelen of ze haar daar in de deuropening zullen omhelzen of zullen wachten tot ze binnen is.

'Mag ik alsjeblieft in bad?' zegt ze en laat haar tas op de grond ploffen. Daarna zwicht ze voor de verleiding om vijf minuten te gaan liggen, in afwachting van het moment dat het bad is volgelopen, en valt in een diepe slaap; ze laten haar slapen tot de volgende ochtend.

En zo verandert het karakter van het huis. Nu is het een huis van rouw, waardoor de muren dikker zijn dan gewone bakstenen muren. Om Sofia tegen het verdriet te beschermen gedragen Irene en Caterina zich als de ouders van drukke kinderen, die de hoeken van de meubels afplakken met schuimrubber. Caterina's schuimrubber is haar aandacht, haar tiramisu met amaretto, haar zachte, uitnodigende lichaam. Irenes schuimrubber bestaat uit dikke lagen luchtigheid: volgens haar filosofie is stilte de fysieke staat van wanhoop en kun je niet totaal down zijn zolang je nog iets hebt om over te kletsen.

Ze brengen veel meer tijd thuis door dan eerst. Als ze Sofia voorstellen om uit te gaan, antwoordt ze dat ze moe is, of dat ze het koud heeft, of dat ze geen zin heeft in andere mensen. Ze heeft genoeg aan hen. Ze begint zelfs weer eetlust te krijgen. 'Ik eet alleen dingen die Caterina klaarmaakt,' zegt ze, zonder zich te realiseren hoe blij ze haar daarmee maakt. Ze vertelt dingen over zichzelf, bijvoorbeeld dat ze altijd een moeilijke relatie met eten heeft gehad omdat dat het strijdpunt was tussen haar en haar moeder. Maar nu ervaart ze de smaken waar ze eerst misselijk van werd als anders en onbekend en krijgt ze zin om overal van te proeven.

Een even intens genot zal Caterina later ervaren, als ze alle drie naar de bank verkassen en Sofia haar hoofd op Caterina's bovenbenen laat rusten, haar ogen sluit en zich laat liefkozen. Irene zorgt voor de verstrooiing. Ze vertelt over de man met wie ze uitgaat, een scriptschrijver die ze heeft leren kennen bij een screentest, en ze beklaagt zich over haar Siciliaanse verloofde: hij heeft twee tickets naar India gekocht zonder eerst met haar te overleggen, en in plaats van een gat in de lucht te springen voelde ze zich voor het blok gezet en heeft een scène geschopt.

'Sorry, maar waarom maak je het niet uit?' vraagt Sofia.

'Omdat we al zo lang bij elkaar zijn,' zegt Irene en zuigt een mondvol rook naar binnen door een stenen pijpje. 'Ik zou het gevoel hebben dat ik mijn broer dumpte of zo. Kun je je broer dumpen?'

'Trut,' is Sofia's commentaar.

'Ja hállo, en wat ben jij dan wel niet? Mijn geestelijk leider?'

'Oké, oké, je hebt gelijk. Dump je broer dan maar niet, trouw maar lekker met 'm en maak een stel kinderen. Mag ik ook een hijs? Niet om het een of ander, maar die wiet is wel van mij.'

'Van mij, van mij, van mij,' zegt Irene. Ze neemt nog snel een trekje en geeft het pijpje dan door. 'Hier spreekt de ware anarchist.'

Caterina lacht, ze vindt hun geruzie vermakelijk; net het gebekvecht van twee oude tantes. Ze masseert Sofia's slapen en probeert de zware gedachten waardoor haar vriendin gekweld wordt te verlichten.

'Heerlijk!' zegt die, genietend van het gevoel dat Caterina's vingers, de marihuana en de antistressdruppels die ze neemt teweegbrengen. 'Daar zou je je beroep van moeten maken, niks acteren. In jouw handen voel ik me net taartdeeg. Heerlijk!'

Ze blijft zo liggen tot ze onder zeil gaat. Ze valt stil halverwege een betoog, de sigaret glijdt uit haar vingers. Irene en Caterina kijken elkaar aan en glimlachen. Beter zo, denken ze, want er zijn periodes in het leven dat luciditeit nergens goed voor is. Terwijl Irene haar tanden gaat poetsen brengt Caterina Sofia naar haar kamer, kleedt haar uit, legt haar in bed. Ze gaat naast haar zitten en streelt haar tot ze in slaap valt. Dit huis is beboterd en met meel bestoven; het is gecapitonneerd, gewatteerd, doorgestikt, het is een nest, gemaakt van stro en veren; het is een hermetisch afgesloten huis, gepantserd met lood en verzegeld met siliconenkit: niets van het goede dat het bevat kan verloren gaan, niets van het kwaad dat er buiten is kan er binnendringen.

Dan breekt op een ochtend de lente aan. Het gebeurt tijdens een laat ontbijt, terwijl Irene een yoghurtje proeft dat twee dagen over de datum is en Sofia een sinaasappel uitperst, hetgeen het uiterste van haar krachten vergt: plotseling komt vanachter het gebouw aan de overkant de zon tevoorschijn, en een lichtbaan splijt de keuken in tweeën. Caterina trekt instinctief de gordijnen dicht, zoals je doet in ziekenkamers, maar Sofia doet ze meteen weer open. Ze zet bovendien ook het raam wijd open, en in het huis dat doordrenkt is van winterluchtjes waait nu weer de geur van zeesparren naar binnen, van scooteruitlaatgassen, van het fruit van de buurtmarkten, van 's nachts schoongespoten straten die drogen in de zon.

Het is alsof Sofia erdoor wordt wakker geschud. De maandag erop gaat ze op zoek naar een theatergezelschap. Ze heeft behoefte aan op het toneel staan, na al die tijd in leslokalen bezig te zijn geweest. Ze gaat de kleine theaters van Rome af, hangt flyers van verschillende voorstellingen op de ijskast.

Tegelijk met het verlangen om te acteren hervindt ze haar strijdlust. 's Avonds horen Irene en Caterina haar ruziemaken aan de telefoon: ze discussieert met haar tante over haar moeder. Het is niet moeilijk te raden wat de aard van het probleem is, gezien het feit dat ze sinds de begrafenis niet meer naar Milaan is geweest.

'En ik? Wie heb ik dan?' schreeuwt ze achter de deur van haar kamer, en het gebrek aan erkentelijkheid doet Caterina's hart ineenkrimpen. 'Denk je soms dat er hier iemand is die mij gezelschap houdt?'

'Wat nou egoïst? Dus volgens jou is het egoïstisch om te proberen je oké te voelen? Dan geldt dat ook voor ademhalen. Ook voor een slok water drinken als je dorst hebt, toch? Jij moet altijd zo nodig iedereen redden, ga haar zelf maar redden.'

'Ja, goed zo! Veel geluk ermee!' schreeuwt ze en smakt de hoorn op de haak.

Daarna komt ze in de keuken zitten, ze bedaart, heeft er een beetje spijt van dat ze haar zo heeft behandeld. Caterina voelt instinctief sympathie voor Sofia's tante. Soms is ze in de verleiding haar te bellen, zichzelf te introduceren en haar om raad te vragen inzake dat vreemde schepsel, haar nicht.

'Ik heb ontzettend veel aan haar te danken,' zegt Sofia. 'Maar over een aantal kwesties valt niet met haar te praten, ze heeft zo'n harde kop dat je d'r niks in krijgt.'

'Wat erg,' zegt Irene, die haar nagels zit te vijlen.

'Ze heeft nooit een gezin willen stichten, sterker nog, ze heeft altijd gedaan of ze gek was, zodat ze door niemand in een hokje kon worden gestopt. Maar alle anderen moeten op hun post blijven en elkaar aardig vinden. Net als van die schaapshonden, weet je wel? Zodra een schaap even afdwaalt, beginnen ze er in cirkels omheen te hollen en te blaffen, net zo lang tot het weer naar de kudde terugkeert. Zo is mijn tante Marta nou ook. Spelen jullie maar fijn het gelukkige gezinnetje, of het ongelukkige, maakt niet uit, want het ongeleide projectiel van de familie, dat ben ik al.'

'Misschien komt het wel doordat ze het onbewust mist,' oppert Caterina.

'Wat?'

'Een gezin.'

'Mijn tante? Nou en of. Een man vooral. Bij voorkeur een zapatistische guerrilla, compleet met bivakmuts.'

Vervolgens ontdekt Sofia het straattheater en stort zich erin. Ze sluit zich aan bij een gezelschap dat gevestigd is in een buurtcentrum aan de andere kant van Rome en komt alleen nog thuis om te eten en te slapen. Caterina is een heel weekend bezig met de grote schoonmaak: ze bergt truien, schoenen en mutsen op, legt kamferballen in de kast om de wol te beschermen tegen motten. Ze stroopt de hoes van de bank, haalt de gordijnen naar beneden en brengt alles naar de wasserette. Ze krijgt zelfs zin om de vriezer te ontdooien.

Sofia merkt de veranderingen niet eens op als ze op zondagavond weer verschijnt, na twee dagen afwezigheid – ze is elders blijven slapen en heeft niet de moeite genomen even te bellen.

'Weet je wat het tegenovergestelde is van *straat*?' vraagt ze aan tafel, terwijl ze een hapje van de opgewarmde spaghetti neemt. Ze is helemaal in de ban van de voorstelling waaraan ze met het gezelschap werkt.

'Geen idee, plein?' oppert Irene.

'Nee, huis. Moet je indenken. Een huis verdeelt de wereld in twee ruimten, een binnen en een buiten. Als je binnen bent, ben je niet buiten, en vice versa. Het is toch eigenlijk te gek dat we niet zonder kunnen? Dat we ons leven lang in de ene na de andere doos opgesloten moeten zitten?'

'Ach, je hoeft je er toch niet per se in op te sluiten?' zegt Caterina bokkig. 'Je kunt er toch ook gewoon alleen in wonen, of zie ik dat verkeerd?'

'Ja, natuurlijk. Wonen, ik woon, gewoonte. Het is allemaal materie waarmee we onszelf omringen, allemaal beschermlagen.'

Caterina snuift. 'Eet je dat niet op?' vraagt ze, de handdoek in de ring gooiend.

'Ik plof,' zegt Sofia. 'Het was heerlijk, Cat, echt.'

Pas als ze de tafel afruimt valt Caterina het trucje op:

Sofia heeft de spaghetti alleen maar klein gemaakt en een halfuur lang heen en weer geschoven. Ze bedenkt hoe lang ze op die techniek geoefend moet hebben, denkt aan het dagelijkse toneelspel tijdens de maaltijden. Ze is gekwetst, niet zozeer vanwege het eten als wel vanwege het bedrog, vanwege het feit dat zij nu ook in het kamp van de vijand is beland. Ze vraagt zich af waar ze dat aan verdiend heeft. Dit is de laatste keer dat ik voor je heb gekookt, zweert ze en gooit Sofia's avondmaal in de vuilnisbak.

Om het eind van de winter te vieren organiseren ze een zeemansfeest. Ze zijn de hele middag bezig zich te schminken en te verkleden als de dochter van Sandokan (Irene), als Moby Dick (Caterina) en als Robinson Crusoe (Sofia). Ze hangen lantaarns op en plakken papieren vissen en weelderige waterplanten op de muur. Dan druppelen een voor een de gasten binnen: matrozen, sirenen, een Popeye, een kikvorsman met zwemvliezen en snorkel, een kwal, twee overlevenden van de Titanic. Ze drinken mojito's, gemaakt met munt van het balkon. Ze dansen op reggae en Cubaanse muziek.

Caterina probeert die avond geregeld Sofia's blik te vangen. Ook als ze ver weg staat, met iemand anders praat, zich iets inschenkt. Caterina's ogen zeggen: alles oké? Ik ben hier als je me nodig hebt. Maar die van Sofia antwoorden met tegenzin. Ze blijft iets afwezigs houden totdat haar theatervrienden arriveren, en dan heeft ze alleen nog maar aandacht voor hen en kan er eindelijk een lachje af. Een is verkleed als een hippiebadgast: lang haar, een badjas, teenslippers en een kralenketting. Rond twaalf uur 's nachts ziet Caterina hen heel dicht naast elkaar op de bank zitten. Ze heeft aan één blik genoeg: hij geeft haar een joint door, zij lacht, hij legt zijn arm rond haar schouders. Aha, denkt Caterina, daar komt al die liefde voor het theater vandaan. Het is allemaal zo voor de hand liggend en voorspelbaar, Sofia, niets voor jou.

Ze kan het niet langer aanzien, en dus verzamelt ze de lege glazen en brengt ze naar de keuken. Dan denkt ze: misschien heb ik het niet goed gezien. Ze draait zich om, tuurt tussen de lichamen van de dansers door en ziet dat Sofia en de jongen elkaar nu hartstochtelijk kussen. Ze liggen inmiddels languit op de bank. Hij houdt zijn glas rechtop om geen mojito te morsen, zij ligt boven op hem alsof ze hem met een judogreep heeft gevloerd. Ze heeft haar wangen zwart gemaakt met een verschroeide kurk, draagt een gescheurd overhemd, een bij de knieën afgeknipte spijkerbroek en is op blote voeten – Sofia's voeten, mager, met lange tenen en de blauwste aderen die je ooit hebt gezien, voeten die niet tegen kousen en schoenen, orde en discipline kunnen. Haar tenen die opkrullen van vervoering door die kus, dat is het laatste wat Caterina ziet, daarna gaat ze aan tafel zitten en staart naar een tinnen vergiet. Die heeft haar oma haar cadeau gedaan toen ze naar Rome ging. Dat is het enige wat je rest, denkt ze: een liefde waar je niks aan hebt, net als door de vooruitgang overbodig geworden keukengerei. Je kunt het aan de muur hangen als je wilt. Maar dat is dan ook alles.

Dan is er een liedje afgelopen, begint er een nieuw en voelt Caterina dat er iemand aan haar arm trekt. Plotseling staat Sofia voor haar en zegt: 'Cat, deze moeten we echt samen dansen.' Het is 'I Can't Help Falling in Love with You' van Elvis, in een reggaeversie van een paar jaar geleden. Caterina danst nooit, maar hoe zou ze vanavond kunnen weigeren? Het is hun Laatste Dans. Zij is in een laken gewikkeld waar een tiental vorken doorheen gestoken is, bij wijze van harpoenen. Ze zijn een schipbreukeling en een witte walvis, dobberend op de oceaan. Caterina heft haar handen boven haar hoofd, doet alsof er niemand meer om hen heen staat en zingt: 'Wise men say only fools rush in, but I can't help falling in love with you.'

Die nacht, als het feest is afgelopen, komt Sofia weer uit haar kamer tevoorschijn. Ze stapt over de kussens heen die her en der op de grond liggen, loopt rakelings langs de dronken jongen die buiten westen op de bank ligt. Ze haalt een glas uit de keuken, maar doet niet het licht aan. Ze lijkt op haar gemak in het donker, kan in dit huis blindelings de weg vinden. In de badkamer doet ze het laatje van het medicijnkastje open en vist er een flesje uit, schroeft de dop eraf, laat een paar druppels uit de pipet in het glas vallen en vult het met water. Ze drinkt het in een teug leeg, spoelt het af onder de kraan en laat het daar staan. Ze wil de badkamer uit lopen als ze een beweging in de spiegel ziet, en dan pas aarzelt ze. Ze strekt een hand uit naar het lichtknopje, drukt erop. De overgang van donker naar licht is heftig en haar pupillen lijken razendsnel te verdwijnen, als twee wilde dieren die zijn betrapt buiten hun hol.

'Huil,' beveelt ze haar eigen spiegelbeeld. 'Toe dan, huil.'

'Wat ben je nou voor actrice als je niet op commando kunt huilen?'

Maar het meisje in de spiegel laat geen traan. Ze staat daar en kijkt en ziet alleen maar kurkdroge ogen.

'Krijg dan maar de pest,' zegt Sofia; ze doet het licht uit en is weer in haar element.

Over hekserij

In september was het meer grotendeels verlaten, op wat Duitse toeristen, obers en mensen die op baars en houting visten na. Zeilboten kruisten op richting de Zwitserse oever. Zittend op een rots bestudeerde Roberto Muratore, acht jaar en een paar maanden voor zijn dood, zijn dochter terwijl hij net deed of hij de krant las. Sofia stak de punt van haar teen in het water, alsof ze wilde weten hoe de temperatuur was. Ze had het koud, dat zag je zelfs van achteren: ze drukte haar armen stijf tegen zich aan en klemde de uiteinden van de mouwen van haar hoodie in haar vuisten. De boorden waren totaal versleten omdat ze het niet kon laten er aldoor aan te frummelen en erop te kauwen. Met haar grote teen tekende ze een figuur in het water die meteen weer vervaagde. Ze zei: 'Wat is er? Zijn jullie uit elkaar?'

'Ik versta je niet,' antwoordde Roberto. Hij had de

smaak van opspelend maagzuur in zijn mond. Hij was zenuwachtig, zowel vanwege de ruzie van daarstraks – de halsoverkop gepakte koffer van Rossana en de rit naar het station – als vanwege het telefoontje dat hij al twee dagen voor zich uit schoof. 'En trouwens, ik praat niet met iemand die me niet aankijkt.'

Sofia draaide zich om. Ze liep naar hem toe, voorzichtig, om zich niet te verwonden aan de stenen op de oever. Ze had heel magere, witte benen, met knieën als de knopen in een bamboestengel. 'Wat lees je?' vroeg ze.

'Politiek,' zei Roberto. 'Niks bijzonders.'

Ongelofelijk genoeg stond de Sovjet-Unie op het punt van instorten. De Baltische republieken scheidden zich een voor een af en verklaarden zich onafhankelijk, zonder dat Moskou ze een strobreed in de weg legde. Met identiek subversief elan was er die ochtend in het slijmerige binnenste van Roberto's maag een cel in opstand gekomen, had de afwijkende vorm aangenomen van een zegelring en bood nu verzet tegen de aanvallen van zijn immuunsysteem. Roberto dacht aan de tanks die tot voor enkele jaren in Vilnius en Tallinn de orde zouden hebben hersteld, tot het gezicht van Sofia boven de rand van zijn krant verscheen. Ze keek naar hem en trachtte erachter te komen of hij soms kwaad was. Hij deed zijn best zijn stem wat vriendelijker te laten klinken. 'Wilde je niet zwemmen?' vroeg hij.

In plaats van te antwoorden legde Sofia haar hand op zijn borst. De haren waren zacht en dik. Roberto herinnerde zich niet dat hij zich vóór deze vakantie ooit naakt aan haar had vertoond, zelfs niet halfnaakt. Hij voelde zich ongemakkelijk door die wijsvinger die krulletjes draaide in zijn borsthaar, maar alles was ongemakkelijk aan een dertienjarige dochter: het ene moment was het een kind dat ongeremd alles aanraakte wat haar nieuwsgierigheid wekte, het volgende moment was ze een vrouw die zich bewust was van haar macht.

'Toe, niet doen,' zei hij en duwde haar hand weg.

'Zijn jullie nou uit elkaar?'

'Ach welnee,' antwoordde Roberto. 'Doe toch niet altijd zo dramatisch.'

'Ík, dramatisch?' vroeg Sofia.

Roberto slaakte een diepe zucht. Hij legde de krant weg zonder hem dicht te vouwen. Hij zei: 'Voor jou betekent elke wolk noodweer. Als je je hoodie niet aanhebt kun je het huis niet uit, want die beschermt je tegen weet ik wat allemaal. En als je naar droomt dan is het niet zo'n nare droom die iedereen weleens droomt, maar is het meteen een vingerwijzing van de hemel.'

'Van de hemel, dat heb ik nooit gezegd,' antwoordt Sofia. Intussen had ze wat nieuws ontdekt aan het lichaam van haar vader. De eerste dag was zijn huid helemaal spierwit geweest, net als de hare, en nu was hij weliswaar helemaal rood, maar als je er met je vinger op drukte werd hij weer wit.

'Hoe dan ook, je moeder was doodop,' zei Roberto. 'Wat voor vakantie is het als je moe wordt in plaats van uit te rusten? En zo vervelend is het toch niet om een paar dagen met mij door te brengen?'

Sinds haar geboorte was hij nog nooit met haar alleen geweest.

'Nee, dat vind ik niet vervelend,' zei Sofia. 'Sterker nog, het lijkt me geweldig.' Ze schonk hem een glimlachje, streek met haar vingers langs zijn sleutelbeen en was plotseling vijfentwintig.

Ze waren twee dagen daarvoor naar het meer afgereisd. Het was Roberto's idee geweest. Hij was net terug van een dienstreis met Emma en neigde ertoe affectieve relaties te zien als een weegschaal met gewichten en contragewichten: als hij nu zijn gezin mee op vakantie zou nemen, zou het zwaartepunt van zijn gevoelens verschuiven, zodat er weer een redelijk evenwicht ontstond. In de auto had hij zijn vrouw en zijn dochter het verschil uitgelegd tussen vulkanische meren en alpiene meren, en had niet in de gaten gehad dat niemand luisterde. Sofia hield de koptelefoon van haar walkman verborgen onder de capuchon van haar hoodie. Rossana keek uit het raampje en probeerde zich voor te stellen hoe het landschap er in de ijstijd uit had gezien: vanwege de luchtstromen, de vlakte beneden en de bergen boven, de luchtdruk, de enorme massa koud water en nog iets anders dat ze niet had begrepen, woei er altijd wind boven het meer. Er voeren zeilboten. Eén ding was zeker, de badpakken zouden in de koffer blijven, en dat was reden drie, of vier, waarom ze die plek haatte nog voordat ze hem gezien had.

Reden nummer vijf was het huis. Niet het witte huisje met het terras en de bloemen waar Roberto haar op had doen hopen, maar het appartement van een bejaarde vrouw die een halfjaar daarvoor overleden was. Haar zoon, een zestigjarige vrijgezel die zich gedroeg als een ontroostbare weduwnaar, leidde hen de gang door en opende steeds een deur op een kier: om hun respectievelijk de keuken, de eetkamer, de slaapkamer en de logeerkamer te laten zien.

Aan het einde van de gang was nog een kamer, maar toen ze daar aankwamen zei de man: 'Die is erg rommelig, neem me niet kwalijk.' Hij draaide de deur op slot, stak de sleutel in zijn zak en liep door naar de badkamer. Sofia, die achteraan liep, zag dat er een vergeelde foto in de gang hing: een voltallige familie, vader en moeder zaten vooraan en om hen heen stonden zes kinderen. De bejaarde vrouw was waarschijnlijk de moeder. Maar het kon ook een eerdere generatie zijn, gelet op de hoofddeksels, de kleren en de kwaliteit van de foto: in dat geval was de oude vrouw een van de dochters die naast de ouders stonden, en Sofia had het leuk gevonden om te weten welke. 'Prima,' hoorde ze haar vader zeggen. Roberto ondertekende een cheque en de man gaf hem de sleutels van het appartement.

Die nacht kon Rossana niet slapen. Op een gegeven moment kwam ze tot de slotsom dat het het behang moest zijn. Dik, klam en muffig, doortrokken van de typische geur die in de huizen van oude mensen hangt. Ze stond op om eraan te ruiken en herkende de geur van haar jeugd: koolsoep met uien, po's met verschaalde urine, oude, ongewassen lichamen. Toen ze weer in bed stapte wist ze opeens zeker dat de oude vrouw daar gestorven was, tussen die lakens, en dat het een lange doodstrijd was geweest. Ze besloot er niet met Roberto over te praten. Hij zou zeggen dat het macabere gedachten waren en dat ze Sofia daar toch al zo mee aanstak.

En ja hoor: de volgende ochtend stond Sofia op, ging aan de ontbijttafel zitten, gaapte onopgevoed met wijd open mond en meldde dat het in het huis krioelde van de geesten. Ze noemde ze echter niet zo. Ze noemde ze *rusteloze zielen*.

'Hoezo?' vroeg Rossana, gebroken door een slapeloze nacht.

'Ik heb gedroomd. Ik heb tekens gekregen.'

In die periode was Sofia geobsedeerd door heksen. Ze las historische romans en essays over de inquisitie. Praatte over witte en zwarte magie, over meisjes op de brandstapel en andere gruwelen van de middeleeuwse kerk. Roberto onthield zich van commentaar en steunde haar door de boeken te kopen waar ze om vroeg. Op een zaterdag had hij haar meegenomen naar Milaan, naar het martelmuseum. Hij had de indruk dat het allemaal een vagelijk feministisch tintje had: heksen versus priesters, jonge verbrande meisjes versus oude seksmaniakken. Een fase waar je doorheen moest als je een puberdochter had.

'Waarom vertel je ons die droom niet?' vroeg hij.

'Omdat ik me hem niet herinner. Ik droom geen verhalen met een begin en een eind. Ze lijken nog het meest op gewaarwordingen.'

'Het is beter als je probeert je hem te herinneren,' zei Roberto. 'Als je een nachtmerrie navertelt, is hij daarna minder eng.'

'Maar ik vind hem helemaal niet eng,' zei Sofia. Ze had zich de attitude van een professioneel medium aangemeten: met de doden communiceren was een gave en een straf, en ze had zich ermee verzoend dat ze daar de rest van haar dagen mee zou moeten leven.

'Wat bedoel je met *het is beter*?' snauwde Rossana, vanuit de donkere put waarin ze zich bevond. 'Ben je nu ook al afgestudeerd in de psychiatrie? Ben je in staat nachtmerries te verjagen en ons allemaal gelukkig te maken?'

Verbaasd draaide Roberto zich naar haar toe. Hij had

niet gemerkt hoe ontdaan Rossana was. Ze had dikke rode ogen en een beginnende migraine die later zou verergeren: ze ging terug naar bed, deed het maskertje voor dat ze gebruikte om overdag te slapen en stuurde Roberto naar de apotheek om pijnstillers te kopen. In het dorp kwam hij erachter dat veel winkels dicht waren omdat het vakantie was. Alleen de Duitsers volhardden in hun voornemen om te gaan zwemmen, maar dat leek vooral een principekwestie. Bij het toeristenbureau informeerde hij naar de dienstregeling van de draagvleugelboot en naar de eilanden die je kon bezoeken.

Wat de situatie thuis betrof was hij ervan overtuigd dat het probleem niet bij hem lag. Er speelde iets tussen zijn vrouw en zijn dochter. Ooit was hij jaloers geweest op hun intimiteit, nu dankte hij de hemel dat hij zich afzijdig had gehouden. Van bondgenoten waren ze veranderd in rivalen, en omdat ze al elkaars zwakke punten kenden wisten ze elkaar gruwelijk te kwetsen. Soms werden ze ineens voor korte tijd weer vriendinnen, en dan leken ze niet moeder en dochter, maar tweelingzusjes. Ze hadden dezelfde favoriete woorden, dezelfde manier van gesticuleren. Ooit had Rossana tegen hem gezegd dat zij en Sofia met elkaar *verbonden* waren, hij had teruggedacht aan de dingen die ze allemaal had gezegd toen ze zwanger was, had gerild bij de gedachte aan die tijd en had besloten er maar niet dieper op in te gaan.

De tweede nacht verliep net als de eerste. Rossana deed geen oog dicht. De ochtend erop begon Sofia weer over geesten.

'Hou daar nou 's over op,' zei Roberto.

'Jezus hé, jullie praten toch ook met jullie heiligen? In

jullie gebeden en zo? En jullie praten toch ook met de doden?'

'Sofia, wil je me kwaad hebben?' zei Roberto.

Rossana schudde haar hoofd. Ze hield haar ene hand voor haar ogen en met de andere omklemde ze de kop thee die ze probeerde weg te krijgen. Door de migraine was ze nu ook misselijk. Voor de tweede keer verzocht ze Roberto haar naar huis te brengen en antwoordde hij dat ze geduld moest hebben en moest uitrusten, want er was geen beter medicijn dan een lekker warm bed. Hij wist het weer eens beter. Rossana verloor haar zelfbeheersing, goot haar kopje leeg in de gootsteen, gilde dat ze het appartement walgelijk vond en dat ze er geen minuut langer bleef, pakte haar koffer en gebood hem haar naar het station te brengen.

'Weglopen helpt niet,' was Sofia's commentaar, winnares van het dagelijkse gevecht.

Die avond ging Roberto langs bij de traiteur. Hij kocht een fles prosecco, twee porties baarsfilet met gebakken aardappelen, en belde Emma vanuit de telefooncel. Vanwege de welbekende wetmatigheden van het overspel was ook zij in alle staten. Als de een vrolijk en beschikbaar was, was de ander dat ook; als het tegenzat lag je van alle kanten onder vuur. Emma was woest omdat hij ineens verdwenen was: hij had zonder iets te zeggen vakantie opgenomen en liet al twee dagen niets van zich horen. Proberen het uit te leggen was zinloos: ze had al gezworen dat ze het hem betaald zou zetten. Vrouwen hadden een kern die zo hard was als steen, en geen enkel onrecht schreeuwde in hun ogen zo om wraak als gekrenkte trots.

Roberto pakte het tasje met de boodschappen, verliet

de telefooncel en ging terug naar het appartement. Hij liep langs het meer en keek afgunstig naar de vissers die daar urenlang roerloos konden staan zonder zich ergens druk om te maken, zelfs niet om de vissen. Hij deed de deur open en zag dat Sofia in het donker in de gang stond en door het sleutelgat van de afgesloten kamer tuurde.

'Wat doe je?' vroeg hij.

'Moet je kijken,' zei ze.

'Nu even niet, Sofia, ik ben doodop.'

'Toe nou! Alsjeblieft! Je móét het echt zien.'

Roberto zuchtte, legde zijn handen op zijn knieën, boog zich voorover en sloot zijn rechteroog om met zijn linker te kunnen kijken. Even later duwde hij zijn voorhoofd tegen het sleutelgat om nog beter te kunnen zien. Inderdaad, er was daar iets. Sofia had het de eerste nacht ontdekt: ze was opgestaan om naar de wc te gaan, en er was geluid uit de afgesloten kamer gekomen.

'En dat zijn geesten volgens jou?' zei Roberto, zich weer oprichtend.

'Ja, wat anders?'

'Het kan zoveel zijn. Er is vast een verklaring voor.' Maar hij kon er geen bedenken. Hij boog zich opnieuw voorover om te kijken: in de kamer bewogen, nauwelijks waarneembaar, bleke, zachte vormen. Ze werden verlicht door een fletsgeel schijnsel. Hij herinnerde zich de huisbaas en de uitdrukking op diens gezicht toen hij daar naar binnen had gekeken. En toen de man het kort daarvoor over zijn moeder had gehad, had Roberto bedacht dat hij meer iets van een echtgenoot had dan van een zoon.

Hij liep naar de keuken en kwam terug met een mes met een afgeronde punt. Hij slaagde erin de deurkruk los te schroeven, en daarna ook het sleutelplaatje. Toen hij alles had losgeschroefd kwam hij tot de ontdekking dat het niets uithaalde. Het mechanisme zat natuurlijk binnenin. Hij was in staat om met zijn ogen dicht een technische tekening van een automotor te maken, maar niet om een stom slot open te krijgen.

'Heb je een haarspeld nodig?' vroeg Sofia.

Roberto overdacht alles nog eens rustig, haalde nog een paar messen en stak die tussen de deur en de vloer. Nu was er een paar millimeter ruimte, genoeg om hem op te krikken. Nog ietsje en zijn vingers konden ertussen. Hij was dol op werk waarbij brute kracht en intelligentie hand in hand gingen: hij wurmde zijn handen onder de deur, trok hem als een gewichtheffer omhoog, de hengsels kraakten en de deur viel plotseling met een doffe dreun op de grond.

'Jezus hé,' zei Sofia. Haar tastende hand vond een lichtknopje. Het was net of je het licht aandeed in een bioscoop, de mensen knipperen met hun ogen en de betovering verdwijnt op slag: haar geesten waren met lakens bedekte meubels. De luiken waren dicht maar de ramen stonden open, waarschijnlijk om wat frisse lucht binnen te laten. Hetgeen dan ook gebeurde: de lakens werden bewogen door een briesje en verlicht door het schijnsel van een straatlantaarn dat schuin door de luiken naar binnen viel. Dat was alles.

Sofia was zwaar ontgoocheld. Roberto daarentegen was aan het bedenken hoe hij de deur weer op zijn plek kon krijgen. Hij was bang dat hij iets kapot had gemaakt, maar als de hengsels nog in orde waren zou hij de deur er weer in moeten kunnen hangen, en dan maar hopen dat de huisbaas niets zou merken. Hij had die dag al genoeg gedoe aan zijn hoofd gehad. Maar hij vond het ook jammer voor

Sofia, hij vond het naar haar zo teleurgesteld te zien, dus pakte hij de rand van een laken, gaf er een ruk aan en riep op veilingmeestertoon: 'Voilà! Een verrukkelijk jarenzestigbankje!' Sofia lachte. Daar ging nog een laken, en daarna nog eentje, en: 'Voilà! Twee prachtige bijpassende fauteuiltjes.' Stuk voor stuk onthulden ze het gehele salonameublement: een laag mahoniehouten tafeltje, de pronkkast voor het kristalwerk, het hoekkastje met de flessen drank, de door twee grote wortelhouten boxen geflankeerde platenspeler. Er stond een hele verzameling gouwe ouwen: Edith Piaf, Domenico Modugno, Frank Sinatra, Duke Ellington en Ella Fitzgerald. In sommige flessen in de hoekkast kwijnde nog een bodempje. Eentje was amarantrood, een soort dikke siroop.

'Frambozensap,' zei Sofia, eraan ruikend.

'Zwarte bessen,' corrigeerde Roberto haar. 'Crème de cassis.'

Hij koos een plaat uit en legde hem op de draaitafel. Daarna ging hij naar de keuken en ontkurkte de fles prosecco die hij had gekocht. In één glas goot hij een scheutje crème de cassis en een hele hoop water, en in het andere wat crème de cassis en prosecco. Hij kon het niet weten, maar er restten hem niet veel feesten waar hij zou kunnen proosten: onder in zijn maag was de opstandige cel erin geslaagd zich te reproduceren, zodat het er niet langer een was, maar twee; twee samenzweerders die zich opmaakten er vier te worden.

'Mademoiselle, et voilà votre Kir Royal,' zei hij, ook al was de Kir Royal voor hem. Hij schoof een fauteuiltje naar achteren, als was hij de maître van een groot hotel, en liet zijn dochter plaatsnemen. Sofia ging zitten, helemaal trots, Edith Piaf zette 'Les amants d'un jour' in. Door het raam dreef een heerlijke boslucht naar binnen, zijn drankje was precies koud genoeg en de volle, zoete smaak van de crème de cassis liet zich goed combineren met de zurige prosecco, haalde de scherpe kantjes ervan af en verschafte hem wat body. Roberto, die net was begonnen te sterven, moest bekennen dat hij een eenvoudig man was te midden van ingewikkelde vrouwen: hij had bijzonder weinig nodig om zich goed te voelen. Nadat hij zijn glas had neergezet, streek hij met zijn hand over het blad van het tafeltje. Het mahoniehout was glad en glansde alsof het net in de was was gezet.

Wat bewaard moet worden

Toen allang niemand meer aan haar dacht, liet Rossana Muratore haar kelder onderlopen. Donker en statig reed de brandweerauto met zwijgende sirenes langs de junituinen van Lagobello, lokte de moeders van het complex naar de ramen en trok als onplezierig aandenken twee diepe voren in het jonge gras. Rossana stond voor het tuinhek te wachten. Ze had zich al tijden niet meer in het daglicht vertoond, maar wekte niet de indruk gek te zijn. Ze had haar lange haar in een staart gebonden en droeg de kaplaarzen en de geruite bloes waarin ze vroeger altijd in de tuin werkte. In die mannenkleding leek ze, met haar smalle heupen en haar glanzende kastanjebruine haar, wel gestopt met ouder worden. De brandmeester volgde haar naar binnen en de andere vier brandweerlieden stapten uit de auto om de vervallen eengezinswoning te inspecteren: de luiken waren dicht, het gras was dun en vergeeld, het hondenhok onbewoond en de van de boom gevallen kersen lagen te rotten op de grond. Ze liepen om het huis heen en verzamelden zich rond een raampje van het souterrain. Een van hen ging terug om de slangen uit te rollen en de pomp aan te sluiten. Ze lieten hem naar beneden zakken, en na niet al te lange tijd gutste er uit een van de slangen een flinke stroom water die over het weggetje liep, in de gazons wegvloeide, de putdeksels verstopte en een plas vormde die zienderogen groter werd.

Toen de moeder van Bruno de brandweerlieden hoorde vertrekken, keek ze nogmaals uit het raam. Nu had Rossana Muratore de mouwen van haar bloes opgestroopt en liep ze tussen de kelder en de tuin op en neer met steeds weer nieuwe spullen, zodat die in de zon konden drogen. In Lagobello noemden de volwassenen haar nog altijd 'mevrouw Muratore', hoewel meneer Muratore al jaren daarvoor gestorven was aan maagkanker, en de kinderen noemden haar 'de moeder van Sofia', ook al had Sofia al veel eerder dan haar vader het huis verlaten. Het was helemaal niet zo raar dat haar dat allemaal overkomen was. Zelfs de paar mensen die haar ooit Rossana hadden genoemd, vergaven haar twee dingen niet: ze was niet in staat geweest haar dochter behoorlijk op te voeden, en ook niet om voor haar man te zorgen. Zelfs nu lag er een soort berusting in de manier waarop ze de schade van de overstroming het hoofd bood. Ze sleepte twee gecapitonneerde stoelen naar buiten, en een volkomen doorweekt wollen matras dat zo te zien loodzwaar was. Een enorme doos begaf het halverwege, zodat er een berg doorweekte en onleesbaar geworden boeken in het gras terechtkwam. Rossana keek er verslagen naar. Bruno's moeder, die Italiaans had gegeven op een middelbare school, kon het niet langer aanzien en besloot haar zoon te roepen en hem te vragen een handje te gaan helpen.

Bruno lag nog in bed, maar sliep niet. Hij lag onder de lakens aan Gael te denken, zijn Franse vriendinnetje, en aan zijn vrienden uit de Croix Rousse. Hij had een jaar in Lyon gestudeerd en had het gevoel dat hij er allerlei dingen had geleerd en dat er allerlei dingen in zijn leven waren veranderd – maar nu was het schooljaar afgelopen; hij was teruggekeerd naar het gat Lagobello, en dat gevoel was snel aan het wegebben. Op de dag waarop hij uit de trein was gestapt, met zijn spijkerbroek in zijn kistjes, de geur van Gael overal om hem heen en het Italiaans dat uit de speakers kwam en hem als een vreemde taal in de oren klonk, had hij niet gedacht dat hij zó snel weer zou wennen. Maar zij had het voorspeld. Gael had hem gewaarschuwd voor de gevaren van het teruggaan. Nu al had hij het gevoel dat Lyon, de trappen in de oude wijk, het lichaam van het meisje en zijn eigen lichaam dat hij tegelijk met het hare had ontdekt, dingen uit een droom waren, en er waren allerlei ingewikkelde rituelen voor nodig om ze weer terug te halen: de avond tevoren was Bruno in de garage in zijn vaders auto gaan zitten om op de autoradio naar Noir Désir te luisteren, Franse sigaretten te roken en grimmige blikken in het achteruitkijkspiegeltje te werpen. Onder het logo van zijn Gauloises stond: *Liberté Toujours*. Het was alsof je probeerde fijn zand in je hand te houden en het korrel na korrel weg zag glijden.

De deurkruk ging naar beneden. Het hoofd van zijn moeder verscheen om de hoek en zei: 'Goedemorgen. Ben je wakker?' Ze behandelde hem de laatste tijd met een soort omzichtige beleefdheid. Twee weken eerder, op het station, was ze geschrokken toen ze hem zag, en nu probeerde ze te begrijpen wie er in haar zoons plaats was teruggekomen.

'Zou je misschien willen kloppen?' zei Bruno. 'Je weet maar nooit.'

Zijn moeder negeerde de toespeling op zijn privacy. Ze zag dat hij onder de lakens naakt was: nog zo'n slechte gewoonte die hij in Lyon had aangenomen. Elke dag ontdekte ze weer iets nieuws.

'Het is negen uur,' zei ze.

'Fijn om te weten,' antwoordde Bruno.

'Er is koffie. En als je opstaat zou ik je om een gunst willen vragen. Je wilt je moeder toch nog wel een plezier doen?'

***

Andere moeders hadden hetzelfde idee gehad en er was even rondgebeld, en dus stonden ze even later met z'n zessen bij huize Muratore. Allemaal jongens tussen de veertien en de achttien: de bloem van de jeugd van Lagobello, in de zomervakantie. Ze stonden voor het hek binnensmonds te vloeken en schoffelden het grind met hun schoenzolen.

'Wat aardig,' zei Sofia's moeder. 'Ik heb er een zooitje van gemaakt, kom verder, kom verder.'

Binnen in huis was het koel en donker. Het water was vanaf de eerste verdieping omlaaggekomen, had de woonkamer blank gezet en had zich vervolgens een weg gebaand naar het souterrain. Er lagen dweilen en kranten op de vloer, maar de ware ramp had zich beneden voltrokken, en niets van wat er in de kelder stond was eraan ontsnapt. Aan een stapel dozen die tot op meer dan een meter van de grond donker gekleurd was zag je tot waar het water 's nachts was gestegen. Op de grond dreven woonmagazines en tuinbladen in twee centimeter modder. Alles moest eruit.

De jongens overlegden en besloten een menselijke keten te vormen. Bruno kreeg de slechtste plek in de rij toebedeeld, schouder aan schouder met Sofia's moeder, omdat hij naast haar woonde en haar waarschijnlijk wel een beetje kende.

'Gebruik deze maar,' zei ze en reikte hem een paar gele werkhandschoenen aan. 'Jij bent toch Riccardo?'

'Nee mevrouw, ik ben Bruno. U bent in de war met mijn broer.'

'O god, dat is waar. Wat lijken jullie ontzettend op elkaar.'

'Klopt,' zei hij. Hij keek naar een stel planken die in een hoek stonden, de deuren en zijpanelen van een gedemonteerde kast. Ondanks de ventilatieroosters hing er een bedompte lucht van schimmel en verrot hout.

'En je moeder, geeft die nog les?'

'Ze is sinds twee jaar met pensioen,' antwoordde Bruno, terwijl hij de handschoenen tussen zijn vingers nog even extra aanduwde. 'Maar iedereen ziet haar nog steeds als "de lerares". Ik zie volwassen mannen soms wegduiken als ze haar in het vizier krijgen, ze zitten in één klap weer in de schoolbanken.'

Het was een grapje dat Bruno vaak maakte, maar Sofia's moeder lachte niet. Ze was alweer elders met haar gedachten. Toen ze aan het werk gingen, leek ze tegelijkertijd gefocust en verstrooid: ze koos een voorwerp en nam met een geconcentreerde blik de schade op – het maakte niet uit of het iets antiquarisch was of oude rommel – en daarna zei ze tegen Bruno: 'Dit wil ik houden', of: 'Dit kan wel weg.' Vervolgens pakte Bruno het op, klom de trap op tot halverwege en gaf het door aan de volgende jongen in de rij, die het weer doorgaf aan degene na hem. Tijdens het traject werd de opdracht teruggebracht tot de kern: houden of weggooien. Houden, houden, houden, hoorde je. Weggooien, weggooien, weggooien. Een buggy: weggooien. Zo'n stokoude computer met een toetsenbord en een scherm die één geheel vormden: houden. Er zat geen enkele logica in. Aan het eind van het traject, in de tuin, legde de laatste jongen de spullen die ze wilde houden in de zon te drogen, langs de muur van het huis, en stapelde de spullen die weg moesten op naast het hek, waar de vuilnisdienst ze zou komen ophalen.

Voor de andere jongens was het een spel, maar Bruno had het idee dat hij een kerk leeghaalde.

'Ik had dit al heel lang geleden moeten doen,' zei Sofia's moeder. 'Maar ik kon me er nooit toe zetten. Dat komt door degenen die er niet meer zijn, snap je? Zelfs de stomste dingen, ook die stoel daar, krijgen een waarde die ze eerst niet hadden.'

'Ik begrijp het helemaal,' zei Bruno en tilde een rieten tuinstoel op.

'Echt? Ik geloof er niks van. Die houden we, die is nog goed.'

Bruno bleef staan. 'U denkt dat ik het niet kan begrijpen omdat ik te jong ben,' zei hij. 'Maar ik weet ook hoe je je voelt als je iemand mist.'

'O ja?' zei Sofia's moeder. Ze nam hem nieuwsgierig op.

Toen snapte ze hoe de vork in de steel zat. 'O,' zei ze. 'Sorry. Je bent verliefd. Het is fijn om verliefd te zijn. En wie is de gelukkige?'

'Ze heet Gael,' zei Bruno terwijl hij de trap op liep. 'Ze woont in Lyon.'

Toen hij weer beneden kwam, keek Sofia's moeder hem aan, met haar handen in haar zij en een olijke blik in haar ogen.

'Gael,' zei ze. 'Goh, wat een prachtige naam. Het is vast lastig om zo te heten.'

'Hoe bedoelt u?'

'Ik bedoel dat je erg mooi moet zijn om je zo'n naam te kunnen veroorloven. Of een sterke persoonlijkheid moet hebben. Is jouw vriendin mooi of sterk?'

Bruno dacht erover na. Je kon Gaels grootste pluspunt niet echt schoonheid of kracht noemen. Zij keek meer vooruit dan hij en zag de dingen duidelijker. Ze kon ingewikkelde gevoelens uitleggen, en hem dingen van zichzelf laten zien waar hij alleen maar een vermoeden van had. Soms waren dat vernederende waarheden. 'Ze is mooi,' antwoordde hij. 'Maar ze is vooral wijs.'

'Je bent diplomatiek,' zei Sofia's moeder, die inmiddels op de grond gehurkt zat. In de tijd die hij nodig had gehad om erover na te denken had zij haar belangstelling voor het gesprek verloren. Ze deed een hutkoffer vol speelgoed open. 'O god,' zei ze. 'Waar komen jullie nou vandaan?'

Boven werkten ze snel en hadden ze vaak lange tijd niets te doen. Halverwege de menselijke keten stond Andrea Carestia, de nieuwe leider van de vriendenclub: hij begon zich te vervelen en probeerde wat leven in de brouwerij te brengen. Hij kreeg een indianen- en een cowboypak doorgegeven, compleet met sheriffster, pijlen met zuignap en de hele rest. De opdracht was houden, maar hij bekeek het met de deskundige blik van een speelgoedverzamelaar, schudde zijn hoofd en zei: 'Weggooien.' De andere jongens barstten in lachen uit. Ze besloten Sofia's moeder van een hoop nutteloze ballast af te helpen. Ze gooiden de rails van de elektrische trein weg, de zeilboot met radiografische besturing, twee half verkoolde rubberen dinosaurussen, een robot met maar één arm die om een waardige begrafenis smeekte. Er zat niet één pop tussen. Ze wisten allemaal dat Sofia een jongensmeisje was geweest: ze kenden haar uit de verhalen van hun oudere broers – legendarisch geworden nadat Sofia op haar zestiende met slaappillen een zelfmoordpoging had gedaan en zo, in een ambulance met loeiende sirene, een glorieuze aftocht uit Lagobello had bewerkstelligd. Ze was er niet meer teruggekeerd. Tien jaar daarna was dat huis ook voor degenen die haar nooit hadden gekend nog steeds 'het huis van Sofia', en ook kon iedereen 'de boom van Sofia' aanwijzen op de heuvel die uitkeek over het meer. Tussen de takken bevond zich de beroemdste boomhut van het complex. Er werd gezegd dat Sofia, als ze niet met iedereen ruziemaakte, met iedereen naar bed ging.

Op een gegeven moment was het speelgoed op en kwamen de schilderijen, en toen was het uit met de pret. Het waren grote, onherstelbaar beschadigde aquarellen zonder lijst. Moeilijk te zeggen wat ze hadden voorgesteld. De verf op de doeken was helemaal uitgelopen en gaf af aan je handen. Er kwamen er tientallen voorbij en de opdracht was steeds dezelfde. Weggooien, weggooien, weggooien.

'Wie heeft al die schilderijen gemaakt?' vroeg Bruno, beneden in de buik van het huis.

'Ondergetekende,' zei Sofia's moeder.
'U? Echt, mevrouw Muratore?'
'Nee, niet mevrouw Muratore. Niet deze treurige vrouw die je hier ziet, maar een veel vrolijker, jonger exemplaar. Gooi deze ook maar weg alsjeblieft, Riccardo.'
Bruno kon zich haar inderdaad nog goed herinneren. Het was een beeld uit zijn kindertijd: Sofia's moeder in de tuin, met een strooien hoed op en een doek op de ezel. Ze liep op blote voeten en had blosjes op haar wangen. Indertijd leek ze alleen maar een excentrieke vrouw met een te klaterende lach en een obsessie met tuinieren: jaren later had ze een jerrycan met benzine over haar beroemde rozen leeggegoten om ze voorgoed uit te roeien.
'Mag ik u iets vragen, mevrouw Muratore?'
'Ja hoor.'
'Is dit huis niet een beetje groot voor u alleen?'
'Een beetje wel. Maar ik gebruik niet alle kamers.'
'Ik bedoel, hebt u er nooit over gedacht het te verkopen? En misschien ergens anders te gaan wonen?'
Sofia's moeder keek hem opnieuw aan, op een manier die hem het gevoel gaf dat hij doorzichtig was. Maar hij kwam er niet achter of ze probeerde zijn gedachten te lezen of dat ze door hem heen keek naar iets onbestemds achter hem.
'Ik heb er wel over gedacht,' antwoordde ze. 'Maar ik zei tegen mezelf: en als ze nou terugkomt en ik ben er niet, wat dan?'
'Hè?' zei Bruno.
'Er moet toch iemand hier zijn?'
Bruno wist niet wat hij moest zeggen. Hij bedacht dat hij haar maar beter gelijk kon geven. Toen Sofia's moeder zag hoe verbouwereerd hij was, barstte ze in lachen uit.

'Ach ja,' zei ze. 'Je hebt gelijk. Misschien is er gewoon wat meer moed voor nodig.'

Het werk was bijna gedaan toen een schakel in de keten het begaf. Andrea Carestia had zijn post verlaten om een kijkje op de eerste verdieping te nemen. Hij wierp een blik in de badkamer, in het berghok, in de slaapkamer van Sofia's moeder, en ten slotte opende hij de laatste deur van de gang en deed het licht aan. En zo konden de dag daarop alle jongens uit Lagobello Sofia's kamer beschrijven alsof ze die met eigen ogen hadden gezien. Het was net zo'n kamertje als het hunne, in zijn geheel aangeschaft bij een of andere meubelketen, de kant-en-klare kinderkamer van gecoat multiplex die een klerenkast, een bureau, een ladeblok, een boekenkast en twee identieke eenpersoonsbedden bevatte, hoewel Sofia enig kind was en het volstrekt onduidelijk was voor wie het tweede bed bestemd was. Alleen uit het feit dat de kamer opgeruimd en schoon was bleek dat hij niet werd gebruikt. Voor het overige was er sinds die dag tien jaar daarvoor niets veranderd: de schoolschriften lagen in stapels op tafel, de pennen stonden in een koffiemok, de prullenbak was leeg. Op de kastdeuren zaten stickers van metal- en punkbands. Naast de stereo-installatie stond een enorme rij platen in datzelfde genre, van klassiekers van Deep Purple, Black Sabbath, Cream, The Scorpions, de Sex Pistols en The Clash tot een reeks namen waar Andrea Carestia nog nooit van had gehoord. Hij herkende de poster van Sid Vicious met het hangslot om zijn nek, zijn naar alle kanten uitstaande haar en zijn melancholieke verslaafdengrijns. Het kwam niet bij hem op een blik op de boeken te werpen. Maar hij rommelde wel in de laden en kon tegenover de jongens het andere verhaal bevestigen dat over Sofia de ronde deed: ze droeg alleen zwart ondergoed. Daarna ging hij op een van de twee bedden zitten om de foto's te bekijken. Ze zaten met magneetjes aan een metalen strip op de muur vast, tussen concertkaartjes en flyers. Op de foto's had Sofia nog het meest weg van een broodmagere, boze Natalie Portman: een leren jack over een singlet, een halsband met sierspijkers, een sigaret in haar mondhoek gekleefd, haar oren vol piercings, op haar wangen een A met een cirkel eromheen, in viltstift. Haar haar zat steeds anders. Geblondeerd, vuurrood, in een hanenkam. Afgezien van de hond die hier en daar opdook, stond er nooit iemand anders op. Geen vriendinnen, vrienden, neven of nichten, klasgenoten, buren, vriendjes. Iemand moest toch door de lens naar haar hebben gekeken, maar op die foto's was Sofia altijd alleen.

Andrea Carestia hoorde dat ze hem beneden riepen. Voordat hij terugging strekte hij zich uit op het bed, zijn handen achter zijn hoofd, om te zien hoe het voelde om een meisje van zestien te zijn. Hij ontdekte iets wat niemand zou hebben vermoed: het plafond van de kamer zat vol lichtgevende sterretjes. Ze waren op zo'n manier opgeplakt dat ze melkwegstelsels en sterrenbeelden vormden. Hij vroeg zich af of het een kaart van het hemelgewelf was of een verzonnen hemel, maar hij wist niets van astronomie. Hij had dat plafond graag eens 's nachts gezien.

Toen hij weer beneden kwam liepen de anderen net naar buiten, en hij volgde hen de tuin in. Ze gingen er haastig vandoor, na de uitnodiging van Sofia's moeder, die voor hen allemaal spaghetti wilde maken, te hebben afgeslagen.

'Riccardo,' zei ze. 'Kom me nog eens opzoeken als je zin hebt.'

'Goed,' zei Bruno, in de wetenschap dat hij loog.
'Willen jullie echt niks drinken? Ik heb geloof ik nog ijsthee.'
'Nee, hoeft niet, mevrouw, dank u wel.'
'Nou, ga dan maar,' zei Sofia's moeder en wuifde met haar hand voor haar gezicht alsof ze een vlinder wegjoeg.

Toen zijn vader die avond thuiskwam, was Bruno bijna klaar met een brief aan Gael. Hij had haar alles verteld over de uren die hij in de kelder had doorgebracht. Hij had beschreven hoe die eruitzag en hoe het er rook, had verteld over zijn doorweekte voeten in het vieze water, over het licht dat schuin door het raampje naar binnen viel, over de spullen die van Sofia waren geweest, en over die van meneer Muratore, en over de manier waarop Sofia's moeder ernaar keek, alsof ze het verhaal las dat erin besloten lag. Hij had het gevoel dat hij iets had meegemaakt wat belangrijk was voor hen beiden, maar het kostte hem moeite er de vinger op te leggen. Zoals zo vaak had hij niet genoeg aan woorden. Hij bedacht dat Gael er in zijn plaats lering uit zou hebben getrokken, maar hij kon niet meer doen dan de feiten zo getrouw mogelijk weergeven. Toen hij de brief overlas had hij het idee dat die niet meer dan een eindeloze opsomming was.

'Bruno?' riep zijn vader door de deur. 'Ben je daar?'
'Hoi, pap.'
'Is het waar dat je je daar al sinds vanochtend hebt verschanst?'
'O ja? Zou best kunnen.'
'Bedenk wel dat de vijand je ziet. Hij volgt alles wat je doet. Binnenkort heb je geen zuurstof meer, je kunt je maar beter overgeven.'

'Welnee,' zei Bruno, onwillekeurig glimlachend. 'Ik hou het nog wel even vol, maak je geen zorgen.'

Hij legde zijn pen op het papier en keek uit het raam. Van bovenaf gezien leek de tuin van Sofia's moeder net een vlooienmarkt. De dingen die ze wilde houden lagen uitgestald langs het huis, alsof ze naar buiten waren gestulpt. Sofia's moeder was nog bezig: ze wroette in de berg spullen die weg moesten, en eerst dacht Bruno dat ze spijt had gekregen en alles toch wilde houden, maar toen zag hij dat het haar om de schilderijen te doen was. Ze viste er steeds op goed geluk eentje uit, bestudeerde het, draaide het rond en droeg het vervolgens terug de tuin in. Sommige lagen met de beschilderde kant naar boven in het gras, andere had ze tegen de stam van de kersenboom of tegen de schutting gezet.

'Zeg,' zei Bruno's vader, 'heb je zin om samen de stad in te gaan? Een biertje drinken en dan ergens een hapje eten?'

Hij vroeg het heel lief, maar Bruno waardeerde het vooral dat hij buiten in de gang bleef staan.

'Ja, daar heb ik best zin in,' antwoordde hij.

'Jij kan wel rijden, dan doe je een beetje ervaring op.'

'Dank je. Oké.'

'Ik wacht beneden op je, goed?'

'Ik kom eraan,' zei Bruno. Maar hij verroerde zich niet.

Ook zijn vader talmde in de gang: misschien had hij zijn oor tegen de deur gelegd, misschien was er nog iets wat hij wilde vragen. Maar hij zag ervan af en zijn voetstappen verwijderden zich in de richting van de trap, en Bruno keek naar de rozen van Sofia's moeder die weer waren gaan bloeien.

Brooklyn Sailor Blues

Voor mij persoonlijk was Sofia Muratore, toen ik haar voor het eerst zag, geen meisje maar een handvol uiteenspattende kleuren op het scherm van het tv-toestel dat onze huisbaas in Brooklyn ons net had gegeven omdat het oude kapot was gegaan. Juri en ik noemden het de psychedelische tv. De video was opgenomen in zo'n typisch postindustrieel café in New York: een pakhuis in Chelsea, in Williamsburg, of god weet waar. Juri's camera gleed langs verhitte gezichten en woest bewegende lichamen, langs als tafeltjes dienende olievaten, twee meter lange aan de muur opgehangen propellers, ijzeren loopbruggen, en kreeg ten slotte een serveerster in het vizier en bleef bij haar hangen. Een schriel postuur, een gezicht dat je ook al eens ergens anders gezien kon hebben. Ze droeg een zwart schort en had een matrozenpet op. Juri volgde haar terwijl ze heen en weer liep tussen de tafeltjes en de bar, zich een weg baande door het concertpubliek, achter een betonnen paal verdween en weer tevoorschijn kwam uit de keuken, zodat het ten slotte leek of het niet de serveerster was die zich door de menigte bewoog, maar andersom: ze was als een plank in een woelige zee en deinde op en neer op de golven, verdween onder water en dook weer op, niet in het minst onder de indruk van de rondom haar razende storm.

In de volgende scène stond het meisje in haar eentje buiten, achter het café. Haar profiel tekende zich af tegen het wc-raampje en ze rookte een sigaret. De bas en de drums dreunden op de achtergrond, en nu bleek dat we ons aan de Brooklynkant van de rivier bevonden: aan deze kant de schoorsteenpijpen van de suikerfabriek, aan de andere kant de wolkenkrabbers van Midtown Manhattan. Het achterterrein was omheind door een hek; in een van de hoeken lag een berg volle vuilniszakken en overal lagen resten vieze sneeuw. Zij stond tegen de muur geleund te roken, haar gezicht naar het licht van de dienstingang gekeerd. Nu leek ze niet meer op een eenvoudige serveerster. Ze stond daar helemaal alleen naar de rivier te kijken, met die matrozenpet op en haar armen over elkaar, strak tegen haar lichaam geklemd vanwege de kou, alsof ze het laatste meisje op aarde was. Er kwam een Mexicaanse keukenhulp naar buiten: hij zei iets en zij stak haar hand onder haar schort, haalde een sigaret tevoorschijn en hield de jongen de hare voor zodat hij die kon aansteken. Die onverwachte intimiteit verraste hem, en hij begon druk te praten en al gesticulerend een of ander verhaal te vertellen, waardoor de serveerster in de lach schoot, totdat de deur weer openging en iemand haar naar binnen riep. Ze nam een laatste trekje en gaf haar sigaret aan de jongen. Hij bleef een beetje beteuterd staan met die twee half opgerookte sigaretten in zijn hand, daarna drukte hij er eentje tegen zijn schoenzool uit en stopte hem in zijn zak, voor later.

In de derde scène zag je de serveerster in close-up, ze keek in de camera en het was heel laat. Dat viel op te maken uit de stilte, en uit het feit dat ze geen werkkleding meer droeg maar een dikke jas en een soort berenmuts. Ze stond onder een straatlantaarn, enigszins op haar hoede maar ook gefascineerd door de persoon die tegenover haar stond. Juri vroeg iets en zij antwoordde. Er was iets vreemds aan de manier waarop ze strak in de lens keek. Na een tijdje merkte je dat de stand van haar linkeroog miniem afweek van die van haar rechteroog, en dan kon je je blik er niet meer van afhouden.

Ze zei: 'Sofia Muratore.'

'Zevenentwintig. Maar ik voel me wel duizend.'

'Nu een jaar, ongeveer. Het is nu net een jaar. Ik kwam voor een week, daarna dacht ik, ik blijf zolang mijn visum geldig is, en nu ben ik er nog.'

'Serveerster. Of actrice. Ik had wel gitaar willen spelen en zingen, maar ik kan echt totaal geen wijs houden. Trouwens, wat is dat nou voor een vraag? Ik ben matroos.'

Op dat moment gaf de psychedelische tv de geest, als een oude radio waarvan het signaal stoort; het beeld werd grijs en ten slotte helemaal groen. Juri begon van louter vreugde tegen een kussen te stompen. Hij zei: 'Heb je d'r gezien? Heb je d'r gezien, Pietro? Heb je d'r gezien?'

Wij tweeën waren pas drie maanden in New York. Op het moment dat Sofia Muratore, het jaar daarvoor, in de nieuwe wereld aan land ging, zocht Juri Ferrario tussen de ruïnes van de oude wereld, te weten in Joegoslavië, naar zijn geboortehuis en naar sporen van het aardse leven van zijn ouders. Hij had niets gevonden. Terug in Milaan had hij zich in zijn kamer opgesloten, alle vragen over zijn reis botweg negerend. Hij sleet zijn dagen met het kijken naar zwart-witfilms, blowde wat hij telefonisch kon scoren en at zo nu en dan wat sausloze pasta. Toen hij zich ten slotte weer vertoonde, was hij broodmager en volkomen van de wereld, maar hij had een grandioos plan voor zijn nabije toekomst: hij wilde naar New York. Naar de New York Film Academy. En omdat we samen waren opgegroeid, samen film hadden gestudeerd, huizen en plannen hadden gedeeld, en ons in dezelfde weinig florissante situatie bevonden, wilde hij dat ik meeging en het jaar in New York gebruikte om een roman te schrijven. Het klonk goed uit zijn mond, restte alleen het probleem van het geld. Juri berekende wat we nodig hadden en klopte daarna aan bij zijn adoptieouders, bij wie hij een in contanten omzetbaar affectief krediet had. De heer Ferrario was gul. Wat mijzelf betreft: ik zei altijd wel dat ik wilde schrijven, maar dat lag al jaren stil, ik vertaalde dialogen van Amerikaanse series en er was geen meisje in het spel, dus wat had ik te verliezen?

In Brooklyn huurden we een appartement op de tweede en tevens hoogste verdieping van een vrijstaand huis aan Columbia Street, op de grens met de havenwijk Red Hook. Juri vertrok van daaruit elke ochtend naar Manhattan, naar 14th Street, waar hij lessen en seminars volgde terwijl ik de omgeving verkende en op mijn dooie gemak een baantje zocht. Dat was in september 2004. De straat waar we woonden scheidde Carroll Gardens, een met huizen, mensen en winkels afgeladen Italiaanse wijk, van de eigenlijke haven, een mausoleum uit de vorige eeuw, met gesloten fabrieken, door zout aangevreten en door algen overwoekerde kades, en uitgestorven straten waar ratten de dienst uitmaakten. Op de kop van de pieren luisterden Mexicanen naar Latijns-Amerikaanse radiozenders, hielden hun bier koel in emmertjes water met ijs en visten, met uitzicht op het Vrijheidsbeeld, dat als een oude, vergeten belofte verloren midden in de baai stond, op grijsbruine roggen. Het was een onverwachte en ontroerende ontdekking geweest. Het licht in de stad had in mijn ogen dezelfde intensiteit als strijdliederen, als net beëindigde liefdesrelaties, als ruïnes na bombardementen waarin nog maar één verloren schilderij aan een muur hangt, of een familiefoto, te midden van de puinhopen. In de gaten in het asfalt van Columbia Street pulseerden de vroegere tramrails als onderhuidse aderen. Noordelijk leidde de straat heuvelopwaarts naar de chique dreven van Brooklyn Heights, vanwaar je de wolkenkrabbers van Wall Street kon zien, en stortte zich ten slotte omlaag om uit te komen bij de granieten brugpijlers. Zuidwaarts verdween hij tussen de huurkazernes in de richting van de naamloze buurten met Mexicanen, Dominicanen en Puerto Ricanen, de immense buik van Brooklyn die helemaal doorliep tot aan Coney Island, waar onze huisbaas woonde. Hij was een Oekraïense jood die handelde in alles, mits het zo versleten was dat hij het voor een habbekrats kon kopen en voor ietsje meer kon verkopen: hij droeg een keppeltje, maar zaterdag of geen zaterdag: elke eerste van de maand stond hij voor onze neus om de huur te innen en een fauteuil bij ons weg te kapen waar we dan een paar wiebelige stoelen voor terugkregen, of ons een met een hangslot afgesloten kist in bewaring te geven, of ons een totaal verkalkt koffiezetapparaat cadeau te doen, alsof het een prijs was voor zijn Italiaanse jongens. Aanvankelijk had de naam Juri een zekere achterdocht bij hem gewekt, nare herinneringen aan Rusland die hem ertoe aanzetten om nadere uitleg te vragen. Juri hield er niet van zijn verhaal te vertellen en bediende zich van een beproefde leugen: hij vertelde dat zijn ouders communisten waren en dat hij vernoemd was naar Gagarin, de Sovjetastronaut. Onze huisbaas vond het zeer vermakelijk. 'Communisten?' zei hij grinnikend, alsof het een woord was dat hij al eeuwen niet meer had gehoord. Hij doopte ons Pjotr en Gagarin en elke keer dat hij ons zag werd hij vrolijk.

Namen hadden in New York nog steeds dezelfde waarde als in de tijd dat ze aanduidden welk beroep je uitoefende, uit welk land je kwam of wie je vader was. Ze leidden tot opgetrokken wenkbrauwen en overhaaste conclusies. Na niet al te lange tijd vond ik voor vier uur per dag werk bij een boekhandel in Court Street; de eigenaar heette Salvatore Battaglia – Sal of Sally voor de andere winkeliers in de straat, maar ik noemde hem altijd meneer Battaglia. Hij was een derde generatie Italo-Amerikaan. Zijn grootouders waren in New York aangekomen met een oceaanstomer, met niets anders dan hun kinderen, en vodden aan hun lijf. Zijn ouders hadden hun moedertaal afgezworen en een restaurant geopend in Brooklyn. Hij had zich voorgenomen weer Italiaans te leren, en wel door klassiekers te lezen. Pirandello, Sciascia en Moravia. Enkele maanden daarvoor had hij zijn aandeel in het familierestaurant verkocht aan zijn broer, waarmee hij voorgoed van al zijn financiële problemen af was, met als gevolg dat hij voor de zakelijke kant van de boekhandel – een labyrint van dozen en afgeladen stellingen – geen enkele belangstelling meer kon opbrengen. Orde scheppen in die chaos werd mijn taak. Ik wist dat het onbegonnen werk was: vier uur per dag antiquarische boeken doorbladeren, de waarde ervan opzoeken in catalogi, de te verkopen boeken scheiden van de weg te gooien exemplaren, dat zou me jaren gaan kosten, en dat vond ik prima. Ik voelde me op mijn plek in dat hol vanwaaruit je zo New York binnenstapte. Gezeten aan een tafel vol papieren zat meneer Battaglia romans uit de vorige eeuw te lezen en hervond zo de woorden uit zijn kindertijd. Hij bladerde in het woordenboek en was blij met de constante stroom kleine ontdekkingen: stoomschip, trouwpartij, spoorwegen. Hij prevelde ze zacht voor zich uit, liet ze in zijn mond ronddraaien, alsof ze ergens naar smaakten, en sprak ze dan hardop uit zodat ik zijn uitspraak kon corrigeren. Ik had het vermoeden dat dat de eigenlijke reden was dat hij me had aangenomen. Toen mijn toeristenvisum verliep bezorgde hij me een werkvergunning voor twee jaar: we vierden het eerste contract van mijn leven met spaghetti en gehaktballen bij zijn broer Vincenzo.

In december sloot Juri het theoretische gedeelte van zijn studiejaar af en begon aan de voorbereiding van zijn examenfilm. Thuis had hij het nergens anders over. Tijdens die lange, donkere avonden discussieerde hij met me over de verhaallijn en de dialogen, maar vooral over boeken, platen, foto's, strips, al het materiaal dat hij in zijn hoofd had en dat in de film terecht zou komen, en ondertussen dronken we de Californische wijn die we om de hoek kochten.

'Ik wil Balkanmuziek gebruiken,' zei hij.
'In New York?'

'Waarom niet? Jazz is al door iedereen gebruikt.'

Volgens Juri was de stad waarin we ons bevonden een vergaarbak die niets had uit te staan met Amerika, noch met onze tijd. Een theaterpodium dat in een tuin veranderde als je het met bloemen versierde, of in een hemel als je er kartonnen wolken ophing. Als je *Hamlet* of de *Odyssee*, de *Goddelijke Komedie* of *Don Quichot* in New York kon draaien, zag hij niet in waarom je er niet ook een film over het beleg van Sarajevo kon maken. Ik herinnerde me die tijd nog precies. In 1992 zaten we in de vijfde van de middelbare school. Ik zag de foto's met de in brand staande huizen zó voor me, en de journalist die ons er in de klas over kwam vertellen. Juri had de bombardementen helemaal niet meegemaakt – ze hadden hem als kind al naar Italië gestuurd – maar hij had die oorlog beleefd op een manier die hij niet met mij kon delen. Ik wist niet hoe het voelde als je zag dat je geboortegrond naar de verdommenis werd geholpen en je landgenoten elkaar afslachtten.

'Wat vind je ervan?' vroeg hij.

'Maar hoe doe je dat dan met de bommen? En de tanks?'

'Daar heb je alleen het geluid voor nodig, toch? En bovendien: het is niet de oorlog zoals die er vanbuiten uitziet die me interesseert, maar het leven er binnenin. Net als in Troje, in Leningrad. Ik ben geïnteresseerd in de essentie van het belegerd-zijn.'

'Ik denk dat het een absurde film wordt,' zei ik. 'En dat je hem moet maken.'

We vierden Kerstmis in een Vietnamees restaurant op de Lower East Side. Met mijn ouders en het traditionele kerstdiner in Milaan in het achterhoofd bestelde ik meer dan ik ooit op zou kunnen. Juri daarentegen haatte tradities en het maakte hem niet uit of hij at of niet. Hij dacht hardop. Het was dus oorlogstijd in een door de vijand omsingelde stad, en in die stad bevond zich een meisje. Het meisje, dat was essentieel. Zij zou gevolgd worden. Ze zou alleen 's nachts de deur uit gaan. Ze zou tot aan haar nek in de shit zitten. En toch zou ze nog steeds een zeker vertrouwen in de mensheid hebben, zelfs een zekere mildheid. Ze zou een vrouw zijn van onze generatie: realistisch, met beide benen op de grond, vastbesloten meer te geloven in mensen dan in ideeën.

'Meteen antwoorden: aan welk boek doet het je denken?' vroeg Juri, zijn eetstokjes op me richtend.

'*Breakfast at Tiffany's*,' zei ik spontaan.

'Oké,' zei hij. 'Ik dacht aan Dostojevski.'

We barstten in lachen uit, bestelden nog een ijskoud biertje en kokendhete sake en Juri vertelde verder. Hij wilde filmen vanuit de hand. Zestien millimeter, zwart-wit. Hij wilde draaien in Brooklyn, of liever, aan het desolate waterfront van Brooklyn, een tientallen kilometers lange ontmantelde haven: Williamsburg, Dumbo, Red Hook. Er zou veel water in de film voorkomen, en Manhattan ook, maar altijd gezien vanaf onze kant van de rivier. Er zouden bruggen in voorkomen, maar niemand zou ze ooit oversteken, en aanlegsteigers van veerboten en perrons in de metro, geen vertrekpunten maar uitsluitend plekken waar afscheid werd genomen van vrienden. En zo zou Brooklyn verworden tot één grote claustrofobische, zelfvoorzienende gevangenis. Het zou de nacht zijn, waar Manhattan de dag was, de vrouw waar Manhattan de man was, en de duizenden lichtjes van New York zouden nog slechts een fata morgana zijn, een trillende spiegeling van het water.

'Krijg je een beeld?' vroeg hij.

Ik realiseerde me dat hij zich op een of andere mysterieuze manier, zittend in zijn leslokaal, bewust was geworden van het bestaan van de stad die ik op straat aan het ontdekken was.

'Ik zie het al helemaal voor me,' antwoordde ik.

De glimlach van Juri duurde te kort. Hij zei dat hij het verhaal duidelijk in zijn hoofd had, maar dat alleen zij nog ontbrak. Het meisje uit Sarajevo. Op de academie had hij verschillende screentests gehouden, zonder dat een van de actrices ook maar een flintertje interesse bij hem had gewekt. Ze hadden hard gestudeerd en weinig geleefd, en dat zag je: ze huilden, lachten, speelden allemaal als in een slechte Amerikaanse film. Maar nu had iemand hem verteld over een Italiaanse actrice en zou hij langsgaan in het café waar ze werkte. Hij hoopte dat het deze keer raak zou zijn.

'Hoe heet dat meisje van je?' vroeg ik terwijl ik de hete sake in de kommetjes schonk. Het was onze kersttoost.

'Laila,' antwoordde Juri. 'Laila uit Sarajevo.'

Op doorreis, dacht ik, denkend aan het briefje naast de bel van Holly Golightly. Ik hief mijn kommetje en tikte daarmee dat van mijn vriend aan.

'Op Laila,' zei ik. 'Je zult zien dat je haar vindt.'

Toen werd Laila gevonden, begonnen de opnames, en verdween Juri uit beeld. Dat was begin februari. Hij was van zes uur 's avonds tot vier uur 's ochtends op pad, kwam tegen zonsopgang thuis en liet zich op bed vallen, meteen als hij wakker was ging hij naar de academie om de volgende opnames voor te bereiden. Of hij kwam helemaal niet thuis. Mijn avonden werden plotseling erg stil, maar ik was blij voor hem: als ik eenzaam was dacht ik eraan hoe hij er het jaar daarvoor in Milaan aan toe was geweest, verschanst in zijn kamer, met de gele ogen van een verslaafde en dagenlang in dezelfde kleren. En bovendien: ik had een hele stad te verkennen. Mijn ochtenden waren gevuld met lange wandelingen, af en toe een bezoekje aan een café om te schuilen tegen de kou, en de boeken over de lokale geschiedenis die ik van meneer Battaglia kreeg. Vaak lunchte ik met hem. Hij wist alles van New York en was dol op vertellen: familieanekdotes of legendarische verhalen over onze buurt, over de gouden tijden van de Brooklyn Dodgers, over toen Al Capone achttien was en er op straat rondhing, over de dag waarop Frank Sinatra in het restaurant was komen eten en het net leek of de paus zelf op bezoek kwam. De grootvader van meneer Battaglia had als kok op de vijftigste verdieping van het Empire State Building gewerkt, een paar jaar nadat het gebouwd was. Aangezien hij uit de Apennijnen kwam, kende hij uitsluitend recepten op basis van kastanjes of paddenstoelen, maar in de restaurants van New York werden lamskoteletten gebakken. Niemand van hen had ooit toegegeven aan heimwee, en ook de liefde die meneer Battaglia voor Italië koesterde was geheel gestoeld op mythes – hij peinsde er niet over om ooit terug te gaan. Ik zat uren naar hem te luisteren. Op één middag kwamen er hoogstens twee, drie mensen de winkel binnen, verzamelaars die de stellingen doorsnuffelden en zelden iets kochten. Soms dacht ik aan Juri, hoe die met een camera op zijn schouder door Brooklyn zwierf, net als Truffaut door Parijs of als een jonge, onverschrokken Scorsese, terwijl ik op één plek zat, in gezelschap van de herinneringen van een oude man en tussen het stof van tweedehands boeken.

Op een ochtend kruisten we elkaar toevallig. Het was de tweede opnameweek en buiten was het nog donker: in de keuken opende hij een biertje, ik zette koffie. Hij wilde praten. We gingen aan tafel zitten en hij begon te vertellen over zijn problemen met de crew, over het tekort aan geld, over hoe moeilijk het was om altijd 's nachts te draaien, over die verdomde kou die alles ingewikkelder maakte. Gelukkig waren de buitenopnames bijna klaar. Hij sprak over de personages uit zijn film alsof het vrienden van hem waren: de Pakistaanse taxichauffeur, de kaartjesverkoper van de bioscoop, de oude dame met het hondje, de Nederlandse schilder, het rijke kleine meisje en haar poppen. Tot tweemaal toe vroeg ik hem naar de actrice. Ik had vaak teruggedacht aan die stiekeme opname, zij die verkleed als matroos rokend over de rivier stond uit te kijken en me de kwintessens van eenzaamheid en vrouwelijkheid had geleken. Maar Juri sneed een ander onderwerp aan. Toen hij een maand daarvoor nog hardop over het verhaal had gefantaseerd, had hij steeds dingen gezegd als 'Laila op de brug', 'Laila zittend op de brandtrap', 'Laila in de taxi als ze voor de eerste keer in de stad aankomt', maar nu leek het of Laila in rook was opgegaan. Ik vroeg hem voor de derde keer: 'En die actrice, hoe is die?'

Hij stak een sigaret op en keek me geïrriteerd aan, als een volwassene die van doen heeft met een kind dat maar blijft vragen. Hij zei dat hij het er liever niet over had. Hij had het gevoel dat hij het gevaar liep iets te verliezen als hij erover zou praten: want het proces dat zich aan het voltrekken was, was mysterieus, en woorden verschaften helderheid, en dit was niet het moment voor helderheid maar voor een totale onderdompeling in het mysterie.

'Snap je?' vroeg hij.

'Ja, natuurlijk! Natuurlijk snap ik dat.' Hij was in de huid gekropen van de gekwelde regisseur, het meest onuitstaanbare personage uit zijn repertoire.

'En jij?' vroeg hij. 'Gaat het goed met je? Wat doe je, schrijf je?'

Ik antwoordde dat het goed met me ging en dat ik niet schreef. Ik wandelde, las, werkte in de boekhandel, praatte met meneer Battaglia, kwam allerlei dingen over New York aan de weet die ik nog niet wist, kookte veel en keek veel uit het raam, maar ik schreef niet. Ik kon urenlang naar de binnentuin kijken. Ik verkeerde in een staat van afwachting, wist dat de woorden zouden komen, en intussen kon ik niets anders doen dan geduld oefenen en trachten gefocust te blijven. Ik had er vertrouwen in, het ging goed met me. Ik luisterde naar mijn stem terwijl ik het zei, om te horen hoe die klonk.

Buiten werd de hemel bleker, en Juri dronk zijn tweede biertje. Hij gaapte. Daarna stond hij op en legde een hand op mijn schouder. 'Je bent altijd zo kalm,' zei hij. 'Nooit begrepen hoe je dat doet.' Hij duwde zijn peuk in het lege flesje, schudde het even om hem te doven en ging slapen.

Een paar avonden daarna zaten ze ineens allemaal bij ons thuis. Ze waren in de buurt aan het draaien en het sneeuwde, dus Juri had ze uitgenodigd om boven bij ons op te warmen. De crew bestond uit negen man: ze deden hun jacks uit, hingen die over de radiatoren te drogen en openden wat biertjes, terwijl hij en zijn regieassistent zich in zijn slaapkamer opsloten om het schema te maken voor de dag daarop. Ik ging bij de crew zitten, versuft omdat ik zo plotseling was gewekt.

'Ben jij Pietro?' vroeg een jongen die vermoedelijk de geluidstechnicus was. Hij had een Spaans accent, een baard en lang haar. Ik gaapte en knikte, zei dat ik het leuk vond om hem te leren kennen en hij antwoordde: 'Over een week ben je vast niet meer zo blij. Dan haat je ons en kun je niet wachten tot je ons eruit kunt gooien.'

Ik snapte niet wat hij bedoelde totdat Juri de slaapkamer uit kwam. De regieassistent kondigde aan dat ze hadden afgesproken om het gedraaide materiaal de volgende dag op de academie te gaan bekijken, en dat de rest dan dus vrij was. Het bericht werd met gefluit en opgetogen gejoel begroet. Daarna zei hij dat ze de dag dáárop om acht uur precies hier bij ons moesten zijn, waar ze zouden beginnen met de binnenopnames. Hij sloot af met de woorden: 'En dan kunnen we nu ontspannen.'

Een van hen ging naar beneden om meer bier te kopen, een ander liet een joint rondgaan. Juri liep naar de actrice toe, zei iets tegen haar en ging op de grond aan haar voeten zitten. Zij zat in een hoekje van de doorgezakte bank die onze huisbaas aldoor beloofde te vervangen, wat hij echter nooit deed: ze glimlachte, streelde zijn haar en liet toe dat hij zich tussen haar knieën nestelde, en dat was het moment waarop ik snapte wat ik al veel eerder had moeten snappen. Zoveel fantasie was er niet voor nodig. Voor de jongens uit de crew sprak het voor zich dat ze samen waren, dat hadden ze al zo vaak zien gebeuren: ze kwamen uit hetzelfde land, waren even oud, en waren de regisseur en de hoofdrolspeelster. De film was iets tussen hen tweeën.

Door die openbaring was ik opeens klaarwakker. Het was de eerste keer dat ik Sofia Muratore in levenden lijve aanschouwde, en ik bestudeerde haar een tijdje. Ze weigerde bier, sprak weinig, was een eind bij de rest vandaan gaan zitten. Ze leek me niet iemand die gewend was dat er naar haar gekeken werd. Maar ik had meer acteurs gekend en wist dat er twee soorten bestonden: de acteur die na zijn werk doorgaat met acteren, die gesticuleert en harder praat dan nodig is, in elke ruimte het middelpunt vormt en de aandacht van anderen evenzeer nodig heeft als de lucht die hij inademt, en de acteur die zich in zichzelf terugtrekt en die, omdat hij al te veel bekeken is, het liefst zou verdwijnen. Toen lachten de jongens om een grap. Ook Juri lachte.

Op dat moment draaide ze zich naar me toe. Ik zat haar al een paar minuten vanaf de keukentafel te observeren: ik keek naar haar omdat ze de vriendin was van mijn beste vriend en omdat ik dat net had ontdekt; omdat ik niet kon besluiten of ik haar mooi vond of niet; omdat ze me die serveerster weer in herinnering bracht, aan de oever van de rivier, en het net leek of ik een geheim van haar kende, of ik haar al eens eerder had ontmoet. Sofia merkte het en keek me strak aan. Het was een blik die betekende: ik heb je gezien, wat wil je van me? Heel even keek ik haar in de ogen, en dat was als een inkijkje in een wereld waar ik geen weet van had. Om mezelf een houding te geven nam ik een slok bier en wendde me af, deed net of ik ook lachte, en toen ik me weer naar haar toe draaide keek ze niet meer naar me. Ze had me haar boodschap al gestuurd. Niet veel later ging ik naar mijn kamer.

Die nacht haalde ik het schrift tevoorschijn dat vier maanden in mijn koffer had liggen wachten. Ik sloeg het open op de eerste pagina en legde het op de vensterbank: mijn raam keek uit op Columbia Street, op de *deli* waar we ons bier en onze sigaretten kochten. Het was opgehouden met sneeuwen. Op de stoep voor de etalage liep een spoor van bevroren voetafdrukken, en ik kon de Indiase winkelbediende met zijn hoofd op de toonbank zien liggen slapen. Ik bracht mijn pen naar het papier en schreef: 'Het meisje loenste. En dan de manier waarop ze naar je mond keek als je praatte, alsof het een hels kabaal was om jullie heen en zij moest liplezen om je woorden te kunnen verstaan. Ze zag eruit als iemand die in gevaar verkeerde. Ze keek je aan en tegelijkertijd keek ze langs je heen. En dat was precies wat alle mannen zo trof, de eerste keer dat ze haar ontmoetten: je praatte met haar en zij keek naar je lippen alsof ze je van het ene op het andere moment om de hals kon vallen en erin kon bijten, en die beet je leven zou redden.'

Ik stond op en herlas wat ik had opgeschreven. Het was niets, maar het begin was er. Ik wist dat ik niet meer kon slapen, dus liep ik mijn kamer uit om koffie te zetten: er was niemand, alleen overal kussens en lege flessen, en een vage rooklucht. Ik zag dat Sofia's schoenen en haar jas nog op de radiator lagen. Juri's kamerdeur was dicht. Ik dacht aan ons huis in Milaan en aan die keren dat een van ons een meisje mee naar huis nam en een sok over zijn deurkruk hing om de ander duidelijk te maken dat hij hem niet moest storen. Ik zette het espressopotje op het vuur, ging voor het achterraam zitten, en terwijl ik naar het gepruttel luisterde, keek ik naar de donkere keukens en de met sneeuw bedekte binnentuinen.

Na die avond trok Sofia bij ons in. Ze werkten twaalf uur per dag en het was dus logisch dat ze niet ergens anders ging slapen. Na enige tijd belde ze de vriend met wie ze samenwoonde en vroeg hem haar lades leeg te halen en alles in een koffer te stoppen, en ik – die elke gelegenheid aangreep om het huis te kunnen verlaten – bood aan die te gaan ophalen. En zo kwam ik beetje bij beetje iets meer over haar te weten.

Het meisje in Juri's film haatte het om alleen te zijn. Laila was zo iemand voor wie de zin van het leven niet besloten ligt in wat je doet, maar in de mensen die je ontmoet. Als ze haar vroegen waar ze woonde in Brooklyn, antwoordde ze: 'Overal en nergens.' In het atelier van een schilder in Bushwick, in een studentenhuis in Fort Greene, in de eengezinswoning van een echtpaar in Park Slope op wier kinderen ze af en toe paste. Als ze zich verplaatste, nam ze niet meer mee dan er in een tas paste. De rest liet ze achter, in de lades en de kasten die ze tijdelijk bezette. Bij het echtpaar, waar veel ruimte was, lagen haar winterkleren. Bij de studentes haar boeken. Bij de schilder een paar laarzen, de hoeden waarmee ze voor hem had geposeerd, een avondjurk, en zo verder. Om die reden besteedde ze het merendeel van haar tijd aan teruggaan, spullen ophalen, adressen langsgaan, door de hele stad een dicht web van draden spinnend. Dat was Laila. Op een gegeven moment had ze een jong hondje uit het asiel gehaald, maar vervolgens had ze het weggegeven aan een bejaarde Ierse vrouw zodat het haar gezelschap kon houden, en soms ging ze op zondag helemaal naar Bay Bridge om die twee een bezoekje te brengen. Ze had het nummer van een Pakistaanse taxichauffeur die het geen probleem vond haar naar plekken te rijden waar anderen niet heen wilden. Als ze geen geld meer had waren er altijd wel een paar bars bereid haar een avond te laten werken, en verder stond ze model voor kunstenaars en was ze kinder- en hondenoppas. Haar leven zat propvol mensen, en haar spullen in andermans huizen vormden het tastbare gedeelte van die band, hielden een verbintenis en een belofte in. Buiten de grenzen van Brooklyn woedde een oorlog die je nooit te zien kreeg, en dat de wijk belegerd werd bleek uit de urgentie waarmee mensen elkaar opzochten, uit de intensiteit waarmee ze elkaar bij het afscheid nemen gedag zeiden. Het kon altijd de laatste keer zijn.

Het was een mooi verhaal, het verhaal dat mijn vriend Juri geschreven had. Het leek afkomstig uit de Franse cinema waar hij zo van hield. Zonder enige aanwijsbare reden, behalve dan wat de film suggereerde, had ik me in de metro naar Williamsburg het leven van Sofia ook zo voorgesteld. Ik was er dan ook totaal niet op voorbereid dat ik oog in oog kwam te staan met een gedumpt vriendje. Hij heette Nathan. Hij woonde in een zijstraat van Bedford Avenue. Hij was lang en fors en droeg een geruit hemd, volgens de houthakkersmode die in zijn wijk hoogtij vierde. Er is geen gevaarlijker man dan een gewonde minnaar, zelfs niet in een vrije stad als Brooklyn.

'Ben jij nou met 'r?' vroeg hij, me de koffer aanreikend.

'Nee,' zei ik.

'Ben je dan een vriend uit Italië?'

'Min of meer,' improviseerde ik. Ik bedacht dat de rol van jeugdvriend een veilige uitweg bood. Ik zei: 'Als kind waren we heel dik met elkaar. We hebben elkaar twintig jaar niet gezien, en van alle plekken waar we elkaar hadden kunnen tegenkomen werd het uitgerekend Brooklyn.'

'Iedereen komt elkaar in Brooklyn weer tegen,' zei hij met een treurige blik in zijn ogen.

Ik had me vergist, het was een zachtaardige jongen. Hij kwam uit Oregon. Staand in de deuropening zag hij inderhaast kans me te vertellen dat hij erover dacht om terug te gaan: hij was naar New York gekomen om als muzikant te werken maar hij gaf nu Engels op een school voor buitenlanders, en zijn hele loon ging op aan de huur. Hij kende Sofia nu bijna een jaar. Hij snapte nog steeds niet waarom het eigenlijk was uitgegaan.

'Weet je of ze met een ander is?' vroeg hij.

'Volgens mij niet,' antwoordde ik. Ik was er een meester in mensen te vertellen wat ze wilden horen.

'Zeg maar tegen haar dat ze terug kan komen wanneer ze wil. En dat ze me belt, oké?'

'Doe ik,' zei ik, en daarna schoot ik de trap af terwijl hij me vanaf de overloop nakeek. Dat soort verdriet is altijd slecht invoelbaar. Later vroeg Sofia me hoe het was gegaan, en ik antwoordde dat het precies zo was gegaan als ze had voorspeld: de koffer had klaargestaan in de hal, ik had de sleutels op tafel gelegd en had de deur achter me dichtgetrokken zonder iemand tegen te komen.

Er vormde zich een rimpel tussen haar ogen terwijl ze zich het tafereel voorstelde, maar na een paar tellen was die weer weg. De tijd die ze nodig had om afscheid te nemen. 'Des te beter,' zei ze, en zette een streep onder Nathan de houthakker en onder die episode uit haar leven.

En zo begonnen we een ménage à trois, als in een Franse film. Iedereen had de rampzalige afloop ervan kunnen voorzien. Maar wij hadden alle drie onze portie rampzalig al gehad, te weten de gezinnen waaruit we kwamen, normale gezinnen, bestaande uit een man, een vrouw en een kind, dus waarom zouden we niet iets nieuws proberen? Sofia had duidelijke opvattingen over samenwonen. Ze zei dat op piratenschepen als eerste alle scheidswanden werden weggehaald om korte metten te maken met hutten, privé-eigendommen en hiërarchieën. Ze verklaarde dat zij op de divan zou slapen en niet voor de vriendin van wie dan ook wilde doorgaan. Op de deur van de ijskast hing ze het boordreglement van Kapitein Roberts, een achttiende-eeuwse zeerover: *Iedere man heeft het recht naar behoeven de voorraden aan te spreken, tenzij het, in het belang van het algemeen, nodig is deze te rantsoeneren. Als een man in dat laatste geval steelt ten nadele van zijn kameraden, zullen hem als straf de neus en de oren worden afgesneden en zal hij op een onbewoond eiland worden achtergelaten.*

Dat was het enige waarover we overhooplagen. Juri at bijna alleen pasta, dus ik was vanaf het moment dat we een woning deelden altijd de kok geweest in huis, en de baas over de ijskast. En ik was toentertijd onverbiddelijk over hoe de ijskast georganiseerd diende te worden: ik haatte restjes, schimmel op de kaas, beurs fruit en verlepte groentes, geopende en half leeggegeten verpakkingen. Als ik een fles wijn ontkurkte, dronk ik die helemaal leeg, als ik kip met aardappels klaarmaakte, at ik alles helemaal op. Bij Sofia was dat precies omgekeerd: ze hield op zich wel van eten en bereidde dan ook met flair onbekende gerechten, maar het daadwerkelijke kauwen en doorslikken kostte haar moeite, alsof het voor haar iets onnatuurlijks was. Er bleef elke keer wel iets over. Ze kwam thuis met een half opgegeten broodje of een afhaalbakje van een restaurant, opende de ijskast, keek erin en verstijfde. Hij was schoon en opgeruimd, zoals ik het graag zag. Ze zei: 'Ik vind het doodeng, zo'n ijskast. Je moet oppassen, Pietro, dit is de ijskast van een gevaarlijke geest.'

Twee weken lang veranderde het huis in een filmset. Vroeg in de ochtend arriveerden de setbouwers, ze schoven met meubels en tilden deuren uit hun hengsels, legden in de huiskamer rails neer voor de dolly's, vloekten op scheve vloeren of op de stoppen die doorsloegen of de twee trappen die ze op moesten. Ondertussen herschreef Juri de scènes die die dag gedraaid zouden worden. Ik snapte niet wat er nog te schrijven viel; hij zei dat de film een heel eigen weg was ingeslagen en dat het absurd zou zijn naar het oude idee terug te keren, dat het veel beter was gewoon maar te kijken waar het naartoe ging. Het liep erop uit dat hij wilde dat er een steiger boven mijn bed werd gebouwd om Sofia van bovenaf in close-up te kunnen filmen terwijl ze lag te slapen. Hij liep aldoor rond in zijn onderbroek en ging bij haar in bad zitten om de badscène te draaien. Hij klom op het dak van het huis aan de overkant, terwijl alle Mexicaanse buren stonden toe te kijken, en draaide een long shot van Sofia die op de brandtrap zat te roken.

Hoe meer het einde in zicht kwam, hoe meer ze het erover hadden hoe dat eruit moest gaan zien. Andere actrices maakten er een punt van als ze naaktscènes moesten draaien, Sofia had er geen problemen mee zich uit te kleden, maar sterven, dat weigerde ze. En dat was het lot dat Juri voor Laila in gedachten had: doodgeschoten worden door een sluipschutter terwijl ze over straat holde, zoals Jean-Paul Belmondo in *À bout de souffle*. Maar volgens Sofia was dat een autoritaire manier om een verhaal te eindigen en klopte er ook niets van. Iemand die leefde kon niet weten hoe het was om te sterven, en op het moment dat hij het wist, was hij al dood: reden waarom geen enkele zichzelf respecterende acteur ermee zou instemmen een dergelijke scène te spelen.

'Iedere acteur heeft weleens een keer een dode gespeeld,' was Juri's verweer.

'Kan me geen bal schelen. Ik doe het niet. Ik kan vertrekken, verdwijnen. In slaap vallen. Laten we iets anders bedenken.'

Juri stemde ermee in het einde te veranderen. Maar het was niet uit liefde dat hij toeliet dat zij zich de film toe-eigende. Je hoefde maar naar de monitor te kijken en je snapte dat wat bezit van hem had genomen dermate onontkoombaar was dat hij zijn scenario terzijde had geschoven en had besloten te improviseren: voor het oog van de camera veranderde Sofia weer in de serveerster aan de rivieroever. Ze bewoog zich op film alsof dat het echte leven was en de rest namaak. Als de camera stopte ging ze in een hoekje zitten en sloot haar ogen. Als er weer gedraaid werd was het alsof er een stroomstoot door haar lichaam schoot. Een nerveus, getekend lichaam dat Juri niet hoefde te regisseren maar slechts hoefde te bespieden. Soms was de erotische spanning van die scènes zo sterk dat ik iedereen gedag zei en een blokje om ging.

's Avonds gingen we met z'n allen uit. We liepen tot aan de pieren, naar een tot pub omgebouwde vrachtschuit. Voor muziek was er een andere tent, vlak naast de tolpoort van de tunnel naar Manhattan: het Red Hook Folk Theatre. Een barretje direct na de ingang, een rood fluwelen gordijn dat toegang gaf tot het feitelijke theater. Bakstenen muren waaraan violen, banjo's en ukeleles hingen, bij kerken in de buurt weggekaapte banken en een plankenvloer waarop het publiek de maat meestampte. De muzikanten die er optraden, speelden overdag in de metro. Ze dronken bier uit jampotjes. Ze droegen tuinbroeken en legerjassen, hadden blonde of rode baarden en de meest uiteenlopende kapsels. Ze waren van onze leeftijd: je had met hen in één huis kunnen wonen, door een van hen bediend kunnen worden in een eettentje, of zij door jou, kunnen meemaken dat ze als een komeet omhoogschoten of van de ene op de andere dag van het toneel verdwenen, conform de wetten van die plek. Voordat ze van het podium afstapten herhaalden ze hun naam, groetten het publiek en zeiden: '*Remember me.*'

Ze waren er allemaal nog maar pas, net als wij. Er was een datum die diende als waterscheiding: degenen die er al lánger waren, waren in de rouw vanwege 11 september en mochten zich echte New Yorkers noemen. Vanaf de daken en vanaf de heuvels, vanaf willekeurig welk panoramisch punt langs het waterfront werden hun blikken nog steeds die kant uit getrokken, naar dat stuk lucht dat er eerst nog niet was. Wie die dagen had meegemaakt praatte er geëmotioneerd over. Zelfs meneer Battaglia, die nooit afweek van zijn gebruikelijke route – huis, boekhandel, restaurant –, vertelde dat hij na de ramp de behoefte had gevoeld om de straat op te gaan, met iemand te praten en die persoon in de ogen te kijken, om met wildvreemde mensen die hij tegenkwam fysiek contact te maken. Men schudde elkaar de hand, sloeg een arm om elkaars schouder. Het leek wel of het instorten van de torens iets over de stad der dromen had onthuld, er ineens voor had gezorgd dat men zich bewust was geworden van haar sterfelijke aard. New York had ontdekt dat het een lichaam had, en dat dat van vlees en bloed was, net als alle andere lichamen. De inwoners van de stad zeiden dat die daarna nooit meer dezelfde zou zijn. In dat *daarna* waren wij gearriveerd.

'Schrijf jij?' vroeg Sofia me op een keer. 'Wat dan?'
Ik antwoordde dat ik met net zo'n soort project bezig was als Juri. Dat ik het verhaal wilde vertellen over een meisje in New York. Maar dat ik anders was dan hij en het op mijn eigen manier moest doen.
'Hoe heet dat meisje?' vroeg Sofia. Om de een of andere reden was ze altijd heel erg geïnteresseerd in namen.
'Ik weet het niet,' zei ik. 'Voorlopig alleen nog maar *meisje*.'
'Nou, schrijf dan maar op,' zei ze. 'Dat meisje is samen met een man naar New York gekomen. Ze hebben elkaar op een feest leren kennen, zijn met elkaar naar bed gegaan, hebben besloten hun ontmoeting met iets doldwaas te vieren. Het meisje heeft wat geld op de bank dat haar vader haar heeft nagelaten. Geld dat ze systematisch over de balk aan het smijten is. En dus stappen zij en de man op zekere ochtend een reisbureau binnen en kopen twee retourtickets naar New York. Tijdens de vlucht over de oceaan drinken ze champagne. Het meisje kan niet tegen alcohol, valt als een blok in slaap en denkt bij het wakker worden: wie is die vent?'
'Goed begin,' zei ik. 'Ga door.'
'Hou je maar stevig vast,' zei Sofia, die verhalen vertelde alsof ze aan het roer van een schip stond. 'Het wordt nog veel ruiger.'
'Als ze in New York aankomen regent het. Het is november. Het regent twee dagen aan één stuk, en al die

tijd hebben het meisje en de man hooglopende ruzie. Hij snapt niet waar de persoon is gebleven die hij heeft leren kennen: dit exemplaar wordt verteerd door woede op een manier die hij niet voor mogelijk hield. De eerst nacht slapen ze apart. De tweede nacht zegt hij tegen haar dat de reis – nee, hij zegt niet de reis, hij zegt *het leven* –, dat het leven een hel is geworden. Woorden die het meisje al vaker heeft gehoord, bij andere gelegenheden. Mannen zo tot wanhoop drijven is haar specialiteit: ze rekt ze op, ze drukt ze plat, ze verbuigt en verwringt ze tot ze hun breekpunt bereiken. De ochtend van de derde dag besluiten ze uit elkaar te gaan, voor hun beider bestwil: als het meisje weer bij zinnen komt en de man terug wil zien, kunnen ze eventueel de laatste dagen van de reis samen doorbrengen. Zo niet, dan zullen ze elkaar op het vliegveld weerzien, en eenmaal in Italië: even goede vrienden.'

'Wie gaat er weg?' vroeg ik.

'Hoe bedoel je?'

'Wie houdt de kamer en wie gaat er weg?'

'Het meisje gaat weg. Ze vindt hun hotel in Manhattan smerig. Ze verkast met haar spullen naar het hostel in Greenpoint, de Poolse wijk van Brooklyn. Ze ligt daar een hele dag met koorts op bed naar de brandweersirenes te luisteren. De avond erop stopt het met regenen en is het meisje uitgehongerd; ze raapt al haar moed bij elkaar en gaat alleen de deur uit: ze eet een bord goulash bij een eettentje in de buurt, drinkt een kop koffie in het café ernaast, koopt sigaretten. De dag daarop waagt ze zich een stukje verder: ze loopt Bedford Avenue af tot aan Williamsburg, gaat een boekhandel binnen, en een platenwinkel, eet een donut bij een bakkerij. Als ze zomaar een straat in loopt komt ze bij een verlaten pier. Op dat moment realiseert ze zich pas dat New York een havenstad is. Dat wist ze niet, of herinnerde ze zich niet, of ze had er nooit bij stilgestaan, maar zeemansverhalen zijn een deel van haar jeugd, en dus blijft ze die dag een hele tijd op de pier zitten en lukt het haar voor het eerst aan haar vader te denken.'

'Wat is er met haar vader gebeurd?' vroeg ik.

'Die is een paar jaar daarvoor gestorven.'

'En al die jaren heeft ze nooit aan hem gedacht?'

'Nee,' zei Sofia. 'Ze heeft nooit aan hem gedacht.'

''s Avonds in het hostel verscheurt ze haar retourbiljet. Ze zal de man van het feest niet meer terugzien, maar zal hem erkentelijk zijn omdat hij een tussenpersoon is geweest, iemand die je aan iemand anders heeft voorgesteld, iemand die een deur voor je opent en zich vervolgens terugtrekt. Begrijp je wat ik bedoel?'

'Ik geloof van wel,' zei ik. 'En hij?'

'Ik zou het niet weten. En hij?'

'En hij...' antwoordde ik. 'De avond van het vertrek wacht hij zo lang dat ze dreigen hem op het vliegveld achter te laten. Uiteindelijk gaat hij toch maar aan boord. Als het vliegtuig opstijgt kijkt de man door het raampje naar de lichtjes van New York, zucht, bestelt een gin-tonic en dat is dat.'

'Goed!' zei Sofia. 'Je hebt de sfeer van het verhaal te pakken.'

'Ga door,' zei ik.

Half maart waren ze klaar met draaien en begon Juri aan de montage. Hij zat nu de hele dag op de academie, opgesloten in een studio in het souterrain. Als hij thuiskwam had hij rode ogen en klonk er ook in zijn manier van praten een zekere vermoeidheid door: hij brak gesprekken steeds af en was erg summier in zijn antwoorden. Na een week lag hij overhoop met de cutter en vroeg hij een andere, die zijn woede-uitbarstingen amper een paar dagen verdroeg en vervolgens met slaande deuren vertrok. Juri besloot alleen door te gaan. Hij had er nauwelijks verstand van en wist alleen hoe je scènes op de computer moest opknippen en achter elkaar moest zetten, maar dat was in wezen toch waar het om draaide, zei hij, en de rest zou hij al doende wel bijleren. Hij had bijna twintig uur materiaal: scènes met Sofia en shots van huizen, wolken, meeuwen, bovengrondse metro's en watertanks, en iets meer dan een maand om dat tot een film te smeden. Hij vroeg op de academie toestemming om 's nachts door te mogen werken. Hij sloot vriendschap met de conciërge, met wie hij koffie en sigaretten deelde als hij even de studio uit kwam om zijn gedachten te ordenen. Hij begon weer te lijken op de man van het jaar daarvoor: grijze huid, rimpels rond zijn ogen, een chronische hoest en een blinde koppigheid die niet veel goeds beloofde.

Sofia was bij ons blijven wonen. Ze had werk gevonden in een café in de buurt en het leek niet meer dan logisch dat zij haar divan behield. Nu brachten we veel tijd met z'n tweeën door. Hoe meer we praatten, hoe meer we tot de ontdekking kwamen dat we op elkaar leken. 'Zou het kunnen dat ik je gekend heb toen ik zeven was en dat ik me dat niet meer herinner?' zei ze. De badscène had Juri aan de alledaagse werkelijkheid ontleend: Sofia ging elke avond in bad. Ik praatte tegen haar, aan de andere kant van de deur, en na een tijdje zei ze: 'Zeg, hou daarmee op, kom gewoon binnen. Ik heb altijd al een broer willen hebben. En je hoeft je ook niet te generen, want mijn tieten, dat is toch niet veel soeps.' Typisch iets voor Sofia om te zeggen.

Ze vertelde dat ze was opgegroeid met twee bedden in haar kamer, omdat haar ouders op het moment dat ze de meubels kochten van plan waren een tweede kind te nemen – dat kind was er nooit gekomen, maar het bed was gebleven. Ze was eraan gewend geraakt met dat spookbroertje te leven, haar moeder niet: ze beschreef haar als een lijdende vrouw, een slaapwandelaarster die door het huis dwaalde, op zoek naar een gevoel dat haar telkens ontglipte. Ze had elke dag maar één moment van verlichting: tegen de avond liet ze het bad vollopen, gooide geurig badzout in het warme water en riep Sofia. In bad kletsten ze en wasten elkaars haar en rug, totdat haar vader thuiskwam van zijn werk en op de deur klopte omdat hij wilde weten hoe laat ze van plan waren eruit te komen. Haar moeder zei dan lachend: 'Heb je honger? Het wemelt hier in de buurt van de restaurants.' Maar eenmaal aan tafel kreeg haar gezicht weer zijn normale gepijnigde uitdrukking.

Waar praatte ze verder de hele tijd over? Een mengeling van herinneringen en bizarre fantasieën. We noemden ze de badkuipmonologen. Het is belangrijk, zei ze, dat je aan een gezicht went; niet de schoonheid ervan telt, maar de gewenning eraan. Schoonheid, wat is dat in wezen? Een idiote geometrische kwestie, niet meer dan een goed gelukte koppeling van de leverbare monden, neuzen en oren uit een stalenboek. Maar als je een gezicht eenmaal hebt leren kennen en het hebt gezien als het slaap heeft, als het verkouden is, als het doodop is na een rotdag, als je aan dat gezicht gewend bent geraakt, dan doet die hele schoonheidskwestie er niet meer toe, vind je niet? Ondertussen rookte ze twee, drie, vier sigaretten, waarvan de as slechts zeer ten dele terechtkwam op het schoteltje dat ze op de badrand had gezet. Ook wat ze zei ging alle kanten op. Ik bedacht dat je rokers kon onderverdelen in twee categorieën, de groep die erop let waar hun as terechtkomt, en de groep die daar totaal niet op let. De tweede groep bestaat uit mensen die de akelige gewoonte hebben te gesticuleren. De eerste groep verpest zijn leven door zich te veel zorgen te maken over de mening van anderen en over de gevolgen van de eigen handelingen. Die groep mensen kende ik goed: ze geven niet alleen iedereen gelijk, maar als ze met iemand ruziën loopt het er altijd op uit dat ze meer zeggen dan ze achteraf gezien hadden willen zeggen, en als ze hun verontschuldigingen aanbieden worden ze altijd sentimenteel. Die mensen drukken hun eigen sigaretten én die van anderen uit als ze op schoteltjes liggen te smeulen, en gaan die schoteltjes daarna afwassen. Het achteloze soort daarentegen vertoont in de loop van de tijd ook andere tekenen van nalatigheid. Gebrekkige zorg voor zichzelf, wat ook een vorm van onoplettendheid is. Ze lopen tegen meubels op, doen zichzelf pijn. Zo was Sofia.

'Hoe dan ook... waar waren we?' zei ze. 'O ja, die avond op de pier. Het meisje heeft dus besloten in New York te blijven, maar op een gegeven moment raakt haar geld op. Net als alle Italianen in Amerika ontdekt ze dat hulp vragen aan andere Italianen de eenvoudigste oplossing is, en na een rondje langs de restaurants in de Village wordt ze aangenomen als serveerster in een pizzeria in Bleeker Street.'

'Nou,' zeg ik, 'ze pakt het wel voortvarend aan!'

'Ze heeft karakter,' zei Sofia. 'Als ze wil, weet ze mensen te bespelen. En als ze niet wil maakt ze zelfs met Gandhi ruzie, maar dat terzijde. In Williamsburg ontdekt ze een tweedehandskledingwinkel en begint wat met de verkoper, een muzikant uit Oregon. Dankzij hem verruilt ze het hostel voor een eenkamerwoning, en haar elegante Italiaanse kleren voor een gewatteerd jack, handschoenen, een wollen muts en snowboots, vormeloze en warme Amerikaanse kleding die zich leent voor de New Yorkse winter.'

'Dat vind ik leuk, dat met die kleren,' zei ik.

'Het is januari, en het meisje heeft het gevoel in een andere huid te kruipen.'

'Maar hoe zit het met die muzikant? Zijn ze een stel?'

'Niet echt. Laten we zeggen dat ze huisgenoten zijn met een zeer innige band. Zij zegt dat ze hem niet meer wil geven en ook niet meer kán geven dan dat. Hij zweert dat hij niet verliefd zal worden. 's Avonds neemt hij haar mee naar concerten of vertelt haar, als ze thuisblijven, over Vancouver en Seattle, over de eindeloze bossen aan de westkust, over de vissers die op reuzenkrabben vissen en over de olietankers die uit Alaska komen. Het zijn de beelden die hij in zijn liedjes stopt. Op een nacht schrijven ze er eentje samen: het gaat over hen tweeën en over alle jonge mensen die New York aandoen op zoek naar geluk.'

'Hoe heet het?' vroeg ik.

'Voorlopig alleen nog maar *liedje*,' zei Sofia met een stuurs gezicht dat bedoeld was als nabootsing van het mijne.

'Wat ben jij een goede actrice,' zei ik, en duwde haar hoofd onder water. 'Knap hoor.'

Sofia lachte, blies een vlok schuim in mijn richting en

onthulde me de titel van het liedje: *Brooklyn Sailor Blues.*

'En hoe gaat het?' vroeg ik.

'Vergeet het maar. Ik zing niet, zelfs niet als je me verdrinkt.'

'Maar vertel me dan op z'n minst wat voor soort muziek het is.'

'Het is een liedje voor een meisje met een gitaar. Maar het klinkt ook goed als het gezongen wordt door een oude whiskydrinker. Dat soort muziek.'

Toen de huisbaas op 1 april de huur kwam innen had hij meteen in de gaten dat er een indringer was, ook al hadden we Sofia's spullen in een kast verstopt. Hij had er kijk op en was moeilijk om de tuin te leiden. Hij stond heel vroeg in de ochtend voor onze neus, maar toch leek het of hij al uren op was. Hij was nog maar net binnen of hij keek om zich heen, merkte de veranderingen op en vroeg of we een nieuwe huurder hadden.

Hij zei: 'Het is een meisje, hè?' En daarna: 'En wie is de gelukkige? Jij, Pjotr? Of jij, Gagarin?' Juri en ik keken elkaar niet aan. De huisbaas lachte, pakte de envelop met geld aan en stapte vrolijk weer op.

We wisten allebei wat er gaande was, maar we hadden het er niet over. Zo zaten we in elkaar, al vijftien jaar waren we vrienden zonder te praten. Ooit waren we samen afgetuigd door jongens van een andere school, hij omdat hij ze had geprovoceerd en ik omdat ik het voor hem had opgenomen. Ooit had een meisje dat jaloers was me een ultimatum gesteld: 'Hij of ik.' Ik zei toen tegen Juri dat het beter was dat we elkaar een tijdje niet zagen en hij zei dat hij met me te doen had, dat ik een stommeling was omdat ik voor die chantage was gezwicht. Een andere keer, toen we al in hetzelfde huis woonden, zei ik tegen hem dat hij zijn jeugdjaren niet altijd en eeuwig als excuus kon aanvoeren, dat zoiets helemaal niet zwaarder telde dan iets anders: hij liep het huis uit met een halve fles wodka en kwam uren later dronken en in tranen weer thuis. Niet dat we het ooit met elkaar over die dingen hadden, maar we herinnerden ze ons wel, ze waren stuk voor stuk aanwezig en vormden een reeks die nu in Columbia Street was aangekomen en die hoe dan ook zou doorlopen. Er waren maar weinig dingen in ons leven waar we zo zeker van waren.

Juri en Sofia kregen problemen. We zaten in de keuken toen hij vertelde dat hij met de montage op een dood spoor zat, dat hij het idee had dat hij er niet meer uit kwam.

'Waarom laat je het niet zitten?' vroeg ze. 'Als iets niet komt, kun je het beter vergeten en iets anders gaan doen.'

Maar voor de Balkanziel van Juri was het leven een strijd tegen het hem vijandige lot. Het zijn niet je acties, maar je reacties die bepalen wie je bent, betoogde hij. Oorlogen, ziektes, mensen die doodgaan, huizen die boven je hoofd instorten, en ook films die weigeren samenhangend te worden. 'Als de dingen lukken is iedereen competent,' zei hij. 'Pas als ze niet lukken wordt duidelijk uit wat voor hout je gesneden bent.'

Hij zat onderuitgezakt in een stoel alsof die te klein was voor zijn exuberante persoonlijkheid. Zijn benen languit onder tafel, zijn ene arm op de rugleuning en de andere slap langs zijn lichaam. Ik keek naar buiten om niet naar hem te hoeven kijken. Een van onze Mexicaanse buren was het zwembad aan het oppompen voor de zomer: Yankees-pet op z'n hoofd, fietspomp in z'n hand. Zijn hond lag languit midden op het plastic en de man trachtte hem zover te krijgen dat hij zich verplaatste.

Sofia zei dat zij, als dingen niet lukten, gewoon haar biezen pakte en de benen nam. 'Wat maakt me dat? Een ontsnappingskunstenaar?' vroeg ze.

'Ach, wat weet jij er nou van,' zei Juri geïrriteerd. 'Jullie zijn allemaal kinderen van keurige mensen. Brave burgers die jullie nog nooit met één vinger hebben aangeraakt. Jullie construeren een hele filosofie van het ressentiment, die stoelt op denkbeeldige trauma's.'

Sofia antwoordde niet. Ze wilde over veel dingen praten, maar niet over elkaars respectieve trauma's om te kijken wie het meest beschadigd was. Ze had dienst in de bar. Het was tijd om te vertrekken.

'Ik ga,' zei ze.

'Ja, pleur maar lekker op, ontsnappingskunstenaar,' was Juri's commentaar.

'Wat?' zei Sofia. 'Ik verstond je niet.'

'Niks,' zei hij. 'Laat maar.'

Toen kreeg hij spijt en voegde eraan toe: 'Dag!', maar Sofia was de trap al af. Als ze wegging zei ze nooit gedag. Ze zei niks als ze 's ochtends wakker werd, niks als ze 's avonds naar bed ging, en zou ook niks zeggen als ze er voorgoed vandoor ging.

Juri en ik bleven alleen achter. Ik wachtte tot ik beneden de deur hoorde, daarna vroeg ik hem wat voor problemen hij had met de film.

'Problemen?' zei hij. Hij legde uit dat zijn film inmiddels één groot twee uren durend probleem was. Hij had de dagen daarvoor met scènes geschoven in een poging het einde naar voren te halen en het begin op te schorten, en hij had ook alles daartussen overhoopgehaald, maar daarna had hij dat allemaal weer ongedaan gemaakt. Hij had de tekst eruit gehaald, en daarna ook de muziek en er stadsgeluiden onder gemonteerd alsof die een partituur vormden, maar nu hij erover nadacht, wist hij dat het bullshit was, en oude bullshit bovendien. Hij keek als betoverd naar scènes die hij al tientallen keren had gezien, bekeek nogmaals alles wat hij gedraaid had, vergeleek de verschillende versies van eenzelfde scène om te zien of hij werkelijk de beste had uitgezocht en vond ze dan allemaal anders, en allemaal goed. Indirect gevolg was dat hij niet meer tegen Sofia kon. Hij bekeek haar zo lang achter elkaar in Laila's kleren dat hij, als hij 's avonds thuiskwam en haar in levenden lijve zag, onpasselijk werd.

'Ben ik gek?' vroeg hij.

Ik had hem graag gezegd dat hij niet gek was: hij was arrogant en wreed. In plaats daarvan zei ik dat hij heel erg moe was en heel erg alleen. Geen cutter in dienst nemen, nachten doorwerken, er een epische onderneming van maken had er zeker niet toe bijgedragen dat hij de zaken helder zag.

'Kan ik je ergens mee helpen?' vroeg ik.

'Ja, kom kijken. Ik vertrouw meer op jou dan op mezelf. Anders ga ik er een dezer dagen heen en steek ik alles in de fik.'

We spraken een viewing af voor de maandag daarop. Die zondagavond kwam Sofia, die al bezig was een andere kamer te zoeken, me tegen sluitingstijd ophalen bij de boekwinkel. Meneer Battaglia adoreerde haar. Hij schonk haar een brede glimlach en ontving haar met de woorden: '*Buo-*

nasera signorina, zullen we wat Italiaans praten?'

'Graag,' zei Sofia. 'Waar wilt u het over hebben?'

We aten met z'n drieën en praatten in ons gebruikelijke mengelmoesje van Italiaans en Engels, en meneer Battaglia vertelde hoe ze hem als kind hadden meegenomen naar de vijftigste verdieping van het Empire State Building om zijn opa op te zoeken. Dat was in de jaren veertig geweest, vlak na de oorlog. Het restaurant werd gefrequenteerd door zakenlieden uit Manhattan: dikke welgestelde Amerikanen die vlees aten en virginiasigaren rookten. Zijn opa had een ijscoupe voor hem gemaakt en was met hem in een hoekje van het restaurant gaan zitten. De toen zesjarige meneer Battaglia had zich over alles verbaasd: over het uitzicht op New York vanaf die hoogte, over de luxueuze inrichting van het restaurant, over de kostuums van die heren en over de beleefdheid waarmee ze zijn opa groetten. Hij was maar een kok, maar als ze weggingen drukten ze hem de hand alsof hij de eigenaar was. Daar was de oude emigrant het allertrotst op: het door zijn werk verworven respect. Hij was geboren in de bergen van Zuid-Italië en serveerde zijn eerste Amerikaanse kleinkind nu een ijsje terwijl mannen die rijker waren dan hij hem eerbiedig bejegenden.

Ónze verhalen liepen niet zo af. Die avond zong een jongen in het Folk Theatre een liedje: *Every time you light a cigarette with a candle's flame, a Brooklyn sailor's body will fly from sea to sky*. Sofia gaf me een por in mijn zij. 'Pietro, opletten!' zei ze. 'Dat heb ik geschreven.'

De blues van de matrozen uit Brooklyn bestond echt, het was een eenvoudig, treurig liedje dat ging over mensen die we kenden. Zoals Nathan uit Portland, Oregon, die naar New York was gekomen om gitaar te spelen in de clubs van de Village. En Maud, uit Kansas, die voortdurend heel Broadway af ging en uitsluitend wilde dansen en zingen. En Julio, die aan boord van een vrachtauto uit Mexico was gekomen, en Olga, die was komen liften uit Canada. En Sofia, de Italiaanse actrice. Allemaal met bolle zeilen uitgevaren en allemaal schipbreuk geleden op de rotsen rondom het eiland Manhattan. Eentje roosterde er nu shish kebabs op een grillplaat, eentje stripte in een tent op Times Square, eentje deed onverschillig welke klus in ruil voor een briefje van twintig. De actrice had audities in theaters ingeruild voor verhoren in het immigratiekantoor. Eentje had er de voorkeur aan gegeven er een streep onder te zetten en was van de Verrazzanobrug gesprongen. *Every time you light a cigarette with a candle's flame, a Brooklyn sailor's body will fly from sea to sky.*

'Wat een mooi liedje,' zei ik toen het afgelopen was. Ik was vol bewondering.

'Misschien wordt het wel een succes terwijl ik het zelf niet eens weet.'

'Ik vind Julio van de shish kabab erg leuk. En de illegale actrice.'

'O ja,' zei Sofia. 'Die heb ik erin gestopt omdat mijn visum toen net verlopen was.'

'En wat heb je toen gedaan?'

'Wat ik toen gedaan heb? Niets. Het is nog steeds verlopen.'

Ik keek haar aan. Vaak nam ze me in de maling omdat ik alles geloofde, maar als ze iets vertelde wat niet waar was, duurde het nooit lang voordat ze in lachen uitbarstte. Maar nu was ze bloedserieus.

'Sorry hoor, maar als ze je dan vinden?'

'Als ze me vinden, sturen ze me terug naar huis. Dan kan ik Amerika voor tien jaar vergeten. Maar ze betalen wel m'n ticket, niet slecht, toch?'

De dag daarop raapte ik al mijn goede wil bij elkaar, ging de deur uit en liep naar de metro. Ik was al een tijdje niet meer in Manhattan geweest, en toen ik in het spitsuur op Union Square stond, voelde dat aan alsof ik een winkelcentrum betrad tijdens de uitverkoop, met lichten, muziek, mensen die winkels en cafés in gingen, of weer uit kwamen. Ik haastte me zo snel mogelijk naar de academie, ging naar de conciërge en vroeg naar Juri. De man ontving me als een oude vriend. Hij leidde me door de gangen naar de montageruimte waar Juri werkte: het was een kamertje met een computer en twee schermen, een paar stoelen, muren van gipsplaat die de cel scheidden van identieke cellen, en een raampje waarbij hij de hele tijd stond te roken. Aan een van de muren hingen zo langzamerhand smoezelig geworden geeltjes waarop met viltstift de namen van de scènes waren geschreven: *Laila speelt gitaar, Laila zit in bad, Laila slaapt.* In de koffiebekertjes dreven peuken. De nachten daarbinnen waren lang geweest. Juri trok een stoel voor me bij, deed het licht uit en startte de film.

Het beleg van Sarajevo was verdwenen, en daarmee ook de bommen en de Balkanmuziek. Van het hele verhaal dat hij me met kerst had verteld was niet veel meer over. Er ontbraken verschillende personages, de dialogen waren tot het absoluut noodzakelijke gereduceerd en op geen enkel moment kon je zeggen dat er zich echt iets voltrok. Of het moest Laila's leven zijn. Haar lichaam, haar gaan en staan, dat wat ze met haar handen deed. Veel meer viel er niet te zien.

Twee uur later kneep ik mijn ogen dicht en probeerde koortsachtig na te denken. Tijdens de gehele projectie had Juri aan de andere kant van het scherm gestaan, zodat ik het gevoel had dat ik niet alleen naar een film keek, maar dat ik, terwijl ik keek, zelf ook bekeken werd. Nu moest ik razendsnel bedenken wat ik zeggen moest. De waarheid of een hele hoop loze woorden, wat commentaar op een scène hier, een scène daar, het geluid, de fotografie, de kadrering. Het was niet een van onze beste momenten. Vroeger zou ik niet geaarzeld hebben om hem mijn eerlijke mening te geven. Ik voelde me een blinde bij de stoeprand – ik haalde diep adem en besloot over te steken.

'Volgens mij is hij onbegrijpelijk,' zei ik.

'Hoe bedoel je?' vroeg Juri.

'Er valt geen touw aan vast te knopen, hij is onbegrijpelijk.'

'De hele film?'

'Nee, dat niet, niet helemaal.'

'Wat heb je dan niet begrepen?' vroeg hij. Hij had een sigaret in zijn mond maar stak hem niet aan. Hij sloeg zijn armen over elkaar en keek me strak aan.

Ik zocht naar de meest geschikte woorden om te zeggen wat ik bedoelde. Ik zei dat er heel veel mooie beelden in zaten: nee, ze waren niet alleen mooi, ze waren ook wáár. In shots van sommige straathoeken, in sommige close-ups van Laila zat een waarachtigheid die me raakte. Maar ze zaten in de film als een stapel foto's in een doos: je kon er eentje uitgebreid bekijken en rest overslaan, of ze allemaal op de grond uitspreiden en je eigen verhaallijn verzinnen, want die zat er niet in, alleen schoonheid en toeval.

'Het is een werk vol ideeën,' zei ik. 'Vol esthetiek, vol

reflectie. En vooral vol leven. Maar het gaat nergens heen. En dat is aanvankelijk fascinerend, daarna gaat het storen, en ten slotte verveelt het en word je er pissig van. In de bioscoop zouden de mensen halverwege weglopen.'

Ik haalde diep adem. Juri keek me nog steeds strak aan. Hij leek verbaasd noch gekwetst. Ik had hem niets verteld wat hij niet al wist. Hij stak zijn sigaret aan en blies de rook uit het raampje.

'En dus?' zei hij. 'Wat moet ik doen?'

Ik haalde mijn schouders op. Ik geloofde niet dat opnieuw monteren iets zou uithalen. Er zaten te veel leemtes in. Ik zei dat hij moest proberen het van de positieve kant te zien: hij had een prima academie bezocht, en het was immers een vingeroefening? Volgens mij had hij in die drie maanden meer geleerd over regie dan in de laatste vijf jaar.

Juri knikte. We waren bezig het eens te worden over de officiële versie van het oordeel waarmee we de montagekamer zouden verlaten, en we wisten allebei wat het was: een mislukte film die maar beter kon verdwijnen. Geen enkele producent zou, nadat hij deze had gezien, nog een volgende film van hem financieren. Die zou nog liever investeren in een volslagen beginneling.

Op dat moment had hij door de montagekamer naar me toe kunnen lopen, een troostende omarming kunnen incasseren, de asbakken kunnen legen en de geeltjes van de muur kunnen trekken, alles kunnen uitzetten en met me mee naar buiten kunnen gaan, maar hij besloot nog wat te zeggen.

Hij zei: 'Ben je aan het schrijven?'

'Ik ben begonnen,' antwoordde ik.

'Je schrijft over Sofia, hè?'

'Min of meer.'

Juri knikte tevreden. Hij maakte een geluidje met zijn tong tussen zijn tanden alsof hij een draadje tabak uitspuugde. 'Een hoeraatje voor Pietro,' zei hij. 'Eerst pik je m'n vrouw in, en nu ook nog m'n verhaal.'

'Pik ik je vrouw in?' vroeg ik ongelovig, met het idiote gevoel dat ik ontmaskerd was.

'Ja. En omdat je zo fatsoenlijk bent, neuk je niet eens met 'r.'

Dat was het begin van een scheldkanonnade. Ik had het allemaal al eens eerder gehoord: als Juri zich door de wereld verraden voelde, werd ik hypocriet nummer één. Ik was een lafbek en een opportunist, liet hem vooropgaan en ging dan met de hoed rond nadat hij zijn nummertjes ten beste had gegeven en op heroïsche wijze had gefaald. Hij daarentegen was niet bereid compromissen te sluiten en was om die reden voorbestemd eeuwig te verliezen van mensen als ik. Hij deed het me die dag in Manhattan voor de zoveelste keer uit de doeken.

Misschien hadden we op de vuist moeten gaan, maar de tijd dat we onze problemen oplosten door over de grond te rollen was voorbij. Ik wachtte tot hij uitgesproken was, stond op en ging weg. Ik liet hem achter in zijn hol en rende naar de metro, en pas toen ik terug in Brooklyn was had ik het gevoel dat ik weer kon ademhalen.

De laatste keer dat ik Sofia zag was op het dakterras in Columbia Street. Een plat, geteerd dak waar je kwam via een luik in het trappenhuis. We zaten er vaak tegen zonsondergang, nu de dagen lengden. Van daaraf leken de huizen in de buurt allemaal aan elkaar vast te zitten: als iemand eroverheen zou hollen zou hij zo bij zee uitkomen.

Sofia zei: 'Probeer je in te denken dat je op je veertiende rondloopt met zo'n hond die groter is dan jezelf. Hij heeft een kapot oor en zes tenen aan zijn achterpoten, iets wat indruk maakt op mensen. Probeer je dan eens in te denken dat je een jong meisje bent, Pietro, en dat je eerste vriendje het op een zaterdagmiddag voor de school besluit uit te maken. Een scène voor drie: hij die je zijn laffe praatje verkoopt, jij die je tranen wegslikt en de hond die eerst naar jou kijkt en dan naar hem kijkt, en die de kwestie vanuit zijn simpele logica feilloos doorziet. *Die klootzak doet je verdriet.* Hij begint te grommen zoals grote honden dat doen, je weet wel, op zo'n heel lage vrachtwagenmotorfrequentie, en die gozer is niet meer zo zeker van wat hij allemaal zegt, komt erop terug, stamelt, verbleekt.'

Ik keek naar haar zonder echt naar haar te luisteren. Het was te laat voor verhalen. Sofia merkte het, stopte halverwege en zei: 'Hé, matroos, wat kijk je somber! Een beetje heimwee?'

We bleven nog een tijdje staan kijken naar de fonkelende baai en naar de hijskranen langs de kust van New Jersey. Ik wist dat de haven sinds de jaren zestig gaandeweg daarheen was verplaatst omdat moderne vrachtschepen meer manoeuvreerruimte nodig hadden. Nu zagen we ze wegvaren vanuit Newark en Jersey City, majestueus afzakken naar de Verrazzanobrug en het zeegat kiezen.

'Waar ga je nu heen?' vroeg ik.

'Seattle of San Francisco, ik weet het nog niet. Ik zou de Grote Oceaan weleens willen zien. Of ik ga eens kijken hoe het met m'n moeder is. Maar jij moet schrijven, denk eraan!'

'Er zijn nog zoveel verhalen die ik niet gehoord heb.'
'Nou, Pietro, dan verzin je er zelf toch een paar! Het is de Bijbel niet. Mijn zegen heb je, gebruik je fantasie maar.'
Ooit had ze me gezegd dat ze één echt talent had, namelijk dat ze aanvoelde wanneer iets was afgelopen. Later dacht ik terug aan die uitspraak en verbeeldde me dat ze me gedag had gezegd zoals haar muziekvrienden dat deden: door hun gitaar weg te zetten, naar de microfoon te lopen, je in de ogen kijken en te zeggen: *'Remember me.'*

Nadat Sofia was vertrokken, meden Juri en ik elkaar nog een paar dagen. Hij stond op en zette koffie, kleedde zich aan en ging naar de academie om zijn examens voor te bereiden. Ik stond een uur later op, dronk de koffie die nog over was en ging zitten lezen in het park. 's Avonds kruisten we elkaar opnieuw: ik maakte eten klaar en hij bestelde bami bij de chinees naast ons, en om geen risico te lopen aten we elk in onze eigen kamer.

Die zondag ging ik naar Williamsburg. In het appartement van Nathan woonden nu andere jongens die me niets over hem wisten te vertellen. Ik bedacht dat hij misschien met Sofia terug was naar de westkust.

Die avond besloot ik het er met Juri over te hebben.
'Waar is ze volgens jou?' vroeg ik.
'In het gekkenhuis,' zei hij. 'Of dood.'
'Dus je hebt het gelezen?'
'Natuurlijk heb ik het gelezen. Mooi boek.'
Gaandeweg slaagden we er weer in samen een biertje te drinken, naar het café te gaan of een potje te schaken. Maar over haar praatten we niet meer. In *Breakfast at Tiffany's* duikt er ergens in Afrika een houten beeldje op van Holly

Golightly, model van een inheemse houtsnijder, heidense godin. Misschien was Sofia Muratore nu ook de obsessie van iemand anders.

Die zomer bekeek ik Juri's film vaak. De jongen die bij me inwoonde was een Griek van twintig, die er niets van begreep. De ramen stonden open vanwege de hitte, de ijskast bleef niet op temperatuur, we dronken lauw bier terwijl vanuit de binnentuinen de rook van barbecues en het gegil van kinderen opsteeg. Maar in de film was het winter, lag er sneeuw aan de rand van de straten en stond Sofia op de haar zo eigen, woeste manier te dansen in een bar, met gesloten ogen, haar hoofd heen en weer zwiepend als een punk die stijf staat van de amfetamine. Laila was ze nu niet meer. Die naam betekende niets. Je had Sofia die een onderonsje had met de hond die ze had toevertrouwd aan de bejaarde vrouw: ze trachtte hem ernstig toe te spreken, maar de hond likte onverhoeds haar gezicht en zij viel ruggelings op de grond en schaterde het uit. Je had de scène waarin Sofia de straat overstak en een betonnen pier afholde, helemaal tot aan het eind, en pas stopte toen ze al bijna in het water lag, alsof ze achter iets had aan gejaagd wat haar op een haar na was ontglipt. Je had het ellenlange einde waarin ze in bed lag te woelen en haar hoofd onder het kussen stak om zich af te schermen tegen het licht, stug probeerde weer in te slapen en het ten slotte opgaf en haar ogen opende – alleen haar loensende ogen die in de camera keken en verder niets.

Mijn huisgenoot bekeek de film vanuit toeristisch oogpunt, vroeg voortdurend: 'Waar is dit? En dat?' Ik keek alsof het een oud super8-familiefilmpje betrof. Ik wist waar de scènes zich afspeelden en welke dag het was. Ik wist wie er aan de andere kant van de camera stond: ik kende zijn ergste tekortkomingen en mocht hem graag. En ik wist van de deur die Sofia zonder te groeten achter zich dichttrok omdat ze dat moment haatte, het gedag zeggen, de omhelzingen, de plichtplegingen bij ieder afscheid: ze gaf er de voorkeur aan te denken dat ze gewoon even naar de andere kamer ging, dat ze gewoon even weg was. En als ze dan terugkwam, pakte ze de draad van de dag daarvoor rustig weer op. Daarvoor volstond haar *Trouwens*. Ze zei: Trouwens, Pietro, vrouwen werden niet toegelaten op piratenschepen, en kinderen ook niet. En weet je waarom? Omdat die de mannen tegen elkaar opzetten.' Of: 'Trouwens, ogen zijn verschrikkelijke leugenaars. De ijskast, dát is de spiegel van de ziel.'

Er waren maanden voorbijgegaan. In mei, toen het studiejaar afgelopen was, stond Juri te trappelen om te vertrekken. Hij hield het na de examens geen week meer uit. Hij mocht dan gedurende dat jaar met het idee hebben gespeeld om te blijven, maar nu was duidelijk dat er aan New York, aan zijn bordkartonnen New York, iets kansloos kleefde en dat hij zijn volgende stappen ergens anders moest zetten. Voorlopig in Italië, en daarna... wie weet. Tegelijk met zijn diploma kreeg hij een kopie van zijn film, die hij, toen hij vertrok, onder zijn bed liet liggen. Hij wilde er niets meer van weten.

Voor mij lag het anders. Mijn New York was nog maar net begonnen. De zomer lag voor me, én het schrijven. En zo liep ik op een zaterdag in mei samen met Juri naar de bovengrondse metro tussen Smith en 9th Street, waar de rails zo hoog liggen als de daken van de huizen. Ik was van plan geweest met hem mee te gaan naar het vliegveld, maar hij had niet eens gewild dat ik met hem opliep. Toen de trein onder de grond vandaan kwam omarmden we elkaar een beetje stijfjes, met een genegenheid die zwaar op de proef was gesteld en die snakte naar afstand. We keken elkaar aan door het glas terwijl de deuren sloten en toen verdween mijn vriend en bleef ik op het perron achter. Onder me, in de zon, strekte de stad zich uit. Verderop, in het felle licht van de baai, zag ik een olietanker koers zetten naar open zee: het waren de matrozen uit Brooklyn die uitvoeren over de wereld. Ik liep achter de stroom reizigers aan de trap af en ging naar huis, om aan dit verhaal te beginnen.